CB072623

THANOS
SENTENÇA DE MORTE

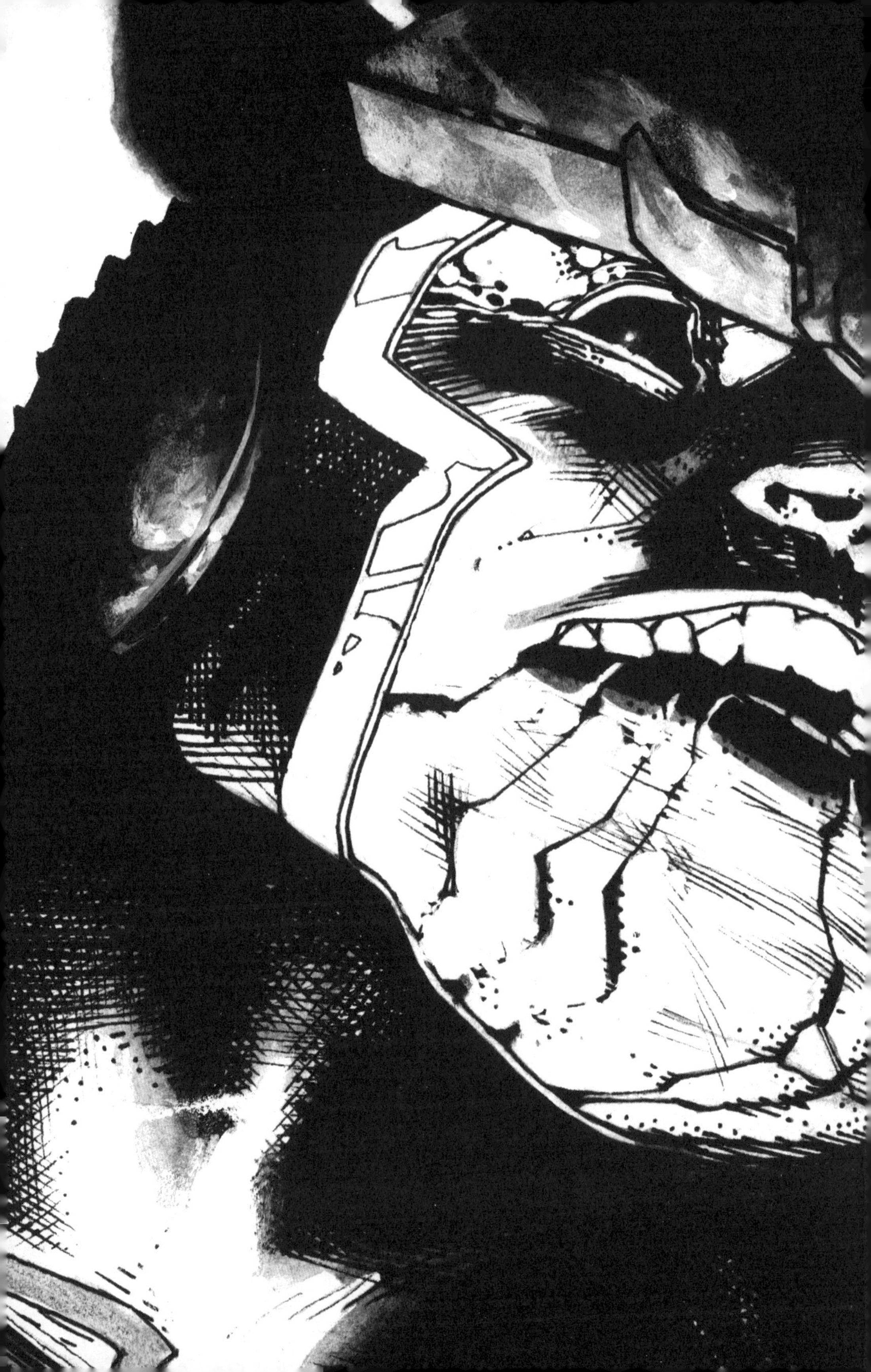

THANOS
SENTENÇA DE MORTE

UMA HISTÓRIA ORIGINAL DO UNIVERSO MARVEL

STUART MOORE

MARVEL
© 2018 MARVEL

novo século®
São Paulo, 2018

Thanos: Death Sentence

MARVEL

© 2018 MARVEL

Equipe Novo Século		**Equipe Marvel Worldwide, Inc.**
EDITORIAL João Paulo Putini Nair Ferraz Rebeca Lacerda Renata de Mello do Vale Vitor Donofrio		VP, PRODUÇÃO & PROJETOS ESPECIAIS Jeff Youngquist EDITORA-ASSOCIADA Sarah Brunstad Caitlin O'Connell GERENTE, PUBLICAÇÕES LICENCIADAS Jeff Reingold
TRADUÇÃO Caio Pereira	REVISÃO Tássia Carvalho	SVP PRINT, VENDAS & MARKETING David Gabriel
PREPARAÇÃO DE TEXTO Júlia Nejelschi	ILUSTRAÇÃO DE CAPA Simone Bianchi	EDITOR-CHEFE C.B. Cebulski
P. GRÁFICO, CAPA E DIAGRAMAÇÃO João Paulo Putini Vitor Donofrio	ILUSTRAÇÕES INTERNAS Simone Bianchi Riccardo Pieruccini Humberto Ramos	PRESIDENTE Dan Buckley DIRETOR DE ARTE Joe Quesada
	DESIGN ORIGINAL Jay Bowen	PRODUTOR EXECUTIVO Alan Fine

Texto de acordo com as normas do Novo Acordo Ortográfico da Língua Portuguesa (1990), em vigor desde 1º de janeiro de 2009.

Dados Internacionais de Catalogação na Publicação (CIP)
(Câmara Brasileira do Livro, SP, Brasil)

Moore, Stuart
Thanos: Sentença de morte
Stuart Moore [tradução de Caio Pereira].
Barueri, SP: Novo Século Editora, 2018.

Título original: Thanos: Death Sentence

1. Literatura norte-americana 2. Super-heróis – Ficção I . Título II. Pereira, Caio

18-0377   CDD-813

Índice para catálogo sistemático:
1. Literatura norte-americana 813

Nenhuma similaridade entre nomes, personagens, pessoas e/ou instituições presentes nesta publicação são intencionais. Qualquer similaridade que possa existir é mera coincidência.

NOVO SÉCULO EDITORA LTDA.
Alameda Araguaia, 2190 – Bloco A – 11º andar – Conjunto 1111
CEP 06455-000 – Alphaville Industrial, Barueri – SP – Brasil
Tel.: (11) 3699-7107 | Fax: (11) 3699-7323
www.gruponovoseculo.com.br | atendimento@novoseculo.com.br

novo século®

Este aqui vai para Jim Starlin, Prince e os
dois Cordwainers: Smith e Bird.
E também para Mimi,
que não merecia nada disto.

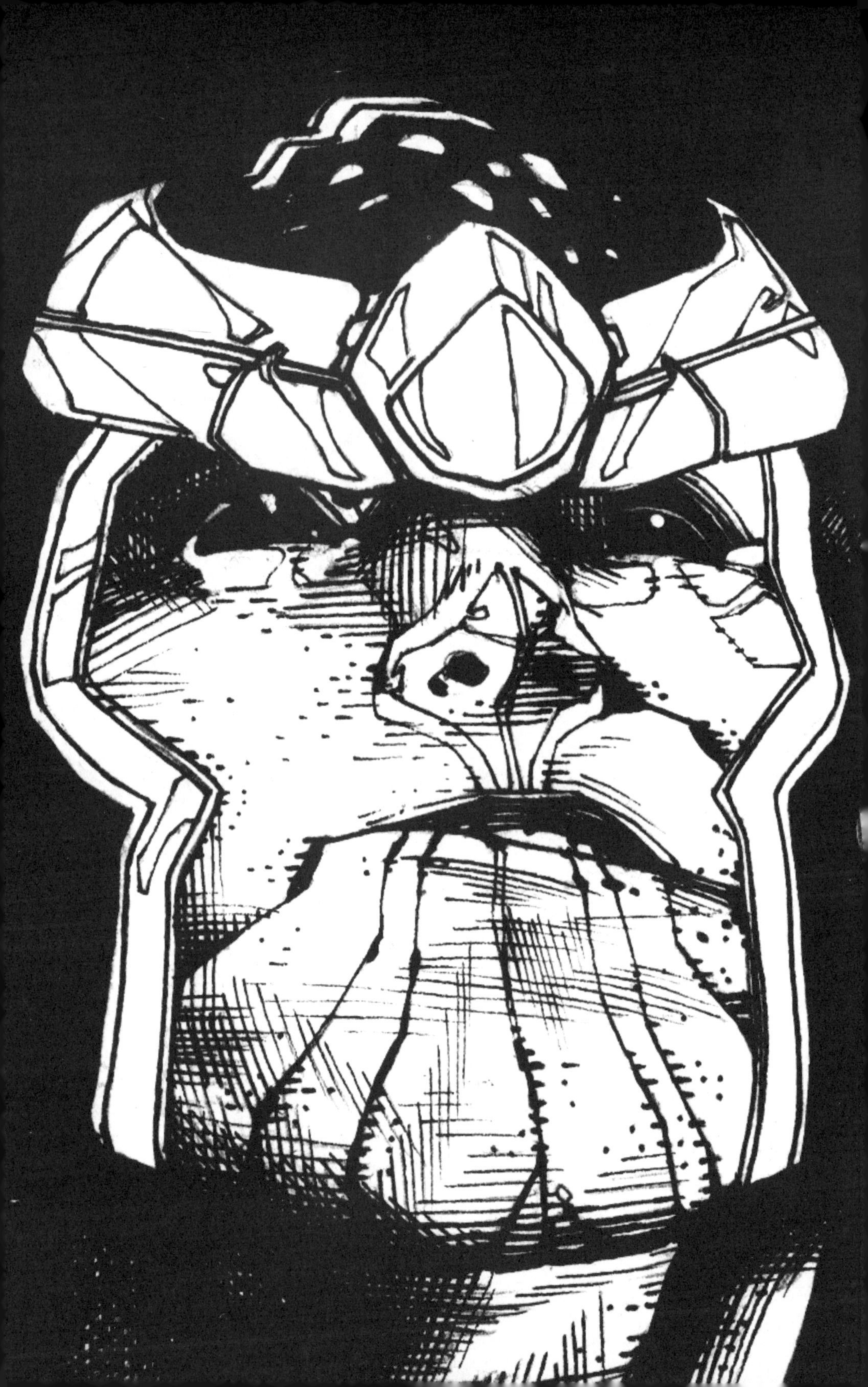

LIVRO 1
INFINITO

ELE ERA ESPERTO, perspicaz e eternamente insatisfeito. Ansiava por poder e sabedoria, mas não para gratificação própria. Seu nome era Kronos, o primeiro dos Titãs, e ele sonhava com um mundo melhor.

Kronos construiu uma cidade, um refúgio, um santuário chamado Olimpo. Um belo lugar no qual os deuses viviam juntos, em harmonia. Contudo, a natureza insatisfeita de Kronos trouxe sua própria desgraça. Entediado com a contemplação pacífica, ele quis distorcer as leis da natureza. Certo dia, aprofundou-se nas faixas do hiperespaço, rasgou as supercordas e liberou um poder além da compreensão. A explosão catastrófica estilhaçou Olimpo, tombando-o de seu posto nas alturas.

E assim morreu o Paraíso.

Um dos filhos de Kronos, um homem bom chamado A'Lars, reuniu seus irmãos, perdidos entre as estrelas. Ele fundou uma nova sociedade em Titã, a maior lua de um planeta envolto por anéis chamado Saturno. Tendo em mente os erros do pai, A'Lars governava Titã com bastante atenção. Sua esperança era recuperar os valores de paz e de sabedoria que haviam se perdido na queda de Olimpo.

E foi assim por um tempo além da noção humana. Até a chegada de um dos filhos de A'Lars, sua semente da morte...

...o Titã Louco conhecido como THANOS.

DO LIVRO DE TITÃ
(ÚLTIMA CÓPIA DESTRUÍDA NO PRIMEIRO GENOCÍDIO DE THANOS)

1

THOR FOI O PRIMEIRO A MORRER. Um disparo de energia cósmica pura o acertou em cheio no peito, iluminando sua musculosa silhueta. O Deus do Trovão se enrijeceu, arqueou as costas e apertou com mais força na mão seu martelo, Mjolnir. Chamas o envolveram por inteiro, cauterizando sua pele e arrancando fora camadas de músculo para revelar ossos que travaram mil batalhas, duraram centenas de anos. Ele abriu a boca e soltou um grito sem som.

Thor fulgurou brilhante em meio às estrelas e desapareceu. Mjolnir saiu voando, um órfão no céu, e sumiu nas profundezas do espaço.

Nesse momento, Thanos sentiu um arrepio percorrer-lhe a espinha. O universo foi alterado; as cordas, as faixas, as espirais da existência vibraram, produzindo um acorde de triunfo. Para Thanos, a morte era como uma canção, uma ode, um poema lírico. Era a sua arte.

Ele baixou o olhar. Em sua mão esquerda reluzia a Manopla do Infinito, e um poder irradiava das seis joias que lhe adornavam a superfície. A pedra amarela – a Joia do Poder – ainda brilhava. Um instante antes, ela puxara o gatilho que pusera fim à vida de Thor.

Thanos sorria. A Joia do Poder era a *menor* das seis – e acabara de reivindicar a vida do mais poderoso defensor da Terra.

Muito em breve, toda a existência se curvaria a Thanos. Caso optasse pela misericórdia, ele lhes concederia a maior das dádivas: não existir.

Quando Thanos falou, sua voz soou como placas de granito. Vibrante e ribombante, sacudindo as cordas do hiperespaço.

– QUE COMECE O JOGO – disse ele.

A quase um quilômetro dali, em pleno espaço, a onda seguinte de heróis da Terra avançava para enfrentá-lo. Carol Danvers, a energizada Capitã Marvel. O Surfista Prateado, reluzente em cima de sua prancha. Visão, um ser artificial. O agente cósmico chamado Nova.

E seu líder, o Capitão América, soturno e determinado num traje espacial azul e vermelho coberto de estrelas brancas. Ele acenou para os demais, pedindo que se aproximassem, e falou baixo e brevemente para o comunicador de seu capacete. O Capitão não tinha habilidades especiais, pele invulnerável nem o poder de canalizar energia. Porém, Thanos podia captar os pensamentos dele pelo éter, mais focados e intensos que de todos os outros.

Thanos cerrou ainda mais o punho e despejou suas intenções sobre as joias. Seu corpo duro feito diamante, coberto por aquela pele acinzentada, começou a crescer, agigantando-o perante os inimigos. Já estava do tamanho de um arranha-céu; logo estaria do tamanho de uma lua, depois de um planeta. Em algum momento, toda a matéria do universo seria absorvida para dentro de sua estrutura onipotente.

Ao crescer, expandiu também sua consciência. Conseguia sentir as faixas do hiperespaço, um leque sempre crescente de dimensões, cada qual sendo uma corda brilhante a ser cutucada e vibrada. Sete cordas irradiavam de cada joia – 42, ao todo, e cada uma delas era uma janela para uma realidade única. As cordas se espalhavam feito uma teia por entre as estrelas, buracos de minhoca conectando todo o tempo e espaço. Podiam ser cutucadas, movidas, amarradas, entrelaçadas ou rasgadas assim que ele quisesse.

Thanos olhava sem ver, percebia múltiplos planos de existência. À frente dele, o Capitão América e a Capitã Marvel discutiam estratégias, olhando preocupados para Thanos. A palavra "distração" passou por sua mente, e ele riu.

– VOCÊS FALAM EM DISTRAÇÃO – ele vociferou. – AINDA NÃO COMPREENDERAM QUE EU VEJO TUDO DE UMA VEZ SÓ?

O Surfista Prateado arregalou os olhos brancos. Ele entende, Thanos percebeu. Único entre os heróis, o Surfista possuía consciência cósmica.

Um pequeno veículo circulou ali perto, mantendo distância segura do corpo cada vez maior de Thanos. Os motores eram exclusivamente subluz; o casco, uma mistura de naves alienígenas e naves experimentais humanas. O piloto, uma criatura deformada chamada Ben Grimm, berrou avisos para os passageiros e botou a nave para fazer uma ampla curva, tomando uma rota para o sistema exterior.

Thanos ampliou sua consciência, sondando a totalidade de seus arredores. A Joia do Espaço fulgurou muito reluzente em seu punho, enviando poder de volta ao portador. A muitos quilômetros dali, numa pequena cápsula, um terceiro contingente de atacantes aguardava. Tratava-se da equipe de emergência do Capitão América, um trio de entidades extremamente voláteis. Um beemote de pele verde; um demônio de cabeça flamejante; um homem com metal frio pregado num rosto hediondo de tantas cicatrizes.

A nave de Thanos, *Santuário*, flutuava na periferia de sua consciência, pouco depois da órbita de Marte. A tripulação de piratas espaciais e degenerados não era estritamente necessária para seus planos. Mas de uma coisa ele sabia: até mesmo um deus precisa de um séquito.

A mais de um milhão de quilômetros na direção do Sol, flutuava a Terra indefesa no espaço.

– Thanos.

Thanos virou-se, aturdido. Quase se esquecera do Capitão América. O musculoso humano flutuava junto de seus colegas, e dirigia-se a Thanos diretamente.

– Você tem as Joias do Infinito – disse o Capitão América. – Você tem o poder.

Aquela voz estava encharcada de raiva. Pela morte do amigo, sem dúvida. Thanos abriu um sorriso maldoso.

– Mas o poder é algo vazio – prosseguiu o Capitão.

– ACREDITA MESMO NISSO?

– Tenho certeza. – O Capitão fechou a cara. – Eu vi o abuso do poder... repetidas vezes. Ele sempre se volta contra.

Thanos preferiu ignorar aquela voz diminuta. Continuava crescendo, alcançando o tamanho de um planeta. Seus átomos se afastavam mais e mais; ele tornou-se um espectro com as estrelas ao fundo. Muito em breve engolfaria esse sistema solar, e depois a galáxia.

Poder nenhum – nenhuma força da natureza ou tecnologia – poderia opor-se a ele. A Joia do Espaço podia levá-lo a qualquer lugar do universo que desejasse. A Joia da Alma sobrepujaria a vontade dos inimigos. A Joia do Tempo lhe concederia acesso ao passado e ao futuro. A Joia da Mente exporia para ele todos os segredos. A Joia do Poder alimentaria e energizaria as demais.

E se todas as cinco falhassem, por algum motivo, a Joia da Realidade poderia sozinha moldar o universo da forma que Thanos desejasse.

Ele sentia o poder se espalhando por sua forma. O universo se ajoelharia perante Thanos. O universo *se tornaria* Thanos.

No entanto...

Alguma coisa o incomodava, lançando uma sombra por cima do triunfo iminente. Sim, as próprias estrelas gritaram ao ver Thor morrer. Soaram trompetes; brandiram-se as cordas. A oferenda de Thanos fora ouvida e aceita.

Mas faltava algo. Uma ausência cutucava Thanos em seu coração de pedra. Quando o Deus do Trovão pereceu, Thanos continuou sozinho. A voz em seu coração, a entidade que ele amava mais que a qualquer outra, não falara ainda.

A Morte estava em silêncio.

Em todo o universo, somente uma entidade – *um conceito* – detinha a lealdade de Thanos: a Morte. Por toda a vida, ao longo de incontáveis ciclos de vida humanos, ele a adorara, idolatrara, buscara lhe agradar. Ela falava com ele em sonhos, acordado ou dormindo, urgindo-o à matança e ao genocídio. Seus olhos sombrios cintilavam; a boca escarlate prometia paz e um contentamento derradeiro.

Mas nunca era o bastante. Não importava quantos seres, quantos mundos Thanos reduzia a cinzas, a Morte nunca o aceitara por completo. Com os lábios, ela afagava seus ouvidos, sussurrando palavras tentadoras e promessas. Logo, como sempre, ela iria embora.

As Joias do Infinito cintilavam em sua mão. Eram sua última chance, a última oferta em troca do amor da Morte. O poder das Joias era tamanho, tão universalmente temido, que muito antes elas haviam sido separadas e postas aos cuidados de um grupo de entidades cósmicas. Para acumulá-las, Thanos enganara, aprisionara e dera cabo do Colecionador, do Jardineiro, do Grão-Mestre e de outros de que mal se lembrava.

Agora, o poder lhe pertencia. O poder de controlar o universo – de governá-lo ou reduzi-lo ao pó. O maior dom que qualquer ser, em todo o tempo e espaço, jamais oferecera à Morte.

E ainda assim ela retinha seu amor.

Um disparo de energia cósmica atingiu Thanos, perturbando sua estrutura atômica em plena expansão. Por um momento, ele sentiu... não exatamente dor. Uma vaga lembrança dessa sensação. Um sussurro de dor, um lampejo de raiva.

Foram olhos pétreos que ele dirigiu à fonte da energia. O Surfista Prateado, em pé na prancha, canalizava poder inimaginável pela mão estendida. Esse poder fora concedido ao Surfista por Galactus, o Devorador de Mundos. Um dos poucos seres cuja força rivalizava com a de Thanos.

Porém, o Surfista não podia danificar sozinho o corpo engrandecido de Thanos. Visão flutuou ali perto e canalizou uma rajada intensa de energia solar desprendida da joia em sua testa. O jovem herói chamado Nova rangia os dentes, e assim disparou pulsos de força gravimétrica pelas mãos estendidas. A Capitã Marvel socava com um punho atrás do outro, mandando energia radiante que brilhava em estouros cintilantes.

Atrás de todos, flutuava o Capitão América, dirigindo o ataque. Os olhos escancarados, em alerta.

Mais uma vez, Thanos sorriu. É bom *mesmo* ficar preocupado, Capitão.

Com um comando enviado à Joia do Poder, o ataque simplesmente cessou. O leque de energias – solar, cósmica e gravimétrica – parou um pouco longe de Thanos, como se um campo de força tivesse sido criado.

Agora, resolveu Thanos, enviando seus pensamentos para a Morte. *Agora começa a matança.*

A Joia do Poder brilhou – mas tornou a apagar-se sob comando dele. *Por que matar todos eles?*, pensou Thanos. Muito melhor mostrar-lhes o poder total das joias primeiro. Uma exibição, uma demonstração para o universo reunido do que estava por vir.

Ele se virou primeiro para a Capitã Marvel. Ela continha um rastro de poder kree dentro de si, o legado da raça de guerreiros mais temida em toda a galáxia. Entretanto, não passava de um humano, uma mortal. Um pequeno ponto frágil num universo imenso e hostil.

A Joia do Espaço pulsou. Com a mais discreta cutucada numa corda cósmica, Thanos alterou o espaço em torno da Capitã Marvel. Um momento de desorientação, e ela se encontrou sozinha e abandonada, longe de seu mundo, seus colegas, sua nave. Longe da batalha feroz.

Em algum lugar perto da órbita de Plutão.

A bilhões de quilômetros dali, Thanos saboreava o pânico da mulher. Ela morreria nas profundezas do espaço, muito longe da Terra, quando a fome e a sede inevitavelmente destruíssem seu corpo humano.

– Reunir! – disse o Capitão América.

O Surfista, Nova e Visão se juntaram, recomeçando o ataque. Não poderiam continuar com isso para sempre, Thanos sabia. Seria bem fácil apenas esperar, deixar que os inimigos ficassem exaustos.

Mas qual a graça disso?

Com um pulsar rápido da Joia da Mente, Thanos invadiu os pensamentos do Surfista. Num milissegundo, o Titã presenciou toda a história daquela criatura torturada: a infância, como Norrin Radd, no pacífico planeta Zenn-La; a convocação para ser arauto do Devorador; e o momento triunfante quando se virou contra o mestre, recusando-se a encontrar mundos para Galactus consumir.

Thanos mexeu seus dedos, cada um agora do tamanho de uma lua. A Joia da Mente aquietou-se; a Joia da Alma fulgurou. Cruel e cirurgicamente, Thanos mergulhou na mente do Surfista e alterou sua essência.

O Surfista ficou duro feito pedra. Ele olhou ao redor, para seus colegas, como se os visse pela primeira vez. E então deu meia-volta e saiu voando para o vazio, ignorando os protestos do Capitão América.

Thanos sorriu. A Joia da Alma devolvera Norrin Radd para um estado de frieza, sem emoções, como fora quando Galactus o recrutara. Esse Surfista Prateado não dava a mínima para humanos, para amor ou amizade, para a sobrevivência dos planetas. Seu interior era como o exterior: rígido, reluzente, incapaz de permitir que qualquer luz adentrasse sua alma.

Visão lançou-se contra Thanos, com a joia solar brilhando forte. Thanos virou o rosto, estudando aquele ínfimo android. Então ergueu a Manopla e apontou para ele a Joia da Realidade.

Ao redor de Visão o espaço enlouqueceu. Planetas deslizaram e colidiram uns nos outros; luas e cometas apareceram do nada. A voz do Capitão América no ouvido de Visão soou para ele como um grito ensurdecedor, depois como um chiado sem sentido. Todas as direções viraram uma só; Visão se debatia e vagava pelo vazio, incapaz de achar o caminho.

A força do androide, isso Thanos sabia, vinha da ordem rígida de seu cérebro artificial. Sem isso, Visão ficava incapacitado. Preso num inferno particular.

Thanos reparou numa voz que perturbava sua concentração. Um som fraco, quase baixo demais para discernir. Contra sua vontade, seu coração se encheu de esperança. Seria a Morte? Teria ela chegado, finalmente, para partilhar da glória dele?

– Hã, galera? Sem querer reclamar, mas tô meio que boiando aqui.

Thanos foi tomado pela raiva. Não era a voz da Morte. Era um humano ínfimo, um inseto incômodo que ele já enfrentara antes. Um grão de pó, uma pedrinha no chão.

Homem-Aranha.

Thanos franziu a testa, procurando por aquela voz, e ergueu uma imensa sobrancelha pétrea de surpresa. Enquanto ele se ocupava com o ataque do Capitão América, Ben Grimm conseguira abordar sua aeronave, *Santuário*. O Homem-Aranha fazia parte da equipe de Grimm.

Ainda não estou acostumado a operar em planos múltiplos de uma vez, Thanos percebeu. *Devo aprender a dividir minha atenção, a viver em todo o tempo e espaço simultaneamente. Fui Titã a vida toda, mas devo aprender como é ser um deus.*

Com um movimento amplo do punho, ele desprendeu das joias um rastro de energia que queimou toda a órbita de Marte. Capitão América e Nova deixaram de existir num piscar de olhos. Não houve estouro de energia, nenhum encontro de armas em batalha. Eles existiam, depois deixaram de existir.

Vozes soaram, gritando pelos comunicadores dos trajes. Thanos dobrou as faixas do espaço e voltou sua atenção para a *Santuário*. Ele levou sua consciência lá para dentro, atravessando o casco brilhante, e sondou as duas asas da nave até encontrar a Missão Principal, na ampla seção central.

Uma batalha feroz ocorria sob as luzes fortes e janelas que iam até o teto da Missão Principal. Pantera Negra deu um salto e acertou os agentes de Thanos com suas manoplas carregadas. Os tripulantes alienígenas recuaram, disparando raios laser. Johnny Storm, o Tocha Humana, sobrevoava pelo alto, fazendo chover bolas de fogo na tripulação.

O capitão Styx, um humanoide cor de salmão, de olhos brancos, adentrou a sala com cautela. Com um gesto, quando ele estendeu a mão, uma horda de recrutas – a maioria convocada de raças de lagartos – entrou num enxame logo depois. O Homem-Aranha avançou para cima das criaturas, socando e disparando teias pelas duas mãos.

– Isso aqui está meio... como se diz quando uma coisa não está boa? – Ele acertou um monte de teia bem na cara de um lagarto armado. – *Ruim*.

Com um ruído, uma escotilha abriu-se, impelida para dentro pela força de um punho rochoso e alaranjado. Ben Grimm, o Coisa, entrou com tudo na Missão Principal, seguido pela musculosa Mulher-Hulk. Uma figura esguia veio logo depois, planando graciosamente pelo ar. Ele usava um capacete espacial, mas, diferente daqueles utilizados pela equipe do Capitão América, o dele não estava cheio de ar.

O príncipe Namor, o Submarino, deu uma boa respirada na água e atacou.

Grimm e a Mulher-Hulk mergulharam entre os homens-lagarto, socando e batendo. O Tocha voava de alto a baixo sob o teto alto, bombardeando os inimigos com bolas de fogo. Namor se lançava como um míssil pelo ar, derrubando os agentes de Thanos com seus punhos de aço. O Pantera chutava e golpeava com suas garras de vibrânio. O Homem-Aranha disparou uma teia para o teto e voou lá para cima, depois se virou para baixo e entupiu alguns rifles de laser com tiros bem colocados de teia.

Enquanto assistia a tudo, Thanos foi tocado por uma emoção esquisita. Levou um instante para entender que era tédio.

A Joia do Espaço brilhou. Num instante, Namor se fora. Ele reapareceu num planeta desértico, muito longe na galáxia – um mundo sem mares, sem lagos, sem corpos de água naturais.

Com o pulsar mais ínfimo da Joia da Realidade, Thanos transformou o capacete de Namor em hidrogênio. O que restava da preciosa água do monarca jorrou ao redor, evaporando ao encontrar a areia seca do solo.

Namor ergueu o rosto e xingou Thanos, que se pôs a rir.

– Hã, pessoal? O príncipe *Procurando Nemo* acabou de... sumir.

O Homem-Aranha de novo. A voz dele incomodava tanto quanto unha na lousa. Thanos prometeu fazê-lo sofrer.

Mas primeiro...

Mais um pulsar da Joia do Espaço, e metade da equipe de Grimm desapareceu. Mulher-Hulk, o Pantera e o Tocha apareceram no leito de um profundo mar alienígena. As chamas do Tocha sibilaram e apagaram.

Esse mundo era o exato oposto daquele no qual Namor fora exilado – um planeta inteiramente coberto, de uma ponta a outra, por água.

O Pantera arrancou a máscara, lutando para respirar. A Mulher-Hulk começou a esbugalhar os olhos. As mãos do Tocha cuspiram chamas – mas também ele estava incapacitado. Thanos chegou a pensar em usar a Joia do Tempo para desacelerar o tempo, a fim de prolongar a agonia deles. Mas seu objetivo não era causar sofrimento. Apenas a morte.

Morte. Ela ainda o torturava; continuava em silêncio. Thanos cerrou o punho. Onde estaria ela?

A bordo da *Santuário*, Ben Grimm sumiu e foi reaparecer do lado de fora da nave. A pressão cresceu dentro de seu corpo; os olhos se esbugalharam, veias avermelhadas dilataram. Ele explodiu numa tempestade de rochas alaranjadas, pequenas em comparação aos asteroides circundantes.

– Certo, galera – Mais uma vez, aquela voz irritante. – Pelo visto, sobrou só este aqui contra um exército de escamosos verdes. Pode até parecer que eu tô em séria desvantagem, talvez sem esperanças. Pode parecer que tô fora da minha zona de conforto urbana, aqui na nave do Senhor Maluco. Mas, não importa onde estou, continuo sendo o Amigão da Vizinhança...

Thanos deu um soco com seu punho gigante. A Joia do Tempo brilhou, com uma discreta assistência da Joia do Espaço. Dimensões se dobraram; supercordas tocaram acordes dissonantes. O Homem-Aranha foi erguido, virado de lado, e desapareceu pelo espaço-tempo.

Thanos sorriu. Com a Joia da Mente, estendeu sua consciência para uni-la à do Aranha. Ele queria sentir cada momento da agonia que estava por vir.

O Homem-Aranha sentiu-se ficando menor, mais jovem. Sua consciência estreitou-se, afunilando-se para um único e terrível momento. O momento em que, com selvageria no coração, ele teve o assassino de seu tio Ben nas mãos.

O pior momento da vida do jovem Peter Parker.

Ele aproximou o rosto do homem ao seu e se lembrou: *É o ladrão que passou correndo por mim. O que eu não capturei quando tive a chance.* Mais uma vez, pela primeira vez na vida, ele compreendeu que sua falta de responsabilidade permitira a morte de seu tio.

Mas Thanos não estava satisfeito. Ele foi atrás das 42 faixas do hiperespaço e segurou uma única supercorda. Após torcê-la, amarrou-a numa volta curta.

Horrorizado, o Homem-Aranha viu aquele momento se repetir. Mais uma vez ele agarrou o ladrão e o ergueu para ver o rosto do homem. Mais uma vez sentiu o primeiro assomo de culpa, a vergonha que o acompanharia pelo resto da vida.

Depois mais uma vez.

E mais uma vez.

Thanos ria. Retirando-se da mente do Homem-Aranha, largou o jovem herói num inferno que não teria fim jamais.

Agora o corpo de Thanos estava do tamanho de Júpiter. *Apenas cutuquei a superfície*, pensou ele. As opções, as perversidades que as Joias possibilitavam, eram infinitas.

Mais defensores avançaram contra ele. Hulk, com sua energia furiosa canalizada e amplificada por um traje espacial projetado especificamente para ele. Doutor Destino o atacou com uma mistura de magia negra e poder cósmico roubado. O Motoqueiro Fantasma, com a caveira em chamas feito um retrato da fúria dos elementos, dirigia uma motocicleta impelida por foguetes.

De uma fenda espacial surgiu uma espaçonave. Reluzente, angulosa – uma nave de guerra. Por um momento, Thanos torceu para que os shi'ars tivessem realmente ousado desafiá-lo. Mas, quando levou sua visão lá para dentro, encontrou apenas os X-Men. Magneto, Psylocke, Dentes de Sabre, Arcanjo, Tempestade e uma Jean Grey estranhamente jovem.

Um por um, todos encontraram seu fim. A alma de Hulk, reduzida à de Banner em seu estado mais inferior. Tempestade, aprisionada viva num caixão para a eternidade. Jean Grey, exilada num laço de tempo mortal de genocídio e arrependimento infinitos. O Motoqueiro Fantasma, confinado para sempre entre as chamas do inferno de Mefisto. Magneto foi devolvido aos campos de concentração, sua brilhante mente tão aleijada quanto seu corpo sem poderes.

Thanos virou o rosto para o alto e berrou:

– NÃO BASTA? AGORA VOCÊ ACEITA O MEU AMOR?

Um sussurro discreto no ar noturno. Baixo demais para entender. Mas podia ser ela.

Ele se permitiu ter esperança.

Ao redor, as faixas todas caíram no silêncio. Corpos vagavam por entre os asteroides; estilhaços de trajes espaciais cintilavam inocentes no escuro. O capitão Styx tinha recobrado o controle da *Santuário* e agora começava a virá-la para a Terra.

Terra. Um pontinho contra o Sol, um grão de matéria pobre com um espevitado satélite em sua órbita. Thanos captou olhos a bordo do satélite, observando-o. Planejando uma desesperada defesa final.

Esses defensores também teriam a vez deles. Seriam todos exilados em seu inferno particular. Ou então o Titã apenas os mataria, concedendo-lhes a bênção de não existir.

Por ora, ele se permitiu um momento de satisfação. Sua mente percorreu as dimensões, correu de um lado a outro pelas trilhas das supercordas. Ele viu Namor desabar naquelas areias implacáveis, sentiu o Homem-Aranha reviver sofrimento e horror sem fim. Sentiu o pânico crescente da Capitã Marvel, em seu exílio sem volta; saboreou o momento em que a Mulher-Hulk foi afogada pela água que inundou seus pulmões ricos em gama.

Cada morte era uma oferenda. Um símbolo de amor.

Agora ele estava maior do que o Sol, mais vasto do que o sistema solar. Entretanto, continuava incompleto. Ainda ansiava pelo abraço dela.

E havia algo mais. Algo que avançava em alta velocidade contra ele feito uma flecha, por entre as faixas do hiperespaço. Um monstro, uma arma, uma criatura projetada e arquitetada com um único propósito: matar o Titã Louco.

Apesar do tamanho, apesar do poder, Thanos sentiu uma fisgada de medo. Conforme se enrijecia, esperando pelo ataque, uma única palavra borbulhou até a superfície de sua consciência, provocando, ameaçando. Uma palavra que ele não ouvia há muito tempo.

Destruidor.

Thanos cerrou os punhos, pôs as joias para funcionar em força total e esperou que começasse a batalha.

2

— **BEM** – murmurou Tony Stark, erguendo a placa do rosto para enxergar melhor o holograma à sua frente. – Estamos na primeira fileira para assistir ao fim do mundo.

– *Isso* é o que você chama de ver o lado bom?

Maria Hill, diretora da S.H.I.E.L.D., acenava para uma imagem tridimensional de Thanos. O Titã Louco pairava no espaço, mostrando os dentes, os punhos estendidos à frente. Thanos crescera para um tamanho impressionante: era possível ver estrelas, cometas, asteroides através de sua silhueta cósmica agigantada. Pedaços de naves destruídas o circundavam; corpos também, embora nessa ampliação eles estivessem pequenos demais para serem identificados.

– As Joias – disse Tony. – Ele finalmente conseguiu todas.

– Sabíamos que este dia chegaria – Hill retrucou.

Tony estreitou os olhos focados no holograma.

– Queria poder ver mais de perto.

– Richards está trabalhando nisto. – Hill lançou-lhe um olhar. – Está preocupado?

– Ainda não – Tony respondeu, fazendo careta. – Já volto.

A ponte, em seus muitos níveis, fervilhava de tanta atividade. Computadores zumbiam, alarmes soavam. Agentes tanto da S.H.I.E.L.D. quanto de sua agência-irmã, E.S.P.A.D.A., zanzavam daqui para lá, berrando ordens e correndo para cumpri-las.

Pico era o nome do satélite quartel-general da E.S.P.A.D.A. – Equipe de Supervisão, Pesquisa, Avaliação e Defesa Alienígena. Enquanto a S.H.I.E.L.D. lidava com ameaças terrestres, o Pico ficava de olhos nos céus. Ele pairava feito um dardo pontudo na órbita da Terra, cercado por anéis de docas de pouso, instalações de detenção e laboratórios de ciências.

Sob circunstâncias normais, a S.H.I.E.L.D. e a E.S.P.A.D.A. operavam de maneira independente. Mas uma ameaça desse nível demandava coordenação total. Naves de todas as nações circundavam o Pico, preparadas para defender o mundo que partilhavam.

– Guerra Infinita – disse Tony. – Ou seriam as Cruzadas? Esqueci meu manual. – Tony sacudiu a cabeça. – Alguma notícia do Fury?

— Está em Moscou. — Hill digitava algo, distraída, num tablet. — Reunindo uma força militar multinacional para defender a Terra. Supondo que Thanos venha para cá.

— Se aquela montanha ambulante vier para cá, a Terra não vai mais *existir*. E quanto a Abigail Brand?

— Coordenando com Fury. Está dando a volta no mundo, juntando Inumanos. — Hill soltou um suspiro demorado. — Estamos fazendo tudo que podemos... até lançamos a nova estação Starcore antes da hora. As nações do mundo estão meio que... se unindo. Tem até um representante da Coreia do Norte na minha sala. Mas contra aquilo...

No holograma, Thanos levantou sua cabeça enorme, como se em resposta a alguma ameaça desconhecida. Quando ergueu o punho, as Joias do Infinito brilhavam radiantes, uma após a outra.

— Enfrentei um monte de vilões na minha época — disse Tony. — Mas isso aí é diferente.

— Diferente? — Hill parou e baixou o tablet. — Como assim?

— Parece que é... o fim.

Tony se mexeu, ajeitando a armadura. Estava usando a armadura do Homem de Ferro fazia dez horas; estava começando a coçar. Estudando o holograma, não via sinal algum da equipe do Capitão América.

— Perdemos contato de rádio com as equipes de ataque — disse Hill. — Isso não é nada bom.

— Você é uma pessimista. — Tony abriu um sorriso sem humor nenhum. — Sabia que a gente tinha algo em comum.

— Como vai o plano?

— Construí a máquina. Agora, tudo depende dos outros. — Tony observava o holograma com preocupação. — Queria estar lá.

— Eu também. — Hill voltou um olhar tenso para a imagem. — O que é *aquilo*?

— Ampliar foco — Tony ordenou.

O holograma recuou, expandindo o foco para incluir *Santuário*. A silhueta gigantesca de Thanos ainda dominava a imagem. Tony ergueu as mãos e girou a imagem. Um raio verde e violeta apareceu logo acima do sol, disparado na direção do Titã com velocidade inimaginável.

– Aquilo – disse Tony – é a distração pela qual esperávamos.

O raio desacelerou ao se aproximar, condensando-se numa figura humanoide. O corpo era grande e musculoso, marcado com chamativas tatuagens vermelhas. Os olhos brilhavam esbranquiçados, e nas mãos ele portava duas enormes facas cerradas.

– Drax – disse Hill.

– Melhor um velho Destruidor do que nada. – Tony sacudiu a cabeça. – Carinha fascinante. Saltou do hiperespaço sem nem usar *armadura*... isso deveria ter rasgado a carne dele em pedaços.

Drax, o Destruidor, parou bem em frente a Thanos. Drax estava menor do que o nariz do Titã – mas, por um breve instante, uma expressão de receio pareceu dominar o rosto de Thanos.

Drax voou para baixo, recuou um pouco e meteu as duas facas no peito enorme de Thanos. O Titã se contraiu, abrindo a boca num grito silencioso.

Hill ficou perplexa.

– Como é que ele fez isso?

– O Destruidor foi criado para enfrentar Thanos. *Inventado*, se preferir. É uma arma viva.

– Então ele pode... tipo... destruí-lo?

– De jeito nenhum. Sem chance.

– E o restante dos Guardiões? Estão vindo?

– Estão ocupados em algum lugar do outro lado da galáxia. Algo a ver com Ondas de Aniquilamento, um grupo de assassinos chamado Ordem Negra... outra frente na guerra de Thanos. De qualquer modo, não acho que botar um guaxinim para morder o Thanos até a morte seja o melhor plano.

– Então qual seria? – Hill apontou desesperada para o Destruidor. – Se uma arma humana criada especificamente para matar Thanos é inútil, o que mais podemos fazer contra ele?

No holograma, Thanos apertou bem o punho. Um raio de energia das Joias foi disparado contra o Destruidor. Drax esquivou-se e flutuou pelo espaço, mas a rajada raspou na lateral do corpo dele. Ele fechou a cara, de dor, e o sangue saiu borbulhando pelo vácuo.

– Quando a invenção falha – disse Tony –, vá falar com o inventor.

Tony virou-se para contemplar a enorme ponte circular. Havia uma máquina esquisita na parede oposta, atrás de dezenas de apressados agentes da S.H.I.E.L.D. e da E.S.P.A.D.A. Seu aspecto mais evidente era uma tela de formato irregular cercada por uma moldura de bronze adornada por símbolos maias e egípcios. Os pictogramas antigos contrastavam vivamente com a decoração de alta tecnologia da E.S.P.A.D.A.

Uma figura esguia de capuz vermelho estava ajoelhada perante a máquina, de cabeça baixa. Energias fantasmagóricas brotavam das mãos estendidas do sujeito, subiam pelo ar e alimentavam o reluzente aparelho.

– Então? – perguntou Hill. – Está pronta?

– Só esperando pelo inibidor de turbulência dimensional do Reed. – Tony virou-se e disse: – Richards! Cadê você?

Hill fez uma careta e apontou para uma varanda três andares acima.

– Melhor subir lá – disse.

Alguma coisa na voz dela fez Tony obedecer. Sem se preocupar em baixar a frente do capacete, acionou os jatos das botas com um comando mental. Ao disparar pelo ar, viu de relance a pequena criatura que era Drax golpeando mais uma vez o corpo gigantesco de Thanos.

No nível superior, logo acima de toda a atividade da ponte abaixo, um recanto numa varanda fora liberado para o uso de Reed Richards. O corpo elástico do cientista parecia ter preenchido todo o espaço, com os braços esticados e enrolados em torno de consoles e máquinas, os dedos manipulando distraidamente os controles de monitores situados a metros dos olhos dele. Porém o poder de esticar-se era, na verdade, o *menor* dos talentos de Reed Richards. Sua mente incrível lhe permitia adaptar qualquer situação, qualquer combinação de equipamento, a suas necessidades. A habilidade inata de solucionar problemas era o que realmente fazia dele o Sr. Fantástico.

Mas, quando moderou os jatos para pousar na varanda, Tony percebeu que havia algo errado. O equipamento de Reed estava tomado por telas, montadas em todas as alturas possíveis: pequenos monitores e outros maiores, quadrados e ovais, alguns deles sem dúvida construídos para uso alienígena. Os dedos alongados de Reed se estendiam para tocar e ampliar uma imagem, depois dançavam sobre os consoles até a seguinte. Os olhos iam pulando de uma para outra.

Todos os monitores mostravam nacos de pedra alaranjada flutuando no espaço.

Tony pousou uma mão de metal no ombro de Reed. A manopla quase afundou na carne elástica do cientista.

– Ben – Reed murmurou.

Tony compreendeu. Entendera o que eram os objetos mostrados nos monitores: nacos do corpo cosmicamente alterado de Ben Grimm, explodido aos pedaços por Thanos.

– Reed – disse Tony, esforçando-se para não deixar uma fisgada de impaciência ficar evidente no tom de voz. – Precisamos resolver isso logo.

Quando Reed ergueu o rosto, Tony quase recuou. O cientista parecia mais velho, mais cansado do que Tony jamais o vira.

– Não pude salvá-lo – Reed sussurrou.

Não temos tempo pra isso, pensou Tony. Sua mente disparou em hipervelocidade, propondo e descartando uma dezena de cursos de ação em milissegundos. Gritar com Reed? Demonstrar compaixão? Pegá-lo pelos braços e arrastá-lo até a ponte?

Dar um tapa?

– Reed. – Tony manteve a voz firme. – Cadê a Sue?

– Com o Fury. Em Moscou. – Reed sacudiu a cabeça. – Eles não sobreviverão ao enfrentar Thanos.

– Vamos garantir que não precisem fazer isso.

Reed desviou o olhar.

– Anda, Reed. Não me obrigue a isto. Sabe que sou péssimo com motivação.

– Isso é verdade – Reed concordou. – Do que precisa?

– Do que eu *preciso*? Preciso do treco! Do inibidor de turbulência!

– É isso? Terminei faz dez minutos. – O cientista mostrou um pequeno cubo envolto por circuitos intrincados. – Achei que você ainda estava trabalhando no portal.

Tony tomou o objeto das mãos do outro.

– Agora *sim* eu quero te dar na cara – murmurou.

– Hm?
– Nada. – Tony alçou voo. – Não vamos contar isso a Hill, tá?
– Tony?
Tony olhou para baixo. Reed apontava um dedo de mais de trinta centímetros para um pequeno monitor no canto de sua oficina. Um pedaço enorme do corpo de Ben Grimm, talvez parte do peito, flutuava no espaço. Tony ficou olhando até que o martelo de Thor passou girando pela tela, diminuto em contraste com a escuridão flocada de estrelas.

Tony não disse nada. Com um comando mental, baixou a porção frontal do capacete. Quando os circuitos da armadura selaram, os olhos brancos reluzentes do Homem de Ferro ganharam vida.

– Vamos – disse.

Durante a descida, ele manteve a placa do rosto baixada. Tony construíra a armadura do Homem de Ferro para proteger-se de ataques, mas às vezes ela servia a outro propósito. Para o mundo lá fora, expressão nenhuma aparecia naquele rosto dourado brilhante. Lágrima nenhuma brotava naqueles cintilantes olhos brancos.

Reed foi logo em seguida, estendendo e contraindo o corpo, agarrando-se a corrimões, descendo andares como uma mola numa escadaria. Tony estava para pousar quando a estação sacudiu com um impacto violento.

– Estações de combate! – Hill berrou.

Tony girou, manobrou para o lado e pousou junto de Hill. A diretora estava bem em frente ao holograma principal, que mostrava uma nave grande, de três segmentos, disparando raios de partículas.

– *Santuário* – disse Reed. Tony deu um pulo: não tinha visto a cabeça e o pescoço alongado do cientista parando ao lado dele. – A nave de Thanos.

– Amaciando a gente – Tony sussurrou.

– Chame todos os combatentes – disse Hill, apertando um botão de comando no ombro. – E.S.P.A.D.A., S.H.I.E.L.D., tudo que tivermos. E alerte o Fury: a batalha veio até nós.

Uma pequena tela holográfica secundária no canto do monitor ainda mostrava Drax se esquivando e voando pelo espaço, evitando os disparos de Thanos. A imagem piscou e sumiu. Um técnico virou-se para Hill e informou:

– Dados remotos perdidos.

Hill virou-se, atônita, para Tony e Reed.

– *Que diabos vocês dois estão esperando?*

Tony tocou Reed no ombro – pelo menos, parecia ser um ombro. Com os braços do cientista esticados por quase metade da ponte, ficava difícil saber.

– Está com a parada aí?

– Você tomou de mim.

– Ah, é mesmo.

Os dois cruzaram a ponte, esquivando-se e pulando por cima de frenéticos agentes da E.S.P.A.D.A. Outro disparo acertou o Pico; Tony ganhou os ares para não tropeçar.

Quando chegou à máquina dos símbolos egípcios, Tony olhou de novo para o holograma principal. Uma falange de combatentes da Terra – pelo menos uns vinte – cercara a nave de Thanos, e disparava armas de partículas e pequenas ogivas. Pareciam mosquitos tentando derrubar um elefante.

– Wanda – disse Tony. – Pronta pra fazer uma mágica?

A figura ajoelhada virou-se com certa surpresa, como se não tivesse reparado que havia alguém ali. Wanda Maximoff, a Feiticeira Escarlate, usava um manto cerimonial rubro e uma tiara. Atrás dela, uma onda esquisita de estática sibilou e fulgurou na tela plana e irregular da máquina.

– Wanda?

– Estou pronta – disse ela.

Wanda virou-se para a máquina, ajoelhou-se e disparou uma rajada de magia do caos no aparelho.

Um brilhante fulgor estático reluziu. Uma onda de energia varreu a tela, que ganhou definição, mostrando nuvens que passavam muito rapidamente. Tony não soube explicar, mas as nuvens pareciam reais.

Wanda tremia.

Reed parou ao lado de Tony.

– Ela está mesmo pronta para isto? – sussurrou.

– Wanda mostrou que é forte muitas vezes. – A ponte sacolejou com mais um impacto. – Além do mais, não temos opções.

A tela mudou de novo, sendo varrida por um vento forte.

– Eu o encontrei – disse Wanda. – Localizei aquele que procurávamos.

Tony olhou para Reed como quem diz: viu?

As nuvens rebentavam por toda a tela. Olhando bem no fundo, Tony pôde sentir o poder. Os ventos foram se acalmando, revelando uma imagem turva e vaga de um homem de bigode, cavanhaque e olhos penetrantes.

– Ah – disse Tony. – *Esse* cara.

– Doutor Estranho – disse Reed. – Onde você está?

– *Receio que a resposta para essa pergunta não... muito sentido.* – A voz de Estranho sumia e voltava. – *Eu cruzei mui... planos dimensionais para chegar até aqui.*

Mais um disparo acertou a ponte. A tela ficou vazia; o rosto de Estranho sumiu. Tony soltou um palavrão, abriu um painel com a manopla e acionou um reinício forçado por controle remoto.

Wanda esticou bem as mãos com força e colocou mais energia na máquina. O Mago Supremo reapareceu. Parecia desorientado, sacolejado por ventos sobrenaturais.

– *Receio que... tenha me perdido. As dimensões estão se alterando... fora de alinhamento. Os caminhos não são mais os mesmos.*

– Consigo falar com você, Doutor – disse Wanda, olhando para ele. – Mas não o localizo.

– Doutor – disse Tony. – O tempo está acabando. Já encontrou nosso garoto?

– *Sim. Ele mora na dimensão inferior onde Thanos o... Mas não consigo atravessar a turbulência que circunda esse domínio.*

– Isso eu resolvi.

Reed esticou os dedos até atrás da máquina, procurando até localizar a entrada específica que Tony construíra, segundo suas especificações. Foi ali que ele plugou o inibidor de turbulência dimensional.

– Ciência e magia – disse Tony, espantado. – Igual bacon com sorvete.

– Faz mal para o coração, mas é uma delícia – disse Wanda.

Um sorriso discreto se insinuou no rosto dela. Apesar da tensão no ambiente, Tony sorriu de volta.

Na tela, o Doutor Estranho escancarou os olhos. O amuleto em seu peito começou a brilhar, erguendo-se em pleno ar. Ao assumir seu posto na testa do feiticeiro, a joia pareceu abrir uma pálpebra, como um terceiro olho.

– *O Olho de Agamotto* – disse Estranho. – *Clareando lentamente. Não... atravessar o véu dimensional, nem vislumbrar o caminho de volta. Mas posso mostrar quem vocês requisitam.*

Quando o rosto de Estranho começou a sumir, Reed esticou-se adiante.

– Quando tudo isto tiver acabado, nós *vamos* encontrar você. Vamos trazê-lo para casa.

– *Que seus esforços contra Thanos... bem-sucedidos* – disse Estranho. – *Prefiro que haja uma Terra para a qual retornar.*

– É – disse Tony. – Tem isso, também.

Ele olhou ao redor. No holograma principal de Pico, a *Santuário* de Thanos sofria danos muito prejudiciais. Mas os cacos estilhaçados de naves da S.H.I.E.L.D. e da E.S.P.A.D.A. a circundavam, flutuando no espaço. A batalha estava longe de terminar.

E nada disso importa, pensou ele. *Ganhando ou perdendo, Thanos logo terá poder suficiente para destruir a Terra com um mero pensamento.*

– Oh – disse Reed.

Tony virou-se correndo. Na tela da máquina, o Doutor Estranho fora suplantado por uma imensa figura humanoide. Ela flutuava numa espécie de espaço inferior; estrelas e luas alienígenas apareciam nas sombras de sua silhueta cósmica. Os punhos da figura eram presos por correntes enferrujadas do tamanho dos anéis de Saturno, cada braço preso a um asteroide diferente. Os tornozelos foram igualmente aprisionados, ligados a reluzentes gigantes gasosos. Uma corrente ainda mais grossa circulava a cintura, mantendo as costas arqueadas contra uma estrela morta, reduzida a cinzas. O ser parecia estar morto; os olhos pareciam vazios, a boca aberta na lembrança de um grito.

A imagem falhou. Tony olhou para Wanda e pôs a mão no ombro dela. A moça o repeliu.

Na tela, a imensa figura virou-se para olhar para os três. Seus olhos se acenderam, brilhando como as cinzas de uma fogueira muito antiga.

– QUEM DESEJA FALAR COM KRONOS? – perguntou o ser.

– Hm – disse Tony. – É...

– Nós queremos – disse Reed.

Tony olhou feio para ele.

– Obrigado. – Voltando-se para a imensa figura algemada, prosseguiu: – Só para esclarecer. Você é mesmo Kronos, o Titã? Que governou Olimpo, avô de um pilantrinha genocida chamado Thanos?

– SIM – Kronos olhou para a cintura acorrentada. – FOI THANOS QUEM ME APRISIONOU AQUI.

Kronos sacudiu um dos braços. A corrente do pulso fez uma trincheira no planetoide, mas não cedeu.

– Certo. Bom, o negócio é o seguinte: talvez possamos ajudar.

Kronos ficou furioso.

– NENHUM PODER TERRENO PODE ME LIBERTAR.

– Ah. Porém – Tony deu um passo à frente e apontou para Wanda, ajoelhada ali –, o poder dessa aqui vem diretamente da... magia do caos, certo? – Wanda fez que sim. – E essa magia... como com certeza você sabe, sendo um deus e tal... é cósmica por natureza.

– TALVEZ POSSA SER FEITO. – Kronos encarava Tony. – MAS SUPONHO QUE DESEJEM ALGO EM RETORNO.

– Nada que você não faria de graça, aposto. Precisamos que dê um fim em Thanos. – A ponte sacudiu. – E, hã, rápido.

– EU ENVIEI ARMAS CONTRA MEU NETO NO PASSADO. FUI EU QUEM CRIOU O DESTRUIDOR.

– Sim, bem, *esse aí* não vai nos livrar de ter que ir pra prorrogação. Você vai ter que pensar em algo melhor. – Tony fez uma pausa. – Negócio fechado? Esta oferta *vai* expirar imediatamente após a obliteração total da raça humana.

– THANOS POSSUI A MANOPLA DO INFINITO.

– E quem disse que iria ser fácil?

Kronos fechou os olhos.

– EU ESPERAVA QUE AS COISAS FOSSEM DIFERENTES.

– Esperava. Hm. – Tony cerrou os punhos. – Aposto que Thor esperava poder tomar hidromel em Asgard hoje à noite.

– Stark. – Maria Hill o tocou no ombro. – Lançamos nossas últimas dez naves. Quando tiver terminado aqui, precisamos do Homem de Ferro lá fora.

Tony voltou-se para Kronos.

– Tenho que ir, vovô. Negócio fechado?

– SE PUDEREM ME LIBERTAR – vociferou o Titã –, EU OS AJUDAREI.

Wanda ficou de pé, endireitando-se em toda a sua estatura. E ergueu bem os braços.

– Eu vou conseguir – disse.

Várias coisas aconteceram em rápida sucessão. Um trio de rajadas de energia perfurou o casco do Pico, estilhaçando a janela. O ar agitou-se, escapando pelo buraco no casco. Equipes de reparos puseram seus capacetes e correram para selar a ponte.

Tony ouviu um gorgolejar, quase perdido na tempestade erguida pelo ar em fuga. Quando olhou para baixo, viu Reed se debatendo no chão, com membros de mais de cinco metros espalhados por toda a ponte. De olhos escancarados, ele movia os lábios sem fazer som.

Um dos disparos de energia abrira um buraco no peito dele.

Wanda mantinha-se firme, imóvel, enquanto agentes uniformizados passavam a toda por eles. Perante a máquina, a mutante brilhava com magia do caos acumulada. Ela brandiu as mãos para a tela e enviou uma rajada de energia cósmica. A imagem de Kronos perdeu-se no brilho ofuscante que se formou.

Reed tossiu e ficou imóvel.

Hill andava de um lado a outro, berrando comandos no ombro. Agentes da E.S.P.A.D.A. passavam apressados, afivelando *jetpacks*. As equipes de reparos faziam de tudo para selar a janela esburacada. Pelo vidro estilhaçado, Tony podia ver, embora um tanto distorcida, a imensa *Santuário* dando a volta para começar outro ataque.

Quase não dava para ver Wanda com tanta luz de cegar os olhos. Apenas uma silhueta rubra numa tempestade de caos.

Tony olhou mais uma vez para Reed Richards, que morria ali, espalhado no chão. *Já travei muitas batalhas*, pensou ele. *Batalhas desesperadas, quando parecia não haver nenhuma chance. Tomei decisões difíceis, perdi amigos e cheguei muito perto de morrer.*

Mais uma vez ele pensou: *parece que é o fim.*

Outro disparo sacudiu o Pico. Metais rangeram; voou vidro para todo lado. O casco do Pico chiava, ameaçando rasgar ao meio.

Tony Stark, o invencível Homem de Ferro, fechou os olhos e inspirou profundamente. Depois fechou a placa do rosto, ativou todos os sistemas e correu lá para fora, para ajudar na batalha.

3

— THANOS – proclamou Drax, o Destruidor. – *Eu trago o seu fim.*

Thanos fitou a pequena criatura verde. Sangrando e machucado, o Destruidor não desistia de lutar. Sem medo nem hesitação, encarava o Titã Louco.

– *Eu o rastreei até aqui* – continuou Drax –, *além das estrelas, pelas profundezas inimagináveis do espaço. Eu nasci para este dia, ser maligno, e agora finalmente ele chegou. Agora termina o seu reino de terror...*

– É MESMO?

Thanos esticou um dedo mais comprido que o diâmetro de Júpiter. A Joia da Realidade fulgurou uma vez, e Drax sumiu.

– SEM DESTINO ESPECIAL PARA VOCÊ – brincou Thanos. – PRISÃO TEMPORAL, EXÍLIO DISTANTE NEM MORTE DEMORADA.

Graças à Joia da Realidade, a existência de Drax fora apagada da história. Muito em breve os colegas dele, os autointitulados Guardiões da Galáxia, contemplariam o rosto de Thanos em algum outro céu alienígena e enfrentariam seus próprios destinos. E mesmo então, em seus momentos finais, eles não se lembrariam do guerreiro feroz da pele verde que fora seu amigo.

Por um momento, tudo ficou quieto. Corpos flutuavam por todo lado – alguns inteiros, outros mutilados e partidos. O capitão Styx já havia levado a *Santuário* na direção do Sol, para começar o ataque final ao planeta Terra. Isso, Thanos o sabia, era apenas indulgência: a Terra não era de maneira alguma crucial aos planos dele. Mas, se Styx chicoteasse a raça humana para um frenesi de pânico, a obliteração de todos seria ainda mais saborosa.

Além do mais, um deus deveria sempre recompensar seus súditos – e a tripulação pirata de Styx servira a Thanos muito bem. Pretendia permitir-lhes um pouco de pilhagem e matança – antes que eles também perecessem.

Thanos cerrou o punho e sorriu para as Joias do Infinito, agora do tamanho de planetas. Logo todo ser do universo se renderia a ele de joelhos. E ele os destruiria – um por um, e aos milhares e bilhões –, entregando cada alma para a Morte.

Ela veria, então. E o adoraria. Ela o tomaria nos braços, o aceitaria em seu reino de caveiras. Finalmente apreciaria o sacrário que ele construíra para ela, o amor que o levara a sacrificar cada ser vivo do universo.

Mas e se...

O pânico o dominou. E se a Morte o rejeitasse de novo? E se desprezasse a oferenda, se afastasse dos braços dele? E se ela *risse* dele?

Thanos olhou para os corpos. O cadáver retorcido do Pantera Negra; o corpo partido e cintilante do Visão. A figura desmantelada que era o Doutor Destino, com a máscara solta do rosto. O enxame flutuante de rochas que fora Ben Grimm.

E se tudo aquilo tivesse sido um *erro*? A matança, os esquemas, a busca incansável pelo poder. Toda uma vida de assassínio, de engano, construindo muralhas. De genocídio, matricídio, até infanticídio. E se tudo isso não valesse para nada?

– SENHORA? – Thanos apelou aos céus. – PODE FALAR COMIGO?

Somente o vento rolar respondeu.

– FALE. – Uma pontada de raiva contaminou a voz. – ME DÊ UM SINAL, MALDITA!

Silêncio.

– POR FAVOR. – A voz dele falhou. – EU PRECISO SABER. DIGA-ME QUE ESTÁ COMIGO, QUE APRECIA ESSE AMOR SOMBRIO E ETERNO.

Nas beiradas da consciência, um som. Baixinho demais para discernir.

– SENHORA? – ele repetiu.

Uma voz. Um sussurro. Ele reconheceu uma única palavra, seu próprio nome: *Thanos*.

– SIM? SIM, MEU AMOR? – Foi preciso lutar para se impedir de ser sobrepujado pelas emoções. – É VOCÊ MESMO, FINALMENTE?

Concentrando-se, ele estendeu sua consciência pelo universo. Sua consciência vibrava em ondas que ultrapassavam os mundos periféricos deste sistema, Urano e Netuno e Plutão. Sondou também na direção oposta – além do Sol, no imenso vazio do espaço interestelar. Pesquisou em Alpha e Próxima Centauri, Wolf e Sírio e a Estrela de Barnard. E continuou em diante, pelos milhões e bilhões de sóis que compunham a Via Láctea.

Como um exímio pianista, percorreu de um lado a outro as faixas hiperespaciais, tocando cada corda num glissando macio. Nos domínios mais próximos, naves disparavam de uma estrela a outra a velocidades inimagináveis. Nos níveis medianos, seres estranhos lutavam feito árvores vagarosas e dormiam por eras. Em mais ampla escala, criaturas como Dormammu detinham o controle de domínios estranhos demais para a mente humana compreender.

Vozes tagarelavam e chiavam e roncavam. Humanas e inumanas. Tons que vibravam em mil planetas alienígenas ao mesmo tempo. Trilhões de seres em dez mil mundos.

Mas não a voz que ele procurava.

– JOVEM.

Ele escancarou os olhos. A voz falava de perto, muito mais perto do que ele pensava. Foi preciso apertar os olhos e se esforçar para focar o mundo que lhe causara tantos problemas no passado: a Terra. Não, não a Terra em si. A voz emanava daquela agulhinha de satélite acima, o que estava prestes a rachar ao meio sob o bombardeio de sua nave, *Santuário*.

Pego de surpresa, Thanos deparou-se olhando para o avô.

– KRONOS – Thanos rosnou, e sua voz espalhou ondas de choque pelo éter.

– MEU NETO. – Kronos pairava no espaço, com seu imenso corpo etéreo tenso, pronto para atacar. Estrelas, galáxias inteiras apareciam por todo o tronco e a cabeça pelada. Os olhos brancos estavam bem apertados, tamanha a decepção. – SEI QUE ARGUMENTAR COM VOCÊ É INÚTIL.

Thanos pairava sem sair do lugar, possuído por uma raiva silenciosa. *Família*, pensou ele. *A coisa mais vil do universo*.

– NO ENTANTO, DEVO TENTAR – disse Kronos.

Thanos estendeu o punho, mais rápido que a luz, e disparou uma rajada das Joias do Espaço e do Poder. A energia acertou Kronos na barriga e abriu um rasgo no tecido do espaço-tempo. Kronos berrou, curvou-se e levou as mãos à abertura. Seus dedos rijos, cada um tão longo quanto uma cauda de cometa, brilhavam com pontinhos de energia captada nas estrelas. Num microssegundo, eles suturaram o rasgo.

Kronos olhou feio para o neto.

– DURANTE TODA A SUA VIDA – rosnou ele –, OS MAIS VELHOS ARRUMARAM A SUA BAGUNÇA.

Ele disparou uma rajada de energia cósmica, uma ruptura eletromagnética poderosa o bastante para apagar a Terra. Thanos a evitou com facilidade, erguendo a Manopla e dissipando a rajada com um fulgurar da Joia da Realidade.

– VOCÊ NÃO SABE DE NADA – disse Thanos, atacando de novo. – SUA VIDA SEMPRE FOI UMA PAZ SÓ.

– NEM SEMPRE. – Kronos esquivou-se do disparo, permitindo que a energia se dissipasse no espaço. – EU TAMBÉM ENFRENTEI MEUS TESTES. A TENTAÇÃO DO PODER ABSOLUTO.

– E FALHOU.

– SIM. – Uma onda de chamas metacósmicas desprendeu-se das pontas dos dedos de Kronos. – FUI DERRUBADO PELOS MEUS PIORES INSTINTOS.

– VOCÊ FOI DERRUBADO POR INCOMPETÊNCIA!

Distraído pela raiva, Thanos permitiu que as rajadas o atingissem. As Joias agiram automaticamente, protegendo-o do ataque. Mas a energia cósmica o ferroou como a picada de vários insetinhos.

– VOCÊ NÃO ENXERGA A LIÇÃO – Kronos rosnou. – SEU PLANO TAMBÉM FALHARÁ. SEU CAMINHO NÃO LEVA A LUGAR ALGUM.

– NÃO PROJETE SEUS FRACASSOS EM MIM. – Thanos permitiu que sua raiva se avolumasse, e a afunilou na Manopla, que reluzia muito. – NÃO TEMOS NADA EM COMUM.

– TEMOS MAIS EM COMUM DO QUE VOCÊ PENSA.

– FAMÍLIA. SOU SEMPRE VEXADO PELA FAMÍLIA. – Thanos disparou uma rajada imensa de energia. – BASTA!

– FOI POR ISSO QUE VOCÊ ASSASSINOU SUA MÃE? – Kronos absorveu a energia, exclamando ao ser atingido em seu gigantesco corpo. – POR QUE VOCÊ AHH... FOI ATRÁS DE SUA CENTENA OU MAIS DE FILHOS... E MATOU CADA UM DELES?

– VOCÊ NUNCA ME ENTENDERÁ.

Kronos ajeitou-se, fazendo de tudo para encarar Thanos diretamente. Esse último ataque o ferira, forçando seus átomos celestes a se separarem ainda mais. Thanos percebeu – sempre reparava na fraqueza.

– EU DEVIA TER DESPEDAÇADO VOCÊ, MEMBRO A MEMBRO, HÁ MUITO TEMPO – disse Thanos, usando os ventos solares para chegar mais perto de seu oponente. – VOCÊ E MEU ODIADO PAI. NENHUM DOS DOIS TEM A FORÇA, A CRUELDADE PARA TRAZER PAZ PARA ESTE UNIVERSO.

Os olhos de Kronos cintilaram vivamente. A expressão que viu neles fez Thanos estremecer.

– CRUELDADE?

O Titã mais velho estendeu dedos azuis-escuros, apontando em meio ao negrume. Um raio fino foi disparado e rumou para o Sol. No último instante ele virou, ziguezagueou pelo espaço e deu a volta no satélite em forma de agulha dos humanos. Pequenas naves esquivaram-se rapidamente; um homem vestido de vermelho e dourado também se protegeu, com jatos pulsando pelas botas.

O raio acertou *Santuário*, abrindo um buraco enorme no casco. O capitão Styx e sua tripulação de piratas correram, fugiram e finalmente despencaram para o espaço, sem conseguir respirar.

– TEMOS MAIS EM COMUM – repetiu Kronos – DO QUE VOCÊ PENSA.

Seus dedos dançaram. Cinco pequenos raios foram lançados e seguiram a mesma rota, em direção ao Sol. Quatro deles acertaram a danificada *Santuário*, partindo-a em pedaços. O raio final envolveu o capitão Styx.

Tudo isso foi testemunhado por Thanos, tendo a consciência amplificada pela Joia do Espaço. Ele viu o capitão Styx gritar de dor. A energia cósmica fritou a pele de Styx, arrancando os músculos dos ossos. Quando a carne cedeu, não restou nada além de um esqueleto manchado de sangue, flutuando no espaço junto dos corpos congelados em agonia de sua antiga tripulação.

Thanos, o Titã Louco, ergueu a cabeça e riu.

– ENTÃO – disse –, VOCÊ CONTINUA SENDO O DESTRUIDOR DE OLIMPO. APÓS ERAS TENTANDO, NÃO MUDOU NADA.

– NEM VOCÊ. – A voz de Kronos pingava tristeza. – E RECEIO QUE NUNCA MUDARÁ.

Mais uma vez, as Joias do Espaço e do Poder brilharam na mão de Thanos. Um funil de energia destrutiva foi disparado pelo éter, na direção do Sol. Ele parou pouco antes de chegar à Terra e se expandiu para cobrir o trêmulo satélite-agulha numa redoma cintilante de energia.

– COM TODO ESTE PODER SOB O MEU COMANDO, MEU AVÔ... – Thanos virou-se para a Terra. – ... POR QUE EU IRIA QUERER MUDAR?

Ele girou o punho, e o Pico foi partido ao meio. Corpos foram jorrados no espaço, unindo-se e misturando-se ao fluxo de mortos que saía da *Santuário*.

Os olhos de Kronos pegaram fogo. Ele abriu bem os braços, agitando os dedos. Campos gravitacionais tremeram em resposta, se deslocando e reunindo em novas configurações. Uma dúzia de asteroides – rochas nuas do campo que circulava o Sol além da órbita de Marte – foi até ele em resposta. Depois mais uma dúzia. Uma centena. Mil.

Kronos recuou um pouco e arremessou todo o cinto de asteroides contra o neto.

Thanos sorriu. Com um pensamento, ele usou a Joia da Realidade para ficar incorpóreo. A onda de rochas passou por ele sem causar dano, espalhando-se no espaço aberto além.

– AH, MEU AVÔ – disse Thanos, obviamente zombando. – VOCÊ SERVE AOS HUMANOS. ENTRETANTO, NUM MOMENTO DE RAIVA, DESESTABILIZOU O EQUILÍBRIO GRAVITACIONAL DE TODO O SISTEMA SOLAR DELES. ACABA DE CONDENAR A TERRA A UMA NOVA ERA DO GELO... NO MÍNIMO.

– EU NÃO SIRVO A NINGUÉM – Kronos retrucou, com a voz gélida. – TENHO APENAS UM PROPÓSITO AQUI.

– NÃO OBSTANTE... – mais uma vez, Thanos sorriu –, CABE A THANOS, COMO SEMPRE, CONCEDER MISERICÓRDIA.

– NÃO. NÃO.

Thanos ignorou os lamentos do avô. Virou-se como uma adaga para a Terra, estendendo sua mente. Bebendo do medo de sete bilhões de mentes, saboreando a agonia que sentiam por seus campeões caídos e mortos.

Com um disparo de todas as seis Joias, Thanos abriu um buraco que atravessou o planeta.

Os humanos morreram. Aos milhares, aos milhões. Sem respirar, queimados vivos, afogados por maremotos violentos. Congelados nas profundezas impiedosas do espaço.

Os dois Titãs se encaravam, olhando bem nos olhos vítreos um do outro. Ao redor deles, asteroides voavam, disparados a toda velocidade pelo espaço. Planetas gritavam fora de suas órbitas, debatendo-se violentamente, atmosferas fervilhando no espaço, pegando fogo. A Terra era apenas cinzas, vazia e morta.

– SUA FÚRIA NÃO SE EQUIPARA À MINHA – disse Thanos. – MATE DEZ ALMAS, E EU MATAREI DEZ MIL EM RESPOSTA.

Kronos cerrou os punhos.

– TENTEI EVITAR ISTO – vociferou.

E então começou a crescer. Enorme, vasto, seus átomos se distanciando cada vez mais. Ele estendeu a mão e drenou energia do sol, gerando ondas de radiação solar pela superfície do astro. Estendendo bem os braços, cobriu distâncias inimagináveis entre as estrelas.

Thanos mostrou os dentes e enviou um comando mental para a Joia do Espaço. Deu para sentir o assomo da expansão quando as Joias trocaram poder entre si. Logo ele sobrepujou o avô, ficando muito maior que ele, mesmo estando imenso o corpo do velho Titã. As Joias da Realidade e do Poder foram ativadas e criaram um enorme campo gravimétrico em forma de funil, esticando anos-luz de uma ponta a outra. Com um girar da mão, Thanos tomou uma estrela amarela e lançou-a contra seu oponente.

Kronos escancarou os olhos. Sua essência ficou franzina quando ele forçou seu corpo a ficar imaterial – mas era tarde demais. O sol amarelo atingiu seu rosto negro coberto de estrelas e explodiu em milhares de pedacinhos flamejantes. Ele berrou, sem poder enxergar, sentindo sua estrutura sofrer com o calor e a pressão da gravidade. Cinzas brilhantes voaram para todas as direções, esfriando conforme o que restava da estrela se espalhava pelo espaço interestelar.

Somente então Thanos percebeu: a estrela que arremessara era, na verdade, o Sol da Terra. Aquele mundo – e também o Titã – era passado. Nada restava do sistema solar que o gerara.

No entanto...

A Morte continuava em silêncio.

Thanos cerrou os punhos e cresceu ainda mais. As faixas do hiperespaço ficaram mais justas, ampliando a percepção do Titã – traço inescapável de sua recém-expandida consciência. Ele vislumbrou uma região na qual todas as estrelas, todas as galáxias formavam formas cúbicas de ângulos muito pronunciados. Outra era repleta, de um canto a outro, de nexos transdimensionais: esferas reluzentes que conectavam entre si um número infinito de probabilidades. Uma terceira área formava uma única imensa cidade de máquinas; circuitos frios que pulsavam num fluxo de impulsos eletrônicos.

Num canto de sua consciência, Thanos sentiu o avô – se reagrupando. Juntando energia. Preparando-se para um novo ataque.

O que resta da minha família, pensou Thanos. *Ele morrerá. Logo ele morrerá.*

Thanos alcançou a cidade das máquinas. As Joias pulsaram, drenando energia para si. As máquinas não reclamaram; não tinham sido construídas para reclamar. Elas resistiram, conduzindo e canalizando sua energia, tentando selar os circuitos. Mas não havia como resistir à Manopla do Infinito. A cidade de máquinas soltou faíscas, apagou e morreu.

Thanos afunilou a energia pelas faixas do hiperespaço e a disparou numa rajada estreita. Seu avô se enrijeceu, berrou e tombou para trás. Seu corpo etéreo passou por toda a Via Láctea, espalhando estrelas para os quatro cantos.

Bilhões morreram. As cordas do hiperespaço latejavam de agonia, em desarmonia.

E mesmo assim Thanos continuou a crescer. Estrelas diminuíram e sumiram de vista, pequenas demais para serem percebidas. Galáxias reduziram-se a discos de luz. Planos hiperespaciais ficaram visíveis por completo, redes de mundos capturados e escravizados pelo imenso poder do Titã Louco.

Ele olhou para as próprias mãos. Na esquerda, a Manopla latejava de poder. Na direita, aninhadas como moedas, jazia um grupo de galáxias locais. Uma dúzia de discos cintilantes – os últimos sobreviventes de um canto devastado do universo.

Logo, pensou ele. *Logo, Senhora, fecharei minha mão e entregarei estes bilhões para você.*

Thanos olhou para o alto. Acima e ao redor, o espaço parecia curvar-se. Chocado, ele compreendeu: alcancei as extremidades do universo. É isto. Tudo que existe. Todas as faixas, todas as cordas... tudo acaba aqui.

Ele podia sentir o bater do coração da existência... da Eternidade, a entidade todo-presente cujo corpo *era* o universo. Thanos esperava resistência da parte dela, algum esforço para impedir sua expansão. No entanto, a Eternidade permanecia estranhamente quieta.

Algo se mexeu na mão de Thanos. Alarmado, ele olhou para baixo, focando os sentidos em uma das pequenas galáxias. Viu, então, tratar-se do domínio dos shi'ars, um orgulhoso povo guerreiro. Thanos sentiu a ferocidade deles, a raiva perante a iminente destruição. A determinação desesperada de lutar até o fim.

Thanos começou a fechar a mão...

Mas havia algo errado. Os shi'ars estavam sendo destruídos, ele percebeu; sua vontade coletiva sendo drenada, a força vital de todos escapando de seu refúgio galáctico.

Mas não por ele.

Quem?, pensou. *Quem está fazendo isso?*

– MENINO TOLO – disse Kronos, e disparou a força vital de toda a raça shi'ar no cérebro de Thanos.

O grito de Thanos sacudiu os domínios. Ele vacilou, acometido pela raiva fervilhante de um bilhão de seres sencientes. Seu universo fora estilhaçado; suas vidas foram tiradas. Essa fora a vingança deles.

O tempo passou – um dia, mil anos? – enquanto Thanos lutou para banir os shi'ars. Kronos manteve o ataque, disparando as almas de mais uma dúzia de raças na mente de Thanos. Os selvagens badoons, os belicosos skrulls. A rancorosa Ninhada, movida apenas pelo instinto. Os Antigos, criaturas ofídicas das profundezas do espaço que inspiraram as mais sombrias lendas do mar.

Como? Thanos não sabia; e se retraía sob ataque atrás de ataque. *Como meu avô está fazendo isso? De onde vem o poder dele?*

– VOCÊ SACRIFICARIA RAÇAS INTEIRAS? – perguntou Thanos. – BILHÕES DE CRIATURAS VIVAS?

– PARA IMPEDIR VOCÊ – Kronos respondeu –, EU APAGARIA CADA SOL DESTE UNIVERSO.

– VOCÊ É... UM MONSTRO PIOR DO QUE EU PODERIA UM DIA SER.

– COMO VOCÊ DISSE, EU NÃO MUDEI NADA.

A tristeza no tom de voz do avô deixou Thanos enfurecido.

– VOCÊ DEVIA TER APAGADO A *MIM* – rosnou ele. – ERAS ATRÁS, NO MEU BERÇO... COMO MINHA MÃE TENTOU FAZER...

As cinzas apagadas que foram uma estrela voaram contra ele. Thanos ignorou-o; elas não poderiam ferir seu corpo cosmicamente engrandecido. Porém, ao chegar perto, a estrela ganhou vida e lhe queimou a mão.

Em meio à dor, Thanos entendeu o que acontecera. Kronos pegara a estrela, arremessara pelo espaço – depois torcera o tempo ao redor dela. Quando atingiu Thanos, o astro tinha sido revertido ao primor de sua energia e chama.

Ele lutava para pensar, para purgar os guinchos dos badoons e os gritos dos shi'ars de seus pensamentos. O que Kronos fizera era impossível. Ele não tinha poder sobre o tempo... A não ser que...

Thanos olhou de relance para a Manopla do Infinito. A Joia do Tempo pulsava reluzente. As Joias do Espaço e da Realidade brilhavam; a Joia do Poder acrescentou seu poder às demais. A Joia da Alma fulgurava com a essência dos skrulls, dos krees, dos shi'ars.

– A MANOPLA – Thanos exclamou. – VOCÊ ESTÁ USANDO A MANOPLA!

Em pânico, ele olhou ao redor. Dava para sentir Kronos em todo lugar, uma presença que ecoava por entre as estrelas sobreviventes. Mas não havia sinal do velho Titã.

– MAIS EM COMUM DO QUE VOCÊ PENSA – entoou Kronos.

A voz dele vinha das Joias.

– NÃO – disse Thanos. – IMPOSSÍVEL.

Vozes gritavam por todo o corpo dele. Thanos liberou impulsos de laser por sua forma gigantesca, tentando desesperadamente queimar as almas que o invadiam.

– PRECISO QUE FIQUE IRRITADO – disse Kronos. – PRECISO QUE FIQUE DISTRAÍDO.

– A MANOPLA É MINHA. – Thanos cerrou o punho com mais força. – AS JOIAS DANÇAM PARA *MIM*!

A Manopla começou a esquentar em torno da mão dele. Fervilhando. Sobrecarregando.

– VOCÊ SEMPRE PROCUROU PODER – disse Kronos. – MAS NUNCA ENTENDEU: O PODER NÃO VIRÁ DE UMA LUVA QUE VOCÊ TEM NA MÃO. NEM A SALVAÇÃO DELA VIRÁ.

Thanos ergueu a Manopla e a fitou, alarmado. A Joia da Realidade tremulava; a Joia do Poder ondulava. A do Espaço começou a esfumaçar.

Os lábios do Titã puseram-se a entoar uma oração silenciosa. *Senhora Morte*, disse ele. *Ajude-me. Se* algum dia *me amou...*

A Joia do Espaço reluziu. Thanos diminuiu, sem mais enxergar. Sentia um puxão, uma tensão nos campos gravimétricos, tudo isso centrado em sua mão esquerda. A Manopla brilhou com um calor vívido – e seccionou as cordas dimensionais.

Thanos tombou. Foi então que sentiu uma leveza, como se um fardo tivesse sido retirado.

Quando ergueu o rosto, Kronos estava diante dele, imenso em contraste com as estrelas remanescentes. O Titã mais idoso tinha a Manopla do Infinito em uma de suas mãos etéreas.

– O PODER É VAZIO – disse.

Thanos foi dominado pela raiva. Cada fibra de seu ser desejou matar o avô, rasgar o velho Titã em pedaços ensanguentados. Nada mais importava – nem as almas que ele planejava sacrificar, nem a entidade cujo amor ele esperava conseguir. Nem mesmo sua própria vida.

Mas ele sabia que tudo isso era inútil. Perdera a Manopla. Já estava encolhendo, recobrando seu estado medíocre de Titã num mundo de deuses. Kronos, imponente lá no alto, lembrava muito aquele que devia ter sido em eras antigas, quando reinara Olimpo com um punho de veludo. O Titã mais idoso estendeu a mão e agitou seus dedos gigantescos, enviando o poder cintilante das Joias para todo canto do que restava de um universo estilhaçado.

A raiva que Thanos sentia começou a passar. Uma inveja terrível apareceu em seu lugar, uma dor enraizada na solidão. Ele procurou não pensar *nela* – o amor que ousara buscar, o dom que desejara outorgar. O sonho que agora morria.

A última coisa que viu no rosto de Kronos foi uma expressão terrível de pena.

4

KRONOS ESTENDEU SUA CONSCIÊNCIA com a Manopla, por todos os domínios, por entre as névoas do tempo e as faixas mais distantes do hiperespaço. Com a Joia do Espaço, restaurou os mundos e galáxias que haviam sido despedaçadas. A Joia da Realidade rejuntou as cordas, devolvendo ao universo sua forma e caráter. A Joia do Tempo endireitou os ciclos, desfez os nós paradoxais, retornando mundos e criaturas a suas histórias de vida.

A Joia da Alma libertou os shi'ars, os krees, os badoons e uma dúzia de outras raças, reparando seus mundos e corpos. A Joia da Mente curou-os de lembranças horrendas, concedendo paz aos bilhões do universo. A Joia do Poder pulsou brilhante o tempo todo, alimentando o gesto de Kronos de curar o universo.

Ele viu um mundo que soltava fumaça preta e, com um pensamento, fez dele azul novamente. Procurou um bilhão de átomos espalhados e, no tempo de um único bater do coração, reformou-os num arrojado satélite em forma de agulha: um guardião do planeta logo abaixo.

Então parou. Estava em dívida com os humanos, que o tinham libertado de seu aprisionamento. Como um laser, ele brandiu a Joia da Realidade, suturando e costurando as vidas de todos.

Num bar chamado Poço de Gravidade, no andar mais baixo do Pico, Reed Richards recebeu seus amigos Ben Grimm e Johnny Storm com braços bem abertos. Os Vingadores – Homem de Ferro, Capitão América, Thor e Capitã Marvel – brindaram, comemorando a vitória. Visão e Wanda, a Feiticeira Escarlate, apreciaram um reencontro mais hesitante, mas não menos afetuoso.

Namor, Pantera Negra, Mulher-Hulk, Surfista Prateado e Homem-Aranha: todos foram devolvidos à vida, somente com lembranças confusas da batalha que acabavam de travar. Maria Hill supervisionou a prisão e o exílio do capitão Styx, a bordo da *Santuário*. Até mesmo Drax, o Destruidor, a arma simplista que Kronos forjara muito tempo antes, fora devolvido a seu lugar de direito, junto de seus colegas, a meia galáxia dali.

Num último ato de gratidão, Kronos localizou a projeção astral do Doutor Estranho, perdida, vagando por entre domínios varridos pelos ventos. Ele pescou o assustado mago e o depositou no Poço de Gravidade, no meio dos Vingadores, com uma bela taça de conhaque na mesa.

Tendo terminado o serviço, Kronos olhou para as seis Joias. Elas brilhavam, projetando matizes de luz sobre as costas da mão. Pareciam querer dizer: estamos prontas. Use-nos, agora. Use-nos para criar o universo que *você* deseja.

Kronos sentiu a tentação. A mesma provocação o levara, eras antes, às atitudes drásticas que tomara na juventude. Naquele momento terrível, quase sem querer, o Titã destruíra o Olimpo – e pusera em andamento a diáspora de deuses que terminara por permitir a ascensão do neto.

– NÃO – disse ele. – NUNCA MAIS.

Com um movimento da Manopla, ele abriu uma fenda em forma de arco no tecido do espaço. Seis aberturas distintas apareceram, e cada uma levava a uma faixa diferente do hiperespaço – aos mais distantes e remotos cantos da existência.

– VÃO.

As Joias pularam de onde jaziam e flutuaram, por um instante, no espaço aberto. Depois se dividiram e desapareceram, cada uma numa fenda.

As habilidades que as Joias conferiram a Kronos começaram a se dissipar. Porém, como um ancião do universo, ele retivera poder suficiente para ampliar sua consciência. Viu a galáxia shi'ar, devolvida à sua posição de sempre no espaço. A cidade das máquinas; as galáxias cúbicas da mais remota hiperfaixa. A Terra, o planeta azul, agitada por seres poderosos em seus trajes.

Tudo restaurado. Tudo como sempre fora.

Somente Thanos evitara o olhar de Kronos. Talvez estivesse morto, reduzido aos átomos que o compunham. Do contrário, os humanos teriam de lidar com ele sozinho. O trabalho de Kronos estava concluído.

As teias em forma de arco pairavam no espaço antes dele. Ele estendeu e agitou a mão e através da fenda. As urdiduras desapareceram.

E Kronos estava cansado. Flagrou-se pensando na confissão que fizera ao neto: EU NÃO MUDEI NADA.

Talvez tenha mudado, pensou ele. *Talvez agora, depois de tanto tempo.*

Após olhar uma última vez para o planetinha azul, Kronos virou-se e manipulou o espaço uma última vez. E retornou – por vontade própria, dessa vez – para seu exílio de paz.

• • • •

No exato centro do universo, entre uma nebulosa desconhecida e uma enorme singularidade nua, alguém flutuava. Seu corpo de granito estava inerte, imóvel. Sozinho na derrota.

Thanos não dormia; também não se mexia. Não havia mais esperança dentro dele, nem vontade, nem pensamento sobre o futuro. Alcançara seu maior sonho, brandira o poder absoluto – e o perdera. Sobrevivera, mas num purgatório criado por ele mesmo.

Até quando viverei?, pensava. *Até quando serei assombrado por esse fracasso?*

Enquanto vagava, duro feito pedra, um barulhinho invadiu sua mente. Uma voz familiar, grave feito um rosnado, mas leve como o cair de pétalas. Seu coração deu um pulo, de tanta ansiedade.

– *Meu querido* – disse a voz. – *Venha.*

Thanos abriu os olhos. Seria ela, afinal? Seria a Morte?

Algo lhe alertava que ele havia entrado em um novo paradigma. Uma nova realidade, diferente de qualquer outra que vivera antes.

– *Venha para mim.*

INTERLÚDIO UM — A SENTENÇA

O castelo flutuava no espaço. Tinha três andares e quase meio quilômetro de largura. Joias congeladas reluziam em imensas colunas de pedra; gárgulas enormes observavam tudo de suas torres. As gravuras de rostos gêmeos – uma grande caveira e uma bela jovem – ladeavam a pesada porta de madeira que surgia no topo de uma escadaria de lajota gasta. Caveiras menores vazavam de todas as janelas e percorriam as paredes, escalando a fachada de pedra como hera.

Thanos estacionou uma pequena nave velha e lançou-se da cabine, ganhando o espaço aberto. Pedras antigas chiaram quando ele pousou no meteorito aplainado que sustentava o castelo.

O Titã levantou-se e olhou para aquelas gravuras impressionantes. Os dois rostos da Morte: a que destruía, a que consolava. Velhice e juventude. Horror e beleza.

E permitiu-se um instante de esperança. Ele construíra esse castelo com as próprias mãos e dera de presente a seu sombrio amor. Agora estava ali, tendo sido por ela chamado. Ela o teria perdoado por suas falhas, seus fracassos? Poderia amá-lo, apesar de tudo?

– Mestre?

Thanos virou-se, incomodado. Da beirada da parede do castelo, um pequeno humanoide o observava. Ele usava macacão e um capacete oval, ajustado à sua cabeça alongada. Era um dos agentes do capitão Styx; enquanto ele aguardava ali, muito nervoso, Thanos esforçou-se para lembrar-se do nome dele. Nil. Isso mesmo.

– Recebi sua mensagem – Nil continuou, com um pequeno tremular na voz. – Receio que, hã, o restante da tripulação não venha. Até mesmo os que escaparam. Depois da questão das, ahm, das… das Joias…

Thanos deu-lhe as costas, ergueu a mão e, sem olhar, lançou uma rajada de plasma na direção de Nil. Este nem teve tempo de gritar. Num instante, estava diante do grande castelo; no seguinte, era uma lufada de vapor.

Thanos virou-se e subiu a escadaria, deixando para trás o que restava de Nil, que evaporou para o espaço.

Além das pesadas portas de madeira, o saguão principal do castelo era repleto de ar. Thanos permitiu-se respirar. Não que necessitasse de oxigênio, mas seus sentidos lhe pareciam atordoados, limitados sem as Joias. Ele ansiava por estímulo: um som, um sabor, um aroma ocasional.

Um fedor de mofo e podridão o cobriu. Ele olhou ao redor, para as paredes esverdeadas, construídas com blocos de pedra que pesavam meia tonelada. Thanos os retirara do planeta Agathon, do mais antigo castelo da galáxia. O último agathoniano, ensanguentado e moribundo, vira quando Thanos levara embora as pedras uma por uma.

O Titã estendeu o braço e tocou a parede. Ela soltou lascas ao receber os dedos dele. Nacos de pedra caíram lentamente no chão, hesitantes na baixa gravidade do meteorito. Thanos franziu o cenho. Quando mesmo construíra esse lugar? Não fazia tanto tempo, certamente, não o bastante para encontrar-se em tal estado de desgaste.

Ele prosseguiu por um corredor estreito, passando por tochas fulgurantes acopladas no alto das paredes. Ao aproximar-se da sala do trono, suas dúvidas avultaram-se. Seria mesmo a Morte quem o convocara até ali? Ouvira sua voz pouquíssimas vezes, nas raras ocasiões em que ela lhe concedera a palavra. Seria outro alguém? Um inimigo, talvez?

Venha para mim.

Thanos parou em frente às portas, procurando afugentar o medo. Já tinha perdido o poder absoluto. O que mais um inimigo poderia fazer? Qual punição, qual destino poderia ser mais doloroso?

Quando abriu as portas duplas, o ar ficou parado em sua garganta.

A sala continha centenas de caveiras. Adornavam as paredes, cobriam luminárias, até mesmo as colunas que alcançavam um teto distante. Uma estante de armas antigas jazia perante uma das paredes: facas, estilingues, pesadas espadas de energia, pistolas de duelo extraídas de algum mundo retrógrado. Os ossos de oponentes mortos muito antes se espalhavam pelo piso, espaçados apenas o bastante para formar uma pequena trilha que ia até o trono.

A Morte estava sentada no trono, resplandecente em um traje verde-azulado.

Thanos ficou olhando, aturdido, sem palavras perante tamanha beleza. O trono fora construído com um conjunto de dentes e mandíbulas a quase quatro metros do piso. O próprio Thanos arrancara o coração da criatura e limpara a carne dos ossos.

Lentamente, a Morte voltou olhos sombrios para o Titã. Descruzou as pernas – num movimento divino e gracioso – e ficou de pé. Com movimentos rápidos e gentis, começou a descer pela pilha de caveiras que compunham a base do trono.

Ele permaneceu imóvel, atordoado pela dúvida, paralisado pela beleza. A pele dela reluzia alva como o mármore; o rosto era impecável – olhos escuros como pulsares pousados sobre maçãs perfeitas, tudo emoldurado por um capuz de seda régia e matizes de um cerúlea escuro. Os lábios eram pálidos, mas cheios, com somente um toque de vermelho pulsando debaixo. Tinha a mesma altura de Thanos, e era esguia como uma rosa sem espinhos.

Estamos sozinhos, ele percebeu. Isso era incomum. A Morte costumava viajar com uma guarda de demônios e homens-animais.

– Senhora – disse Thanos. – Venho vê-la em condições um tanto humildes.

Ela o observava com uma intensidade vaga, enigmática.

– Eu esperava presenteá-la com um ótimo dote – ele continuou. – Uma oferenda, um presente: bilhões de almas. Mas meu avô...

Ela parou de andar e ergueu a mão. Fez uma expressão séria, estreitando o olhar, como se dissesse: *Chega de desculpas*.

– Claro. Sim. Apenas queria que soubesse: eu não a abandonei. Jamais deixarei de tentar ganhar o seu amor.

Um sorriso discreto repuxou os lábios dela.

– Já comecei a colocar novos planos em movimento. Planos magistrais de matança, armas que sacodirão as estrelas. – Ele cerrou o punho. – Eu *serei* digno de você, Senhora. Eu...

A Morte levou um dedo esguio, a unha pintada de preto, aos lábios.

– Senhora?

E o olhou bem nos olhos. Thanos reparou que não conseguia desviar o olhar. Nos olhos dela, viu mundos colidindo, uma imensa espaçonave abrindo um buraco entre as estrelas. Aviões metálicos, bombas com barbatanas, cidades reduzidas a cinzas. Corpos rasgados ao meio; as carnes de uma mulher derretendo de seu rosto.

Ela se aproximou.

Thanos prendeu a respiração. Seria possível? Ela o amava mesmo, afinal? Ele chegara ali de mãos vazias, o trabalho de toda uma vida em ruínas. Mas *tentara*. Teria provado sua devoção? A mera tentativa bastara?

Ele estendeu os braços para recebê-la. A Morte era fria e cálida, o vazio e o fogo dos astros. Sua pele era fina como papel; os músculos, rígidos. Ela estendeu as mãos e o envolveu pelo pescoço.

Isto, pensou ele. *Isto é tudo. Eu nunca desistirei, Senhora. Sempre lhe trarei as estrelas, a alma de cada ser senciente que já viveu.*

Ela abriu a boca. Ele fechou os olhos e se aproximou para o beijo.

Dentes frios morderam seus lábios. O osso atravessou a pele rochosa, cavando fundo, tirando sangue.

Thanos soltou um grito e abriu os olhos. O que viu foi a verdadeira face da Morte: uma caveira que sorria, um branco vívido contra o azul profundo do capuz. Quase deu para ouvir seu cruel riso desprovido de som.

Enraivecido, ele atacou. Ao bater no rosto dela, esperava ouvir o ruído seco dos ossos, o estilhaçar do esmalte. Mas em vez disso sentiu a pele – a pele de uma mulher, quente e macia sob o golpe selvagem.

Thanos urrou de raiva. Energia psiônica brotou de seu corpo; os olhos dispararam raios cósmicos num leque de ondas por toda a sala e pelas paredes do castelo. As pedras de Agathon cederam e rangeram sob o ataque.

Absorto, Thanos perdeu-se em raivosa sede de sangue. O lábio ardia, mas essa dor nada se comparava à dor da traição. Seu amor o desprezara, rejeitara sua oferta. Retornara a afeição – no momento de maior vulnerabilidade – com um perverso ataque pessoal.

Ela vai pagar, ele prometeu. Ele a botaria de joelhos, ouviria seus ossos rachando sob seus punhos poderosos. Então... quem sabe então ela entenderia...

Thanos sacudiu a cabeça, clareando a visão. A sala persistia, mas em sua raiva ele rachara o trono ao meio. Caveiras tombaram para o piso, misturadas com nacos de rocha que espirraram do teto.

E a Morte se fora.

Ouvindo um rangido, ele virou-se rapidamente. Uma pesada porta de madeira abriu, fazendo chiar dobradiças grossas. O cômodo adjacente estava escuro; nada se via. Chocado, ele compreendeu tratar-se do quarto da Morte.

A mão de uma mulher apareceu lá de dentro, convidando-o a entrar.

Thanos hesitou. Lembrou-se de sentir a bochecha da Morte quando bateu nela, o impacto de sua mão de granito contra uma pele macia.

Esmagando caveiras sob seus pés, ele foi até a porta. Uma empolgação esquisita, uma terrível necessidade masculina, o sobrepujou. Se ela o aguardava dentro daquele quarto, se tudo aquilo era algum jogo perverso, ele a forçaria a confrontar aquilo que provocara. Ele a faria sentir o seu poder.

O quarto estava escuro, e não havia janelas. Um papel de parede com tema de caveiras, que começava a rasgar, cobria as paredes. No centro do quarto, dominando o espaço, jazia uma cama vitoriana alta com dossel. Cortinas bordô circundavam a cama, suspensas em hastes gravadas para remontar a antigos demônios ofídios.

Thanos foi até a cama; seu caminhar pesado sacudiu o quarto. Inclinando-se, apoiou o joelho na cama e abriu a cortina.

Nada. Ninguém. Ele estava sozinho.

Consumido pela fúria, Thanos arrancou e rasgou a roupa de cama. Puxou uma cortina do suporte e a rasgou de ponta a ponta. Arrancou um dos mastros da cama, quebrou a serpente ao meio e arremessou a cabeça decepada para o outro canto do cômodo.

Esforçando-se para clarear as ideias, afundou na cama. Uma sensação esquisita o invadiu, uma névoa densa de irrealidade. Como se tivesse entrado num sonho febril, um tipo de delírio cósmico. Quase caiu no riso. Seria possível haver algo como ressaca de Joia do Infinito?

Logo, seus pensamentos ficaram negativos de novo. A Morte se fora. Ela o *atraíra* até ali, a esse quarto que ele mesmo mobiliara. Tudo nesse quarto, cada cortina desse castelo, era tudo um tributo ao seu amor...

Não. Nem tudo.

Thanos engatinhou até a beirada da cama, jogou longe a cortina rasgada ao meio e olhou para a porta. Havia um imenso armário junto da parede, cuja superfície de mogno polido fora entalhada em quatro segmentos: duas portas menores no centro e um painel maior espelhado em cada lado.

Ele foi até o armário e o examinou. Via-o pela primeira vez. Parou em frente de um dos espelhos e ficou estudando sua imagem. Seu traje de batalha azul e dourado estava rasgado; as botas, sujas de lama. O lábio tinha uma discreta vermelhidão de sangue.

Mas continuava sendo Thanos.

Algo se moveu no espelho. Atrás dele, na cama, algo se mexeu. Thanos virou-se, de olhos escancarados. Seria possível...?

– Precisamos matar – disse a voz.

Um arrepio subiu pela espinha de Thanos. A voz pertencia a uma mulher – mas não à sua amada. Essa mulher era menor, e tinha cabelos pretos, escuros e curtos. Era pálida como a Morte, mas o rosto era mais largo e vívido. Estava na beirada da cama e encarava-o com um olhar incomodamente familiar.

– Precisamos matar antes que cresça – disse ela.

As palavras pareceram cavar fundo na mente dele. Ouvira-as antes; eram sua primeira lembrança. Então ele reconheceu a mulher que as dissera, anos antes, olhando para o recém-nascido que tinha nos braços.

– Mãe? – disse ele.

Ela fez que sim, ainda com aquele olhar intenso fixado nele. Ela se sentou na cama destruída, afastou uma cortina arrancada, juntou umas almofadas. E sorriu – um sorriso frio e condescendente.

– Pode me ajudar?

Mais uma vez, a raiva dominou Thanos. Lembrou-se do sorriso, lembrou-se do comportamento gélido da mãe por toda a sua infância. Uma lembrança visceral surgiu em sua mente: a sensação do coração ainda batendo quando ele o arrancou do peito dela.

– Ajudo – ele respondeu.

E avançou para ela, abrindo e fechando os punhos.

Calma, ela o observava.

– Se você me ferir – disse –, ela nunca mais falará com você.

Ele parou.

– Melhor assim. – A mulher deu um tapinha na cama. – Sente-se.

Thanos sentiu-se aprisionado. Mais uma vez, a névoa onírica pareceu envolvê-lo.

– Ficarei de pé.

– Como quiser – ela retrucou, dando de ombros. – Você teve um dia e tanto, Thanos.

Ao ouvir seu nome, ele estremeceu mais uma vez.

– Você fracassou – continuou ela. – Fracassou consigo, com seus aliados... e com sua Senhora, acima de tudo. Ela está descontente.

Thanos olhava feio para a mãe, esforçando-se para não tremer.

– Então ela a enviou no lugar dela?

– Não faça essa cara, Thanos. Não te faz nada bem. – Mais uma vez apareceu aquele sorriso perturbador. – Meu monstrinho.

– Minha mãe está morta – disse ele. – Você é apenas uma sombra, uma projeção da minha consciência.

Ela olhou ao redor, para o armário, os lençóis largados, as cortinas rasgadas. Deu de ombros de novo, como se soubesse de algo de que ele não sabia.

– Por que veio aqui? – ele perguntou, irritado.

– Para dar-lhe uma nova chance.

Thanos hesitou. Analisou a projeção da mãe, em busca de um sinal de zombaria. Mas ela parecia falar sério.

– Se minha Senhora puder aceitar o meu amor – disse ele –, eu arranco as estrelas do firmamento, uma por uma, e as coloco aos pés dela.

– Muito poético. Mas não é isso o que ela tem em mente.

A mulher levantou-se e passou por ele. Era pequena, mais baixa do que ele se lembrava. Quando chegou à parede, virou-se e acenou.

– Eis o Armário do Infinito – disse ela.

Ele a acompanhou até a estrutura do mogno. Seus espelhos refletiam a imagem dele duas vezes, evocando as cabeças gêmeas da Morte ostentadas no exterior do castelo.

– A mensagem dela para você é esta: você ainda pode conquistar o amor dela. *Porém*. Para tanto, deve abandonar tudo o que tem apreço.

Thanos olhou para o reflexo da mulher, atrás do seu.

– Já perdi tudo. As Joias, minha nave, meu poder. Tudo o que eu tinha.

– As Joias foram *tiradas* de você. Junto com todo rastro da batalha que foi travada. – Ela o olhou com expressão acusadora. – Se quiser mudar, deve renunciar a seu direito de nascença, sua ambição, seus poderes de Titã. Deve começar do zero.

Thanos olhou para a própria imagem, e pensamentos giraram em sua mente. Abandonar tudo? Renunciar a seu direito de nascença?

– Você deve renunciar a Thanos – ela concluiu.

– Ainda que eu concorde com isso... – Ele se voltou para ela. – Como pode ser feito? Como um homem, um deus, qualquer um... como faz para deixar a *si mesmo* para trás?

A projeção acenou para o Armário do Infinito. Com um clique, as duas portas se abriram. Os painéis espelhados giraram num amplo arco sobre dobradiças escondidas.

Dentro do Armário, forças cósmicas espiralavam em meio à escuridão. A projeção estendeu os braços e varreu a energia de um lado a outro. Começaram a aparecer imagens que cobriram o espaço todo como as páginas de um livro. Seres: alguns humanoides, alguns totalmente alienígenas. Um feroz guerreiro skrull, o queixo verde marcado por cicatrizes. Uma humana forte e alta. Uma nave viva da Ninhada, grande como uma lua, nadando pelos mares do espaço.

– Dentro do Armário do Infinito, há muitas peles – sussurrou a projeção. – Muitos corpos para se usar.

Thanos não tirava os olhos do que via, hipnotizado pelas imagens. Apareceu um ser humanoide que lembrava um gato, sibilando e arranhando. Uma criatura baixa de cascos nos pés e duas cabeças gêmeas como as de duas cobras. Um insetoide alado com centenas de dentes cerrados.

– Devo me tornar outra coisa? – perguntou Thanos.

A projeção fez que sim.

Um alienígena de cabeça oval e olhos prateados e espelhados. Um espectro carregado de armas. Um cefalópode das origens do tempo.

– Você – começou Thanos –, você quer que eu comece do zero...

– *Ela* quer.

Thanos afastou-se das imagens.

– E depois?

A sombra também se afastou. Sua silhueta parecia fulgurar no escuro do quarto.

– Depois veremos que caminho você deve seguir.

– Devo conquistar o amor dela?

– Deve ser digno dele.

Pela primeira vez, ocorreu a Thanos que ele não sabia como fazer isso.

A sombra sorriu, como se lesse a mente dele.

– Talvez você venha a aprender. Talvez não.

– Não. Eu me recuso – disse ele, sacudindo a cabeça. – Sem meu poder, não sou nada.

– Você não é nada *com* ele.

Voltando-se para o Armário, ele viu passar um esguio humanoide de traços indistintos. Depois uma criatura baixinha que mancava. Um achatado operário com mãos grossas e calejadas.

Era isso que iria se tornar? Uma criatura pequena, confinada a um planeta, indefesa, tendo de trabalhar a vida toda numa mísera existência?

Thanos voltou-se para a imagem da mãe. O ressentimento, a raiva antiga que sentia por ela, tudo isso passara. *Talvez*, pensou ele, *eu já esteja mudando. Esvaziando como um jarro tombado.*

– Só me diga uma coisa. – Foi preciso esforçar-se para não deixar o tom de súplica aparecer na voz. – Ela me ama, no fundo? Por trás de todas as máscaras, os jogos, a crueldade? Ela liga para mim pelo menos um pouco?

Por apenas um segundo, a sombra pareceu piscar e mudar. As maçãs do rosto ficaram mais evidentes; a pele, mais pálida. Os olhos da Morte o encaravam, desafiadores e frios.

As perguntas dele não seriam respondidas, ele sabia. Não nesse dia. Thanos olhou de sua Senhora para o Armário, depois de volta para a caveira impiedosa que era seu verdadeiro amor. Ela tinha apenas um recado para Thanos, do qual ele tinha certeza, como se ela mesma tivesse dito em voz alta.

Esta é a sua última chance.

Thanos teve a sensação de que um poder grandioso agia nesse momento. Como se todas as suas atitudes tivessem sido decididas muito tempo antes.

Após o instante de hesitação, a imagem da mãe retornara. Ela tocou uma das portas do Armário e fechou, revelando o espelho. Erguendo o rosto para encarar o dele, ela ostentava uma expressão questionadora.

Thanos olhou uma última vez para seu reflexo. Para o conquistador de pele de rocha que tentara derrubar as estrelas. O destruidor dos Titãs, detentor das Joias do Infinito. Vilão, salteador, assassino de civilizações.

Ele estendeu as mãos, abriu as portas do Armário e entrou.

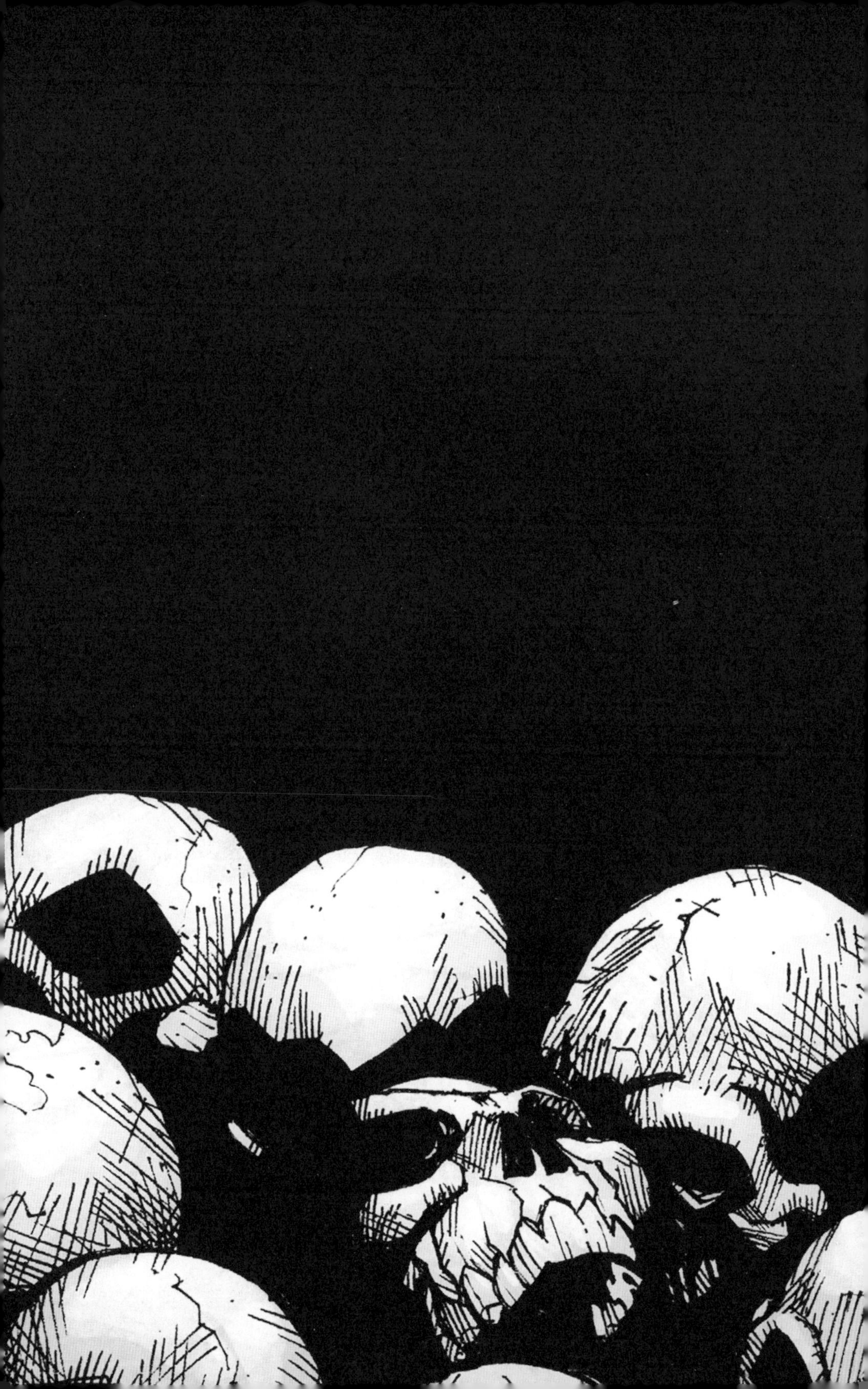

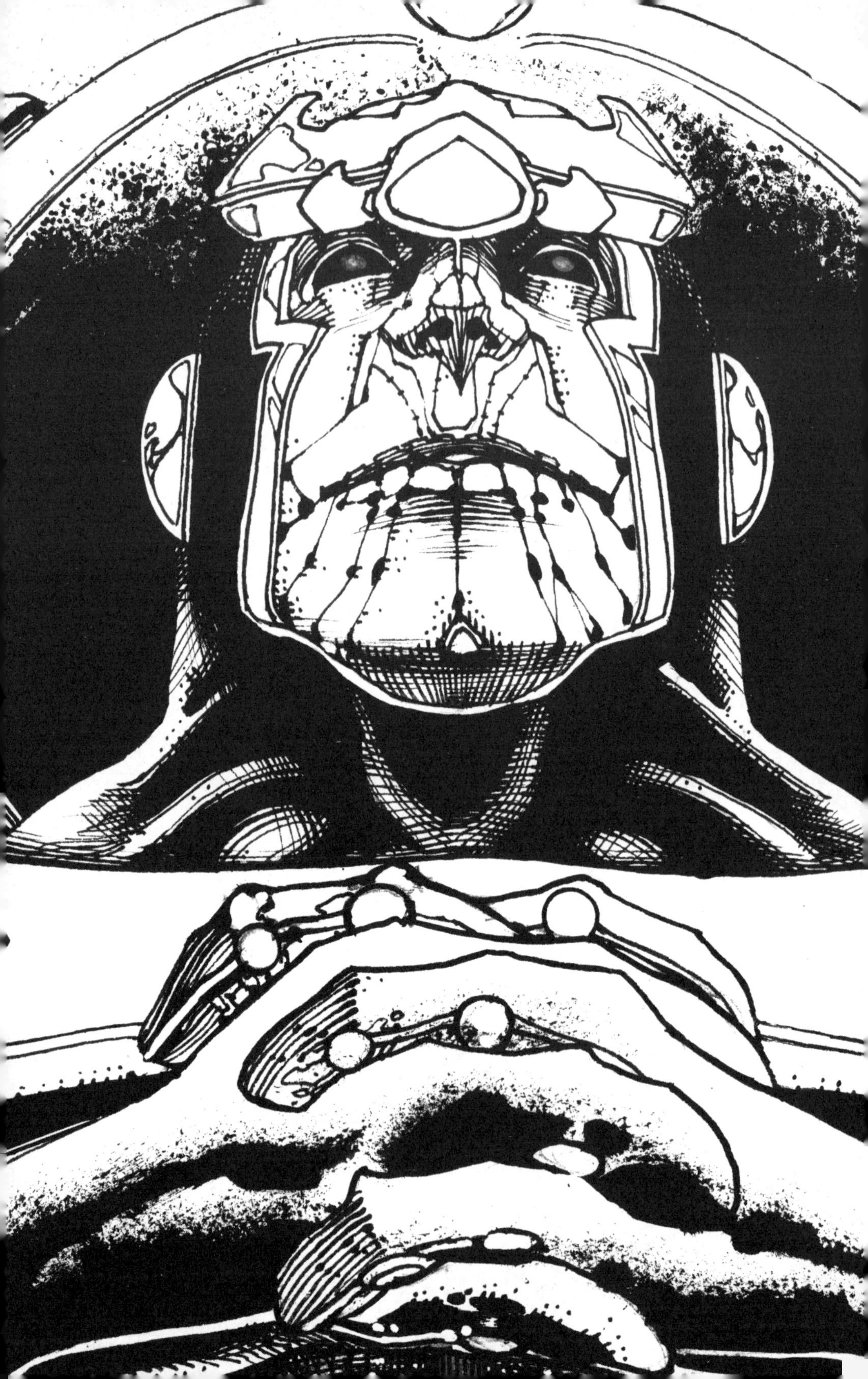

LIVRO 2
SACROSSANTO

O PLANETA SACROSSANTO, lar da Igreja Universal da Verdade, talvez seja o melhor exemplo na galáxia de idealismo que não deu certo.

A Igreja foi inaugurada com o objetivo nobre de cuidar dos pobres e excluídos do universo. Seu fundador, o enigmático Magus, supervisionou a construção do assentamento em torno do palácio em Sacrossanto. A cidade foi projetada com a forma de um ankh, o símbolo sagrado da Igreja para representar a vida. O palácio em si ficava bem no topo do círculo do ankh – a "cabeça" – e fora construído em parte dentro do sagrado Monte Hiermonn.

No entanto, corrupção interna e o desaparecimento de Magus levaram a um declínio geral dentro da Igreja. Esse problema refletiu-se rapidamente na cidade circundante: boa parte do círculo tornou-se um bazar fedorento tomado pela corrupção. Moradias financiadas pela Igreja dentro dos dois "braços" do ankh se reduziram a favelas. A Igreja focava seus esforços na defesa da estrada que levava ao espaçoporto, que se deita sobre a "perna" estendida do símbolo, e na construção de cercas mais altas e mortais em torno do palácio, para manter fora a ralé e os criminosos que habitavam o bazar.

Quanto à Igreja em si, ela mantém uma presença forte em Sacrossanto. Porém seus gloriosos dias de exploração espiritual se foram há muito tempo, junto de suas carismáticas Matriarcas. Antes um poder religioso vital na galáxia, a Igreja tornou-se uma corporação sem objetivo nem alma – uma máquina de gerar lucro para uma coalização esparsa de acionistas, sem propósito, missão ou significado especial.

— GALACTIPEDIA

5

— **NIL!** Mexa esse traseiro magrelo!

Thanos olhava para um impiedoso sol vermelho feito sangue. Ele se apoiou na pá e limpou suor da testa.

– *NIL!*

O açoite do capataz acertou-o nas costas nuas. Thanos berrou de dor e derrubou a pá. Quando se curvou para pegá-la, a corrente em torno de sua cintura esticou e rangeu, desequilibrando o homem acorrentado a ele. O homem soltou um palavrão e cutucou Thanos nas costelas.

Antes que Thanos pudesse endireitar-se, o capataz deitou com força o chicote mais uma vez. A dor se espalhou por Thanos. Ele pôde sentir a umidade do sangue que desceu por suas costas, misturando-se ao suor.

O capataz apareceu à frente dele, olhando feio. Era um homem velho, de pele escura acobreada e sobrancelhas brancas. Usava um robe leve; a corrente em torno do pescoço tinha um *ankh* de metal fosco – o símbolo da Igreja Universal da Verdade.

– Você é provavelmente o operário mais idiota que eu já vi – rosnou o capataz.

Os outros riram. Tinham todos parado para assistir: dez homens e mulheres ao todo, representando uma variedade de espécies humanoides. Estavam todos unidos por correntes presas à cintura, que ficavam arrastando sobre a areia entre eles. À frente deles, estendia-se um fosso sendo cavado, quase pronto para ser preenchido com os postes de cerca de electroquantum empilhados ao lado da área de trabalho.

Thanos franziu o cenho para o sol. Fazia um calor implacável no deserto, sem nenhuma sombra. Ferozes gralhas-pretas, muito maiores que suas correlatas da Terra, circulavam ao alto.

– Então? – disse o capataz. – Não sabe seu próprio maldito *nome*?

Não tenho certeza, pensou Thanos. *Não mais.*

Parte dele quis alvejar o capataz, estrangulá-lo com aquelas correntes, pegar aquela cabeça avermelhada com as duas mãos e girar até ouvir o clicar gratificante do pescoço. Seria isso que ele teria feito menos de um mês antes. Era o que Thanos, o conquistador de mundos, teria feito.

Mas ele não era mais Thanos. Ele olhou para as mãos: magras e verdes, longos e afunilados dedos envoltos com força no punho da pá. Essas mãos estavam sujas e grosseiras. Mais calosas do que quando ele chegara, três semanas antes.

As mãos de Nil.

– Desculpe, senhor – disse ele. – Estava com a cabeça em outro lugar.

O capataz bufou e cuspiu no chão.

Os outros peões se afastaram, zombando dele. Todos exceto um, Thanos reparou. A mulher bem à esquerda dele o estudava com uma cara séria. Era magra e loira, e tinha olhos brilhantes e pele clara. Não parecia nem um pouco que seu lugar era ali, acorrentada.

– Escutem aqui, seus vermes! – O capataz ergueu sua corrente, mostrando o símbolo *ankh*. – Vocês todos cometeram delitos contra a Igreja... que, em sua infinita benevolência, permitiu que vocês compensassem hoje.

Thanos seguiu o olhar do homem, que mirava o palácio da Igreja Universal da Verdade. Ela reluzia ao longe, com suas altas muralhas de pedra adornadas por pináculos dourados. Atrás dela, imponente, viam-se os picos rochosos do Monte Hiermonn.

– Seu trabalho manterá a Igreja a salvo, não somente da escória pobre do povo da medina... – O capataz apontou para a fervilhante cidade a quase um quilômetro ao sul. – Mas também dos vermes nômades da areia. Na segurança está a fé!

Alguns dos trabalhadores acorrentados repetiram as palavras, meio sem vontade.

O capataz deu a volta por trás do círculo, brandindo o chicote no ar. O homem ao lado de Thanos meteu a pá no chão. Do outro lado, a mulher magra ergueu um punhado de areia no ar.

– E quanto a *você*... – o capataz sibilou no ouvido de Thanos – ... toma isto aqui para focar sua cabeça.

A dor explodiu nas costas de Thanos. Dessa vez, ele conseguiu não gritar. Apenas ergueu a pá e começou a cavar.

– Melhor pegar o ritmo – disse a mulher quando o capataz ficou longe o suficiente. – A Igreja adora disciplina. Qualquer motivo basta para infligir dor.

Ele respondeu lentamente, escolhendo as palavras com cuidado.

– Estou acostumado a estar na outra ponta do chicote.

Ela ergueu uma sobrancelha.

– Continue cavando.

Franzindo o cenho, Thanos fincou a pá na areia. Ainda não estava acostumado com esse físico, muito mais magro que seu antigo corpo. "Nil" era rijo e forte, mas seus músculos funcionavam de outro jeito.

– O que você fez, afinal? – perguntou a mulher. – Pra ser mandado pra cá?

Thanos olhou ao redor. O homem do outro lado o ignorava, enfiando a pá com toda a violência na areia.

– Peguei um carregamento no espaçoporto – disse ele. – Achei... sei lá. Achei que me daria uma chance, algo de onde começar neste mundo.

– Mas escolheu o alvo errado.

– Não percebi que o carregamento estava endereçado à Igreja.

Ela não disse nada, apenas assentiu.

– Pegaram toda a sua equipe?

– Sem equipe. Sou só eu. – Teve de fazer muita força para erguer uma pá cheia. – Tinha uma nave pequena, mas partiu ao meio assim que pousei. Então pensei: vamos ver o que tem em Sacrossanto. Mas os Cavaleiros me pegaram na estrada para a cidade. Sou bem rápido na moto, mas o carregamento pesou.

– Essa estrada é uma armadilha... totalmente reta, sem lugar para se esconder. A Igreja projetou este planeta, sabia? – Ela riu. – Você tem muito a aprender sobre Sacrossanto, Nil.

Um lampejo de raiva o percorreu. Ela estava tirando sarro dele?

– O carregamento valia alguma coisa, pelo menos?

– Essa é a pior parte – ele respondeu. – Era só uma caixa de Fonte da Fé... aquelas bugigangas religiosas baratas que vendem pros aldeões. Praticamente sem valor.

A trincheira estava a quase um metro abaixo do solo. O capataz brandiu o chicote e apontou para o palácio. O grupo saiu da trincheira, as correntes tilintando, e foi andando. Quando chegaram à nova posição, o capataz gesticulou para que retomassem a escavação.

– E você? – perguntou Thanos. – Não se parece com um criminoso típico de Sacrossanto.

A mulher o olhava com cautela.

– Conte a sua história – ele persistiu.

– Um Alto Cardeal ficou interessado em mim – ela disse, fazendo careta. – Ele tentou me forçar a um dos quartos nos fundos do palácio, os que foram construídos dentro do monte. Eu o mandei, digamos assim, se aliviar com um malho de memória.

– E ele te mandou pra cá.

– Como eu disse. – Ela agitou as correntes que os conectavam. – Eles curtem disciplina.

Ele a estudou por um momento. Era muito graciosa. Thanos, o Titã Louco, a teria perseguido, procurado quebrar seu espírito para possuí-la. Nil, porém...

O que Nil *queria*?

Mais uma vez o capataz movimentou o grupo. Chegaram mais perto do palácio, da linha de cercas e torres que o separava do restante de Sacrossanto. Apareceu no horizonte o portão principal; torres de vigia ladeavam as amplas portas de metal, ocupadas por *snipers* com rifles de quantum alocados lá no alto. Uma estrada estreita descia do portão e seguia na direção de um fervilhante mercado quase um quilômetro ao sul. Um pequeno hovercraft de mercador, empilhado até o alto com seda e cobertores de cores vivas, subia com dificuldade a estrada no deserto quente.

– Sou Felina – disse a mulher. – Felina Shiv.

Não deu para discernir o sotaque.

– De onde você é, Felina Shiv?

Ela não respondeu logo de cara.

– É novo em Sacrossanto?

– Sou novo – ele disse.

– O que *você* veio fazer aqui?

Ele hesitou.

– Reconstruir.

– O começo não está nada bom. – Ela deu mais um puxão na corrente que os ligava. – Faz quanto tempo que te pegaram?

– Quatro dias. – Gemendo, ele trabalhava com a pá. – Aquele verme da cidade já deve ter alugado meu quarto para outra pessoa a uma hora dessas.

– Você não pagou adiantado, né?

Thanos franziu o cenho.

– Nunca pague adiantado. Primeira regra de Sacrossanto. – Quando ela sorriu, a meiguice tomou conta de seus traços delicados. – Olha só. Se me ajudar, pode ficar com a gente por um tempo.

– A gente?

Ela virou para o outro lado com um sorriso enigmático no rosto. Na estrada, a uns vinte metros deles, o hovercraft do mercador se aproximava do portão da Igreja.

– Espere – disse ele. – Ajudar com *o que*...

Felina levou os dedos aos lábios e soltou um assovio agudo e penetrante. Quando o capataz e os trabalhadores se viraram para olhar, um pequeno animal disparou de debaixo dos cobertores do hovercraft. Ele voou para os acorrentados, um borrão a galopar.

O capataz virou-se para Felina.

– Mas o quê?

– Espeto! – berrou a mulher acorrentada. – Distração!

O animal parou com tudo. Thanos pôde ver, então: era um gato de casa. Um tigre domesticado, com garras poderosas e presas afiadas. Ele ergueu a cabeça e sibilou.

O capataz mandou os trabalhadores recuarem. Depois foi na direção do gato, batendo com o chicote no chão.

– Olha aqui, malhadinho – rosnou ele. – Você vai ser o jantar dos cães da Igreja hoje à noite...

O gato saltou, brandindo as garras no ar, e foi pousar no rosto do homem, arranhando e rasgando. O capataz gritou, largou o chicote e tentou tirar o bicho dali. Juntos, os dois foram ao chão.

A corrente de trabalhadores virou um caos só. Os prisioneiros puxavam suas correntes, derrubando-se uns aos outros. Thanos quase perdeu o equilíbrio quando o vizinho puxou com tudo a corrente, tentando parti-la.

– Avia! – berrou Felina.

O hovercraft parou quase junto do portão. Os cobertores saíram voando, e uma pequena mulher musculosa desatou a correr indo direto para os operários. Tinha a pele escura e o cabelo bem curto. Ela olhou para Felina, que correspondeu.

– Quem é aquela? – Thanos perguntou.

Felina sorriu.

– É minha irmã.

O capataz se contorcia na areia, o rosto coberto de sangue. Ele socava e batia no gato, mas o bicho não soltava, arranhando a testa e a cabeça do homem.

Uma sacudida nas correntes ameaçou derrubar Felina no chão. A irmã dela – Avia – chegou bem a tempo para equilibrá-la. Avia era mais baixa que Felina, e tinha braços fortes e traços não tão glamorosos.

– Está quente demais para brincar na areia – disse Avia, apontando para o fosso.

– Queria pegar um bronze. – Felina ergueu o braço acorrentado. – Pode cuidar disto?

Avia testou a corrente. Quase perdeu o equilíbrio quando o homem do outro lado de Thanos puxou de novo a corrente dele. Os prisioneiros tinham se separado em todas as direções. Alguns tentavam escapar; outros tinham parado para acompanhar o embate entre capataz e gato.

– Eu te ensinei a quebrar essas correntes – Avia reclamou, mostrando a corrente a Felina.

– Sou ruim de briga – respondeu Felina, fazendo biquinho. – Você sabe.

– Com licença – disse Thanos. – Se você *pode mesmo* quebrar essas correntes, acho que devia fazer isso o quanto antes.

Avia olhou feio para ele.

– E quem é você?

– É meu amigo – disse Felina –, e ele tem razão.

Avia acompanhou o olhar da irmã e viu o capataz, agachado no chão. Ele segurava o gato bem longe do corpo e estava pedindo ajuda por um comunicador que tinha no ombro.

Sacudindo a cabeça, desgostosa, Avia olhou para o alto e berrou:
– HENRY!

Thanos ouviu um grasnado em resposta e olhou para cima. Com um bater de asas, um poderoso gavião de penas alaranjadas mergulhou do alto do céu azul, descendo bem na direção dele. Thanos abaixou-se.

Avia riu – um som cálido e áspero. O riso de Felina era mais suave, mais feminino.

Com a aproximação do gavião, os demais membros do grupo se separaram. Prisioneiros ao lado de Felina e Thanos caíram no chão, mas Avia não soltava a corrente. O gavião plainou sobre a areia e pousou no braço estendido de Avia. O bicho girou a cabeça, mordiscou o ar com um bico afiado e virou a cara para olhar bem nos olhos de sua senhora.

Com a outra mão, Avia ergueu a corrente que unia Felina a Thanos.

O gavião flutuou um pouco, subiu e mergulhou na direção da corrente. Enquanto o bico dele se movia furiosamente, Thanos viu de relance os dentes de aço numa boca que abria e fechava num piscar de olhos. Forçando-se a não fraquejar, Thanos desviou o olhar.

Com um intenso clique metálico, a corrente foi partida ao meio.

O capataz estava de pé, com uma adaga na mão. Ele deu a volta em torno do gato, aproximando-se. Contudo, sempre que atacava, o gato saltava uns passos para trás e disparava mais uma ameaça.

Os segundos seguintes transcorreram como num borrão. Deu a impressão de que o gavião estava em todo lugar de uma vez só, mordiscando e rompendo a rede de correntes. O bando se dividiu, a maioria correndo pelo deserto na direção da medina. Outros seguiram para o sul, para as casas mais simples, onde parentes pobres poderiam escondê-los das autoridades da Igreja.

– Anda – disse Avia, agarrando a irmã. – Vamos...

Urrando de ódio, o capataz avançou com a adaga contra Felina. Ela se esquivou com graça, mas o homem recuperou o equilíbrio e atacou de novo. Avia puxou a irmã no mesmo instante em que seu gavião girou no ar e mergulhou.

– Não, Henry! – Avia berrou. – Você vai machucá-la!

Uma movimentação ao norte chamou a atenção de Thanos. Um esquadrão dos Cavaleiros Negros da Igreja saíra de uma entrada lateral do palácio e descia a pé na direção dos trabalhadores. Estavam a mais de meio quilômetro dali, mas seus robes de um púrpura escuro lançavam sombras inequívocas na areia do deserto.

Soltando um palavrão, Thanos abaixou-se e começou a correr. Ele agarrou o capataz pelas roupas e o puxou para longe de Felina, depois meteu um soco no estômago do homem. O capataz tombou, com sangue pingando do rosto machucado virado para a areia.

– Agora estou focado – rosnou Thanos.

Quando o capataz olhou para cima, Thanos o socou com selvageria no nariz. O homem gemeu e desabou na areia.

Thanos olhou para sua mão. Antes, teria atingido o oponente com uma rajada de energia cósmica carregada de plasma. *Agora*, pensou ele, *sou apenas um ladrão lutando para sobreviver. Como todos os outros neste pobre mundo depravado.*

Ele olhou para a frente. Quatro pares de olhos o observavam com expressões de surpresa quase idênticas. O gavião pousara no braço estendido de Avia; curiosamente, o gato assumira posição similar em Felina. O pequeno tigre devia pesar uns sete quilos, mas aquela mulher magra o sustentava com facilidade.

Felina ergueu o outro braço. Soltando um silvo, o gato correu pelo pescoço dela e parou do outro lado. Com a mão livre, ela ajudou Thanos a se levantar.

– O que me diz, Nil? – perguntou ela. – Quer andar com as irmãs Shiv por um tempo?

Thanos olhou para os Cavaleiros. Estavam se aproximando; dava para ver as pesadas pistolas de prótons que portavam. Chegariam ali em menos de um minuto.

– Claro que sim – ele respondeu.

– Isso aí!

Logo estavam correndo pelo deserto, na direção da medina. Na direção do grande mercado, no centro da cidade, cheio de barracas e bares e lugares para se esconder. O núcleo avesso de Sacrossanto, fora do controle da Igreja.

Thanos percebeu que Avia o observava. Seus olhos afiados demonstravam desconfiança, cautela. Porém, enquanto corriam lado a lado, ela pareceu aceitá-lo.

– Você sabe lutar – disse, e deu-lhe um tapinha nas costas.

Thanos fez cara de dor, tendo uma das feridas das chicotadas aberto.

O sol se punha, os Cavaleiros Negros se aproximavam, e as costas dele ardiam de agonia. Gralhas-pretas circulavam lá no alto, esperando por qualquer sinal de fraqueza. Contudo, por algum motivo, com suas pernas finas de agora pisoteando a areia, Thanos – o Titã Louco, que fora o conquistador, mestre de exércitos e mundos – flagrou-se sorrindo.

6

AS IRMÃS O LEVARAM para a casa delas, uma cabana de um único andar localizada no braço ocidental da cidade. Algumas das casas ao redor foram construídas com pedra ou carvalho; outras mal passavam de barracas de lona. Pequenos trechos de grama, algo que nem se podia chamar de jardim, eram marcados com cercas baixas feitas de madeira e metal coletado.

Quando se aproximaram da entrada, o gavião de Avia alçou voo. O pássaro bateu violentamente as asas e perdeu-se por um instante sob o brilho da luz do sol. Logo ele ficou visível e foi pousar no telhado baixo da cabana.

Avia apontou para o gavião, empoleirado como ficou feito um guardião logo acima da porta.

– Melhor alarme contra ladrões que se pode adquirir – disse.

Felina pareceu não concordar tanto.

– Contanto que fique aqui fora.

Avia apontou para a irmã com o dedão.

– Não há pássaros como esse de onde ela veio.

Obviamente, tratava-se de uma discussão antiga.

Felina estendeu o braço, e o gato, Espeto, saltou para o chão. Espeto trotou até a porta e a abriu. Felina entrou em seguida.

Thanos parou na entrada e olhou ao redor. Havia uma idosa kree de pele azul no jardim seguinte, pendurando roupas para secar numa linha presa a seu trailer. Foi com desconfiança que ela olhou para Thanos.

Ele teve uma sensação estranha de estar em casa.

A cozinha apertada era um verdadeiro retrato do caos. Pratos sujos, garfos e facas por todo canto. Na pequena mesa, meia dúzia de ratos parcialmente dissecados jazia espalhada em diferentes estados de mutilação.

Felina torceu o nariz delicado.

– Você precisa fazer isso aqui?

– Você prefere que Henry cace os animais dos vizinhos?

– Deixa que eu limpo. *Como sempre*. – Felina bufou e acenou para os fundos do casebre. – Por que não leva nosso convidado até o quarto dele?

Avia acenou.

– Vem cá.

O quarto media menos de dois metros num dos lados; quase não passava de um armário com uma pequena janela na parede oposta. Um rádio gasto repousava no topo de uma pilha de caixas de madeira junto de uma lâmpada de filamentos-gama. Havia roupas empilhadas no chão.

– Não é grande coisa – disse Avia. – Mas você não tem muita opção.

Ela empurrou para longe uma pilha de jaquetas, revelando uma cama de criança. Thanos ia começar a protestar: a cama ia desabar sob o peso dele. Mas logo se lembrou de seu novo corpo. Com cuidado, sentou-se na beirada do colchão.

– Está bom – disse. – De onde ela é?

Avia parou na porta.

– Como?

– Sua irmã. O lugar onde não há gaviões.

Ela franziu o cenho.

– Tá bem – ele continuou. – De onde *você* é?

– Eu nasci em Sacrossanto. – Ela deu de ombros, como se não ligasse para o tema. – Dizem que ninguém é daqui... que todo mundo vem em busca de alguma coisa. Mas eu sou.

Foi então que ele reparou que a parede atrás de Avia estava repleta de espadas. Penduradas em fileiras bem-arrumadas, pelo menos uma dúzia delas. Algumas pareciam muito antigas; algumas tinham joias brilhantes adornando os punhos.

Ele apontou para as espadas.

– São suas?

Avia fez que sim.

– Você é boa? – ele perguntou.

– Já venci uns duelos.

Ainda parada na porta, Avia ficou olhando para Thanos. Depois levou a mão ao bolso e jogou para ele uma folha de papel: um mapa toscamente desenhado a lápis. Retratava um edifício quadrado com diversas flechas indicando passagens.

– É uma instalação de empacotamento de carne – Avia explicou. – Na beirada da medina. Felina anda planejando um assalto. – Ela deu de ombros. – Veja o que acha.

Ele assentiu, estudando o mapa.

– Talvez renda uns bifes, pelo menos. – Ela franziu o cenho. – Mas chega de incursões à Igreja. Isso é pedir para entrar numa fria, neste mundo.

– Sabe...? – Ele hesitou. – Vocês não precisam fazer isso. Por mim, digo. A Igreja talvez venha atrás de mim.

Avia riu, um som áspero.

– Eles não dão a mínima para um ou outro trabalhador que escapou. Não vale o trabalho.

Ela se virou e foi saindo, mas parou e tirou uma das espadas da parede, um modelo de lâmina fina com gancho ornado com gravuras. Fincou a espada no ar, gingando e avançando no pequeno quarto.

– Sabe usar? – ela perguntou.

Ele ficou sentado, imóvel, sem se retrair, vendo a espada passar a poucos centímetros do nariz.

– Nunca parei para aprender.

– Posso te ensinar.

Havia algo no olhar de Avia, sob aqueles traços duros e severos. Thanos ficou encarando de volta, tentando interpretar as intenções dela.

Ela deu de ombros, largou a espada no chão e saiu.

Thanos ficou um tempão sentado na cama, com o mapa largado na mão. O ar estava pesado e abafado. Pela janela, os ruídos surdos de uma discussão vieram da casa da mulher kree.

Qual seria a jogada de Avia? Ela era muito diferente da irmã. Felina parecia meticulosa, tinha um comportamento gracioso e calculado. Alguma coisa nela gritava *bem nascida*. Thanos a achava encantadora e, no entanto, curiosamente distante.

Avia era mais grosseira, mais musculosa – obviamente, a guerreira da dupla. Em sua vida passada, Thanos a teria posto de lado para perseguir Felina. Contudo, tinha uma sensação esquisita quando Avia olhava para ele. Haveria algum interesse da parte dela? Ou tudo aquilo não passava de uma proposta de trabalho, uma oferta em troca de algum serviço desconhecido?

A resposta veio-lhe numa única palavra sussurrada em sua mente. Talvez pela sombra de sua mãe, ou por seu inconsciente. Um fato tão simples, tão estranho à sua experiência, que jamais lhe ocorrera.

O que Avia estava se tornando?

Uma amiga.

• • • •

Na terça-feira, fizeram sua primeira incursão. Uma tentativa modesta, apenas para ver se daria certo trabalharem juntos. No sufocante bazar, Felina flertava com um vendedor de seda, passando a mão numa bela echarpe antarana. Com um comando sem palavras, Espeto, o gato, soltou um miado muito alto e saltou para a mesa do mercado, agitando as garras. Enquanto o mercador reagia, em pânico, e Felina pedia desculpas, Thanos e Avia roubaram uma caixa de seda aesiriana da outra ponta da mesa.

Mais tarde, comemoraram num bar chamado T'Spiris. Era um espaço buraco-na-parede com um bar comprido de carvalho trabalhado, removido de algum mundo que já não existia havia muito tempo. Quando Felina, após beber rápido demais, derrubou um pouco de hidromel, Thanos limpou o líquido com um cachecol que custava dez mil créditos. As irmãs caíram no riso.

• • • •

A água, Thanos aprendeu, era rara em Sacrossanto. Aquele mundo desértico era assolado por secas, e a Igreja metia a mão em boa parte da água doce para suas cerimônias. Cerveja, hidromel e vinho eram vendidos por *menos* do que uma caneca de água potável – e eram mais populares entre os marginais e piratas que frequentavam a cidade.

• • • •

Na quarta, deram conta de um hovercraft que transportava xerez para o quadrante norte da medina. Esse assalto não foi dos mais tranquilos. Avia tentou carregar caixas demais de uma só vez, o que a desacelerou. O motorista conseguiu desarmar Felina e botou uma faca em sua garganta. Thanos teve de impedir o gato de ir ajudar a dona, tarefa que lhe rendeu uns bons arranhões.

O gavião, Henry, distraiu o motorista por tempo suficiente para Avia atravessá-lo com uma pequena adaga. Felina escapou com uns cortes e um torcicolo.

Depois dessa, decidiram planejar tudo com mais cuidado.

· · · ·

Na quinta, Avia começou a ensinar Thanos a usar a espada. Entregara-lhe uma pequena e fina espada, mais um florete, e pedira que mostrasse "o que sabe fazer". Quando ele começou a brandir a espada no espaço reduzido do quarto, ela pôs uma mão debaixo do braço dele e outra na cintura. Sob a pressão delicada dos dedos dela, ele endireitou a coluna e aliviou os movimentos.

A espada acertou a lâmpada de gama, estilhaçando-a numa chuva de faíscas. Avia torceu os olhos e declarou encerrada a aula desse dia.

· · · ·

Na sexta, ele comprou um cobertor velho da Terra para seu quarto. Ficou parado por um momento recebendo a brisa que passava pelas barracas do bazar, segurando o cobertor, apreciando o queimar suave do vento em suas costas, que já melhoravam. A medina parecia fervilhar de tanta vida: viajantes, mercadores, ladrões, homens e mulheres e sencientes não binários. Todos agindo segundo seus padrões, comprando e vendendo e barganhando, ou apenas implorando por moedas para sobreviver.

Um cheiro de carne temperada alcançou suas narinas, grelhada na barraca ao lado por um cidadão shi'ar de plumagem gasta. Thanos sorriu, com a boca salivando, e pegou umas moedas.

· · · ·

No sábado, resolveram tentar o assalto ao abatedouro. Dessa vez, usaram suas forças. Felina ficou de tocaia, enquanto o gavião guinchava e batia as asas na entrada, atraindo a atenção dos trabalhadores. Thanos e Avia roubaram, cada um, uma enorme bestavaca pendurada num espeto, que carregaram nas costas pela entrada dos fundos.

Mais tarde, tiveram uma discussão amigável com relação a técnicas de culinária.

• • • •

No setor mais antigo da cidade, adjacente ao espaçoporto, os idosos verdes bebiam para passar o tempo. Falavam com a boca mole sobre eras passadas, antes da chegada do poderoso Magus a Sacrossanto. Chamava-se Mundo-Natal naqueles tempos. O único mundo que esse povo esverdeado conhecia.

Magus dizimara o povo e escravizara os sobreviventes. Foi com o trabalho deles que construiu o palácio, pedra imensa atrás de pedra imensa. Os descendentes ganhavam a vida no espaçoporto e na medina. Uns poucos sortudos viraram Cavaleiros Negros.

Thanos jamais vira muita utilidade na religião. Entretanto, ouvindo essas histórias, não podia deixar de admirar seu poder.

• • • •

No domingo, Avia o levou até uma grande barraca na qual seres de diversas raças competiam em contendas de esgrima. Os dois assistiram dois ba-bani imensos lutando com espadas com laser acoplado. No final, ambos saíram com várias queimaduras feias no corpo. Antes de deixar a barraca, no entanto, bateram punhos e se abraçaram.

Avia pagou por um ringue de treino e jogou uma espada para Thanos. Ele segurou a barra por quase três minutos, mas foi desarmado. Estava aprendendo.

– E meus créditos, senhor?

••••

Segunda. Thanos parou na periferia do bazar e virou-se para ver duas crianças de pele verde olhando para ele. Eram de uma raça robusta – froma, provavelmente –, mas as maçãs do rosto estavam salientes de tanta desnutrição. Ele lhes jogou umas moedas, e elas saíram correndo.

Olhando novamente para o bazar, Thanos viu o cozido fervilhante de humanidade cozinhando sob um sol vermelho-sangue. Pela primeira vez, pensou na pobreza inacreditável na qual vivia a maioria dos residentes de Sacrossanto. A fragilidade, a precariedade de suas vidas.

Seria assim a vida em boa parte do universo?

Thanos reparou que estava mudando. Apreciava os assaltos, o treino de armas, a emoção de roubar e se dar bem. Mas faltava alguma coisa; chamas que foram extintas. Sua ambição de consumir tudo – a necessidade de conquistar e dominar todos ao redor – fora apagada.

Chocado, ele percebeu que isso sempre o fizera muito infeliz.

••••

Na terça, estavam sentados num café a céu aberto, planejando o ataque seguinte. Nuvens vespertinas rolavam no alto, ameaçando uma chuva que nunca chegava. Felina fincava e arranhava com o lápis, esquematizando o assalto à estrada, enquanto Espeto sorvia leite de uma tigela, no chão.

– Carnelia – disse Thanos.

Felina correu olhar para ele.

– Como?

– Você é de Carnelia.

– Como sabe disso?

– Finalmente captei o sotaque.

Avia ficou surpresa.

– Alguém andou pesquisando.

– Um dos mundos mais ricos da galáxia – Thanos comentou.

Felina olhou feio para ele por um instante, depois deu de ombros e sorriu. Tinha um sorriso bonito.

– Eu odiava Carnelia – disse. – Bom, odiava o meu pai. Na primeira oportunidade, fugi do planeta com uma ladra bonitinha. Ela tinha pele branca que nem leite e um jeitão meio sinistro.

– *Isso aí* não deu muito certo – disse Avia.

– É – Felina reconheceu.

– Achei essa aí chorando no asfalto do espaçoporto. Trouxe para casa. – Avia ficou pensativa. – Meus pais se foram faz muito tempo. Minha mãe trabalhava no espaçoporto; meu pai era Cavaleiro Negro. A Igreja ainda levava *muito* a sério o juramento dos Cavaleiros naquela época... fraternizar com os locais era proibido. Um dia, quando eu tinha dezesseis anos, os dois simplesmente... sumiram.

– A Igreja? – Thanos perguntou.

Avia deu de ombros.

– Fico feliz por ter me encontrado. – Felina pousou a cabeça no ombro da outra. – Mesmo você sendo maloqueira.

Avia deu-lhe um soco de leve no braço. Felina fez careta, fingindo que doera muito.

– Entendi... – Thanos hesitou um pouco. – Vocês não são irmãs mesmo.

As duas caíram no riso.

– Sua vez, Nil – disse Avia. – De onde *você* veio?

Ele começou a responder, uma mentira se formando nos lábios. Então algum instinto inconsciente o fez virar o rosto. Ele olhou ao redor, para a multidão, os mercadores roubados e os viajantes armados. Uma tropa de krees à paisana marchava por ali, olhando com desgosto para as massas de Sacrossanto.

Quando os krees passaram, Thanos a viu. Pele azul-escura, olhar penetrante, lábios negros. Usava um traje todo preto e nada na cabeça, mas ele a reconheceu de imediato.

Próxima Meia-Noite. Assassina da Ordem Negra – a guarda de elite do exército conquistador de Thanos.

Ela se virou e o pegou olhando. Deu um sorriso maroto, virou o rosto e saiu andando.

Não me reconheceu, ele pensou. *Claro que não. Estou diferente.*

– Nil? – Felina chamou.

Ele mal escutou. Sob seus pés, o chão parecia mudado. O vento também.

Dentro dele, aquela chama voltou à vida.

7

— VOCÊS VIRAM A CARA daquele strontiano? – Rindo, Avia bateu o copo na mesa. – Ele nem viu o que aconteceu com aqueles minidrives.

– Achei que ele fosse chorar – Felina riu. – Você tinha razão. E eu achando que o espaçoporto seria exposto demais para um assalto.

– Ninguém se importa. – Avia serviu mais um copo da jarra. – Naquele lugar, cada um cuida da própria vida.

Thanos deu um gole demorado no copo. Sentia-se angustiado, irritado. Aquele xerez arcturano era fraco e sem graça.

Começo de noite no T'Spiris. O local não estava cheio: nativos com dinheiro sobrando, algumas prostitutas não se esforçando tanto para arranjar trabalho. Um grupo de zatoanos adolescentes ria em torno de uma mesa, com suas barbatanas de cabeça finas brandindo no ar pesado, uma pilha de arcos e aljavas de flechas ao lado.

Um dos zatoanos sacou uma flecha afiada para mostrar aos demais. O segurança, um sakaarano robusto de pele avermelhada, não tirava os olhos dele, da entrada.

Espeto, o gato, rebolava no colo de Felina. Ela o ergueu e deixou que zanzasse sobre a mesa. Ele abocanhou os últimos pãezinhos de queijo de um prato, depois foi para Thanos em busca de mais comida. Thanos afastou-o.

– Ei. – Felina o tocou no braço. – Aqueles hiperdrives são pequenos, mas podemos despachá-los facilmente. Sei de uns fugitivos que querem deixar o planeta.

– Calma lá, garota – disse Avia. – Vai acabar se dando mal.

– É preciso correr riscos – Felina retrucou, fazendo cara de tédio. – Ou você quer passar a vida toda na mixaria?

– Vamos combinar o seguinte. Você aprende a usar uma faca, eu topo correr mais riscos.

Thanos as ignorava. Sua atenção estava concentrada no bar. Uma tropa de soldados krees em uniformes verde e branco trocava piadas com o barman, um terráqueo magricela que não conseguia muito bem esconder a calvície.

– Aquele verme está colocando água nas bebidas – Thanos reclamou.

– Harry? – Felina olhou para o barman. – Claro. Ele sempre faz isso.

– Como achava que seria neste chiqueiro? – perguntou Avia.

Thanos não tirava os olhos do bar. O lustre acima já quase se apagara; os três bulbos remanescentes produziam sombras vagas. Havia um skrull solitário largado na outra ponta do balcão, com o queixo todo murcho e escamoso de desidratação alcoólica.

Os krees foram para outro lado do bar, revelando outro cliente: uma mulher alta, elegante, de pele azulada. Próxima Meia-Noite bebia sozinha, alternando goles de um coquetel laranja-claro com fungadas num vidrinho de cheirar dolenziano.

Thanos cuspiu na mesa o que restava de sua bebida.

– Não vale a pena urinar isto depois.

Avia franziu o cenho.

– *Alguém* está de mau humor.

Um dos soldados krees olhou para Próxima, fez uma cara marota e gingou para perto dela. A assassina o encarou com um olhar branco e indiferente. O kree parou como se tivesse dado de cara com um campo de força, deu de ombros e voltou para perto dos amigos.

– Ei, dá uma olhada nisto aqui. – Felina levou a mão a uma bolsa que tinha debaixo da mesa e sacou um pequeno rifle de prótons. – Peguei no armário do strontiano.

Thanos sentiu que o olhar do segurança agora pousara sobre eles. Não era tão incomum ver armas no T'Spiris, mas a situação podia fugir do controle muito rapidamente.

– Que me diz, Nil? – Felina mirou, de brincadeira, o copo vazio de Thanos. – Quer que eu dê uma lição nesse drinque aguado?

Avia bufou.

– Vai acabar botando fogo nos cílios, isso sim.

Thanos não aguentou mais ficar sentado. Alguma coisa na presença de Próxima o deixava ansioso, impaciente. Ideias, planos, lembranças misturadas que ele vinha tentando ignorar. Ele empurrou a cadeira para trás, levantou-se e foi para o bar.

O barman olhou para ele.

– Mais um?

Thanos olhou feio e continuou andando.

Próxima não reparou na presença dele. Mantinha o nariz sobre o vidrinho, inalando a espessa fumaça vermelha.

– Eu queria saber – ele começou.

– Continue querendo. – Ela tossiu baixinho. – E longe daqui.

– Eu queria saber o que um membro dos *Obsidianos do Sacrifício* faz num pulgueiro destes.

Ela congelou. Deu uma boa golada na bebida alaranjada e se virou para ele.

– Não ouço esse termo faz um tempo – disse.

– Mas sabe do que se trata.

– Jamais gostei.

– Às vezes não importa do que *gostamos*.

Ela estreitou o olhar. Acima, mais um bulbo do lustre tremeluziu e apagou.

Thanos manteve a pose, sentindo-se estranhamente avesso a seus gestos. Provocar Próxima, ele o sabia, era um ato suicida. Sob o comando de Thanos, ela assassinara civilizações inteiras, matara combatentes armados apenas com a lança de luz negra e as próprias mãos. Sem seus poderes de Titã, Thanos não estava à altura dela.

Entretanto, algo o incitava. A chama, ardendo ainda mais brilhante.

– Acho que podíamos trabalhar juntos – ele prosseguiu.

– Eu o vi pela medina. Andou me seguindo. – A voz dela tinha um tom curiosamente tranquilo. – Conheço você?

– Talvez. – Ele se recostou no balcão e afastou o drinque dela. – Talvez queira me conhecer melhor.

Ele passou os dedos na bochecha dela. Era macia e cálida, como se acesa por uma chama azul interior.

Thanos não a viu se mover, mas de repente ela estava com o braço em volta da cintura dele. Ela o segurava com a firmeza do aço, mas ele não titubeou. Próxima chegou bem perto do ouvido dele e sussurrou.

– Se eu o vir de novo – ela sibilou –, vou paralisar sua coluna com três pulsos precisos de luz negra. Depois vou tirar suas roupas, acorrentá-lo à parede e forçá-lo a ver enquanto escrevo palavras obscenas no seu corpo. Não muito raso, não muito fundo. Toda vez que você começar a desmaiar de dor, vou injetar um estimulante e virar seu rosto para que veja a incisão seguinte. – Ela parou para respirar. – Sua castração será lenta, sem pressa. De tempo em tempo vou parar para puxar mais um pouco dos seus intestinos. Espero não ser forçada a manter seus olhos abertos com fita... sempre achei isso fácil demais.

Thanos olhou para a mesa. Felina e Avia assistiam a tudo, sem entender. Pareciam muito confusas.

– E *então* – Próxima continuou –, se eu estiver num momento de crueldade... uma crueldade incomum, inusitada...

Próxima largou o braço dele e jogou-lhe a bebida na cara.

– ... eu o entregarei ao meu *marido*.

Avia já estava de pé. Thanos virou-se e mandou que ficasse ali. O barman congelou no ato de passar um pano no balcão. Os outros clientes estavam todos tensos, esperando para ver o que iria acontecer em seguida.

Próxima passou os olhos pelo bando e suspirou, entediada. A outra mão, ele reparou, mantinha a lança meio escondida debaixo do balcão.

Thanos ergueu uma mão muito magra e limpou o líquido grudento do rosto.

– Talvez você queira saber – disse. – Que ele põe água na bebida.

Próxima ficou encarando Thanos por um instante. Depois virou seu olhar vazio para um nervoso barman. Ela ergueu o copo e o examinou sob a luz fraca do lustre.

– Isto aqui tem gosto de saliva da Ninhada – disse.

O barman deu um passo para trás, para perto do grupo de krees.

– Não devolvo dinheiro – disse.

Um dos krees olhou para ele e acenou, como se dissesse: *Estamos do seu lado*. Thanos reparou que ele tinha baixado o visor de seu capacete de combate.

Avia e Felina estavam junto da mesa, mantendo distância. O gato estava sentado no braço de Felina, lambendo o focinho. Atrás deles, os zatoanos prestavam atenção, os arcos pendendo junto do corpo.

Próxima não tirava os olhos do barman.

– Meu amigo disse a verdade? – ela perguntou, acenando para Thanos.

O segurança deu um passo adiante, erguendo um machado grosso de lâmina larga nas mãos enormes.

Quando o barman se abaixou, Thanos moveu-se por instinto. Saltou e passou para trás do balcão. Analisando o espaço apertado num instante, contou as estantes de garrafas, copos, uma calha de metal cheia de gelo. E o barman indo pegar um rifle de caça shi'ar.

Thanos avançou e segurou o barman pelo pulso. Com o homem urrando de dor, Thanos deu com as costas da mão na cara dele. O barman colidiu com uma estante, quebrando uma fileira de garrafas. O cheiro de uísque azedado subiu conforme ele tombava no chão.

Ofegante, Thanos parou. O coração batia acelerado. Sentia-se vivo, energizado, renascido com esse pequeno ato de violência.

Uma sombra quedou-se sobre ele. Quando olhou para cima, viu Próxima Meia-Noite agachada no balcão, olhando para ele. Mantinha a lança apontada para o ataque; a arma crepitava de uma ponta a outra com energia.

Está me estudando, pensou ele. *Analisando.*

Um grupo dos soldados krees aproximou-se dela por trás, com armas erguidas. Um guerreiro reclinou-se sobre o bar e apontou para o barman, largado no chão. Outro foi pegar Próxima pelos cabelos.

Sem se virar, ela jogou o braço para trás e meteu a lança no peito dele. Uma luz negra fulgurou na arma, cobrindo o kree numa mortalha sombria e crepitante. Ele soltou uma exclamação e caiu morto no chão.

Próxima saltou do balcão, brandindo a lança. Os krees recuaram, de olho no colega tombado, e sacaram as armas. Enquanto se esforçavam para mirar, Próxima voou por cima de suas cabeças e caiu com tudo na mesa dos zatoanos, destruindo-a junto com os copos.

Um dos zatoanos ergueu o arco e deu um grito de guerra. Todos procuravam por Próxima, mas ela já estava saltando para outra mesa.

Thanos pulou por cima do balcão. O segurança sakaarano o avistou e foi para cima dele, gingando o machado. Thanos agachou para esquivar-se da lâmina, que passou assoviando por cima de sua cabeça.

O segurança puxou o machado para trás, preparando-se para outro golpe, mas gritou de dor quando uma lâmina fina de metal atravessou seu estômago com um jorro de sangue. Thanos viu Avia liberando sua espada. O segurança virou, agoniado, para sua atacante.

Ela leva essas espadas para todo lugar, pensou Thanos.

Felina estava logo atrás da irmã, empunhando o rifle de prótons strontiano. Os zatoanos foram para cima, apontando e ameaçando. Ela soltou um raio de energia, mas errou na mira. O raio acertou um banco, que explodiu em vários pedaços.

Avia girou para ajudar Felina. Porém, o segurança continuava de pé. Protegendo o ferimento com uma mão, projetou a outra para socar Avia bem no estômago. Ela recuou e ficou de frente para ele.

– Nil! – Felina berrou.

Antes que ele conseguisse alcançar as irmãs, um guincho ensurdecedor preencheu o bar. Thanos viu passar um borrão de asas, e um bico afiado mergulhar no pescoço do líder dos zatoanos. Jorrou sangue da artéria dele. Os outros zatoanos se espalharam, ajeitando flechas nos arcos. Cada um num canto, todos se esforçavam para mirar o gavião, que batia asas furiosamente.

Próxima estava perto de uma das mesas, sorrindo maldosa para os guerreiros krees reunidos. Com o dedo, ela os provocou para que se aproximassem. Os guerreiros avançaram com cautela, trocando olhares em busca de apoio.

Um dedo branco pálido desceu no ombro do soldado kree mais próximo. Ele endureceu, como se um choque elétrico o percorresse, e virou-se. Um sujeito magro vestido de cinza e dourado, com pele de alabastro e rosto quase sobrenaturalmente comprido, sorria para ele.

Thanos abaixou-se, esquivando-se do combate. Logo reconheceu o recém-chegado: era Fauce de Ébano, outro membro da Ordem Negra.

Fauce sussurrava no ouvido do soldado.

– Tudo isto é inútil, sabe? – O homem se contorcia, olhando bem para a frente. – Sua *vida* é inútil.

Thanos mal podia respirar assistindo a tudo aquilo, vendo cadeiras voando por cima de sua cabeça. Estava difícil escutar alguma coisa com tanto barulho de vidro quebrando e ossos se partindo.

– Seu lugar não é aqui – prosseguiu Fauce, serpenteando para falar no outro ouvido do kree paralisado. – Você devia se matar.

Thanos ouviu um sibilo vindo da direção de Próxima. Quando se virou, viu um trio de rajadas negras brotar da lança dela para envolver outros três krees em mortais feixes gelados de energia.

– NIL!

Ele nem viu Avia lhe lançando a espada. Mas a pegou do ar por reflexo e brandiu num amplo arco no mesmo instante em que um jovem zatoano o atacou. Thanos foi lento demais; o golpe o pegou na lateral da cabeça, atordoando-o.

A raiva percorreu seu corpo. O rapaz recuou, apontando com o arco e flecha. Thanos grunhiu, pensando: *Está perto demais para usar essa arma, garoto. Além disso, sua mão está tremendo.*

Thanos atacou com a espada, partindo o arco do garoto em dois. O zatoano soltou um gritinho e saiu correndo.

Os demais zatoanos juntaram-se em torno do amigo. Viram o olhar penetrante de Thanos, depois a estranha visão dos dedos compridos de Fauce enrolados na cabeça do kree hipnotizado. Mais ao lado, Próxima estava empoleirada em outro kree, fincando a lança no coração dele. Repetidamente.

De olhos escancarados, os zatoanos correram para a porta.

Thanos olhou ao redor. Felina buscara proteção detrás de uma mesa tombada. Um trio de funcionários da cozinha apareceu de detrás do balcão, horrorizados com o que viam. Espeto saltou para o balcão e sibilou para eles, que sumiram de vista.

Entrementes, o segurança erguia-se com dificuldade. Não tirava a mão da barriga, segurando as vísceras ensanguentadas. Mas se voltou para Avia, empunhando uma pequena arma de prótons. Ela girou – mas um pouco tarde demais.

Thanos pulou e fincou a lança no joelho do segurança por trás. O sakaarano urrou e largou a arma. Quando começou a cair, Avia girou no lugar e mergulhou a espada no coração dele.

Com dificuldade ela foi até Thanos, ofegante. Os dois ficaram juntos, apoiados no balcão, vendo o sakaarano gorgolejar pela última vez.

Então ela olhou para Thanos.

– Você está aprendendo.

Soou um disparo. O último dos soldados krees tombou no chão, com o crânio espatifado pela arma que ele mesmo tinha em mãos. Fauce de Ébano afastou-se graciosamente dele, encaracolando seus dedos longos no ar.

Próxima estava de pé em cima de uma pilha de vítimas. Fauce acenou para ela e apontou o homem morto a seus pés.

– Ele estava triste – explicou.

Um silêncio incômodo dominou o bar. Mesas jaziam quebradas; vidro e sangue misturavam-se às bebidas derramadas. Uma poça de sangue ampliava-se debaixo do corpo imóvel do segurança. O cheiro de bebida barata misturava-se com o do suor naquele ar úmido.

Avia foi até Felina e a instigou a sair do esconderijo. O gavião Henry juntou-se ao bando aos chiados, e Espeto saltou facilmente para o braço da dona. Juntos, como uma família bizarra, ficaram olhando para o outro lado, onde estavam Próxima e Fauce.

Próxima subiu no balcão e pesquisou o recinto. Restava apenas um cliente: o velho skrull no canto, que a observava com um olhar perdido de bêbado.

– Este estabelecimento – exclamou ela – acaba de tornar-se um domínio da *Ordem Negra*!

Ela soltou um disparo para o alto. O raio negro acertou o lustre, espalhando um arco de energia entre os dois bulbos que ainda brilhavam. Eles faiscaram e apagaram.

Fauce de Ébano deslizou sobre o piso, esquivando-se dos corpos caídos. Logo parou para analisar Felina e o gato, depois Avia. Em seguida, virou-se para estudar Thanos.

Thanos abriu a boca para falar – mas virou-se quando ouviu um baque surdo. O velho skrull tinha desabado de cara no balcão.

Próxima caiu na risada. Saltou para o chão, deu um tapinha nas costas de Thanos e olhou de modo enigmático para o colega. Depois foi até atrás do balcão e chutou o corpo inerte do barman. O homem gemeu e voltou a perder a consciência.

– Eu queria um drinque – disse ela, pegando uma garrafa. – Alguém mais quer?

8

— **ELE NASCEU TITÃ** — disse Fauce de Ébano —, com todo o poder de sua herança real. Desde o nascimento, sua força e seus reflexos eram extraordinários. Podia suportar o calor de uma estrela ou o frio do espaço sem reclamar. Tinha tanta força quanto qualquer espécie desta galáxia.

— Mas isso nem *começa* a descrever o ser chamado Thanos.

Duas da manhã na medina. Os últimos mercadores já iam embora, dobrando suas mesas e sumindo na escuridão. Pedintes percorriam as vielas sujas em busca de migalhas de comida descartadas e uma ou outra moeda perdida.

— Mesmo na juventude ele ansiava por conquistar. E por conhecer. O conhecimento para melhor servir a sua senhora da noite, seus apetites edípicos. O desejo persistente por entropia guardado no fundo de sua psique.

Luas gêmeas lutavam para atravessar a névoa noturna. O último transportador da noite cruzava a estrada longa que dava no espaçoporto, conduzindo viajantes embriagados de volta a suas naves.

— Então ele buscou mais poder. E conforme esse poder crescia, ele recrutou seguidores. Construtores, Salteadores, Irmãos de Sangue. Batedores avançados que apreciavam a matança e a honra de servir ao mais selvagem conquistador que o universo conhecera.

Os bares ainda sacolejavam com riso e música. Nativos entravam e saíam aos montes do perpetuamente lotado Chariot, que servia os drinques mais baratos da cidade. Na ponta sul do bazar, além da estrada do espaçoporto, o Nachie servia cerveja e fritura para os viajantes mais durões. O pessoal de sempre que estava de folga do serviço de Cavaleiro Negro buscava conforto e luxúria no Pig and Barrister.

— Nós, da Ordem Negra, fomos os primeiros soldados dele. Alguns pagaram o maior preço, dando suas vidas para apoiar o sonho dele.

De todas as tavernas, apenas a T'Spiris estava em silêncio. Os corpos dos soldados krees, empilhados na entrada principal, bastavam para deter até o mais sedento morador de Sacrossanto.

Lá dentro, Fauce de Ébano terminava de contar a história.

— Thanos devotou sua existência à Morte – disse. – Agora se foi. E nós, sobreviventes, os poucos sem sorte...

– Devemos reconstruir – disse Próxima.

Ela caminhou até a mesa com uma garrafa de uísque shi'ar na mão. Ao passar pelo corpo do segurança sakaarano, parou para dar um belo chute.

Avia observou Próxima encher o copo. Felina parou por um instante de acariciar o pescoço de Espeto e lançou um olhar desconfiado para a guerreira azul. O gato soltou um silvo de receio.

Do outro lado da mesa, Thanos estava recostado em sua cadeira. Mal prestava atenção. Seus pensamentos eram um redemoinho só, planos e ambição insurgindo e desistindo em sua mente.

– Ouvi falar desse Thanos – disse Avia, e deu um gole no saquê.

– Era o rosto dele que estava no céu mês passado. – Fauce parou para estudar a reação da moça. – Você não viu?

Thanos ergueu o rosto de supetão. Fauce referia-se à batalha entre ele e seu avô. Mas esses eventos tinham sido apagados da realidade – reescritos por Kronos com a ajuda das Joias do Infinito. Até onde Thanos sabia, somente ele retivera os fatos na memória.

Ele ficou estudando o rosto alongado de Fauce e aqueles olhos da cor de um mar escuro. Fauce sempre fora diferente de seus colegas da Ordem: dedicado à causa de Thanos, mas possuidor de um agudo e complexo intelecto que tornava suas atitudes difíceis de prever. Suas percepções também pareciam transcender o tempo e o espaço de um modo muito esquisito.

Por acaso Fauce não entendia por completo o grau em que o tempo fora reescrito? E quanto desse dado ele partilhara com o restante da Ordem?

Pensando assim, ponderou Thanos, ele sabe quem eu sou? Consegue enxergar além desta minha persona falsa?

Felina virou-se hesitante para Fauce – e cética.

– Não vi rosto nenhum.

– Você ficou bêbada no mês passado – Avia riu. – O mês todo.

– Você é que está bêbada *agora*.

Próxima encarava Fauce de seu canto da mesa.

– Também não me lembro disso. Não vejo Thanos faz mais de um ano.

– Ah. – Fauce recostou-se em seu lugar, estudando os desenhos que a luz fazia em sua bebida. – Corpos diferentes, percepções diferentes.

Próxima puxou bruscamente uma cadeira e sentou-se com tudo.

– Bobagem solipsista.

E deu um belo gole num uísque escuro.

– Costumavam falar de Thanos em... no meu mundo também – disse Felina, falando meio mole. – Mas sempre achei que exageravam nas histórias.

– Em sua juventude, Thanos era uma alma inquieta – disse Próxima. – Então viajava com piratas, assassinos, estupradores... a pior escória do universo. E se deitava com mulheres. Muitas mulheres.

Avia e Felina trocaram um olhar.

– Thanos teve uma dúzia de filhos, depois mais uma dúzia. Centenas ao todo, numa dúzia de mundos. – Próxima parou para mais um golão. – E depois os matou.

Thanos quase deu um pulo na cadeira.

Felina franziu o cenho e se inclinou sobre a mesa.

– Todos?

Fauce sorriu.

– Cada um deles – sussurrou.

Thanos ficou muito confuso. Seria verdade aquilo? Tinha mesmo cometido genocídio, arrancado as vidas dos próprios filhos?

Claro que sim. Lembrava-se de cada incisão, cada golpe, cada rostinho de que a vida fora retirada lentamente. Mas as lembranças eram como fotos, lampejos distantes de outra vida. Um livro de atrocidades escrito por outra pessoa.

Ele olhou para o corpo do segurança, as cadeiras tombadas, o que restava do lustre. Finalmente, voltou-se para a mesa, onde observou a linguagem corporal de cada uma das quatro pessoas que ali se sentavam. Felina estava claramente alarmada, fosse pela Ordem, fosse pela história do genocídio. Ou ambos. Avia parecia incomodada, mas de modo meio bêbado e distante.

Próxima e Fauce estavam recostados nas cadeiras, agindo de modo aparentemente casual. Mas Thanos reparou que eles os estudavam.

Passado algum tipo de teste inicial, estavam tentando descobrir que tipo de pessoas eram aquelas.

Ao mesmo tempo, a presença de membros da Ordem solidificara a determinação de Thanos. Eram guerreiros mortais, assassinos de um nível completamente diverso ao dos ladrõezinhos que ele encontrara em Sacrossanto. Lutara junto de Próxima no passado, presenciara a destruição que ele podia causar. Fauce não tinha poderes físicos, mas seu intelecto perverso fora responsável pela ruína de cidades inteiras. Ali naquele mundo de ressaca... bastariam dois para ajudar Thanos a alcançar o objetivo que começava já a montar-se em sua mente?

E, se sim, conseguiria persuadi-los a fazê-lo?

– Ele era o seu deus – disse. – E agora esse deus está morto.

Próxima e Fauce viraram-se para ele.

– Thanos passou a vida em busca da Morte – Fauce retrucou. – Talvez a tenha encontrado, finalmente.

– Então qual é o seu propósito?

– O universo revela essas coisas. Em seu tempo. – Pela primeira vez Fauce pareceu incomodado. – Estamos atrás de um novo caminho.

– Queremos *reconstruir nossas fileiras* – disse Próxima.

Fauce pendeu a cabeça em deferência.

– Exato.

– Estão recrutando? – Avia perguntou. – Aqui em Sacrossanto?

Próxima abriu um sorriso desdenhoso.

– Acha que pode servir à Ordem Negra, garota?

Avia deu de ombros.

– Talvez.

– Já temos nosso esquema rolando – disse Felina, e olhou de relance para a porta.

– E você? – Próxima perguntou a Thanos. – O que *você* tem a oferecer?

Ele hesitou um pouco.

– Você disse que queria trabalhar em conjunto – Próxima continuou. – Que tipo de trabalho tem em mente?

– Sou um ladrão – Thanos respondeu. – Joias, talvez.

Próxima bufou.

– Talvez *um monte* de joias – ele melhorou.

– Quantas? – perguntou Fauce.

– Todo o tesouro da Igreja Universal.

Todos viraram para ele. Até mesmo o gavião Henry flutuou para pousar no braço da dona.

– Continue – disse Fauce.

– Está tudo estocado aqui – explicou Thanos. – Em Sacrossanto, digo. Num cofre nas profundezas do Monte Hiermonn. Os maiores ladrões... os mais notórios assassinos do quadrante... tentaram e falharam em pôr as mãos nele.

– Mas você sabe por onde entrar.

– Sei uma *parte*. Para o restante, vou precisar...

De seguidores, pensou ele. *Salteadores. Batedores avançados.*

– ... de amigos – concluiu.

– O cofre da Igreja. – Avia o encarava. – Estava escondendo isso de nós, Nil?

– Consegui um mapa do palácio. Foi esta semana, de um mercador que não sabia o que tinha em mãos. – Ele fuçou na mochila e sacou um pequeno módulo de memória. – Queria ter certeza de que era isso mesmo antes de contar.

Felina olhou feio para Avia.

– Você sempre disse que devíamos manter distância da Igreja.

– A não ser que o prêmio valha muito a pena – disse Avia, de olho no módulo.

Thanos acoplou o módulo num projetor holográfico no meio da mesa. Com dois toques no projetor, um holograma ergueu-se no ar. Ele mostrava um esquema do palácio, com seu pináculo dourado, seccionado para revelar partes da estrutura escondida dentro do monte.

– É bem detalhado – disse ele, apontando. – Incluiu os santuários internos, as câmaras construídas dentro do monte. A sala do tesouro fica aqui. Dá para ver o...

– Não – disse Fauce.

Todos olharam para ele.

– Mentira – continuou Fauce. – Você não está interessado nas Joias.

O ar pareceu esfriar. As irmãs entreolharam-se, alarmadas. Espeto soltou um rosnado grave.

Mais uma vez Thanos supôs que Fauce enxergava a verdade por trás do disfarce. Talvez tudo aquilo não passasse de um jogo de gato e rato perpetrado pela Ordem.

Próxima serviu-se de mais uísque.

– Fauce de Ébano nunca erra – disse ela num tom casual enganador.

Felina tocou a mão de Thanos.

– Nil?

Thanos olhou para Próxima, depois para Fauce. Por um instante ele pensou em abrir o jogo, revelar sua verdadeira identidade. Afinal, a Ordem jurara servir a Thanos no passado. Se acreditassem nele, o seguiriam mais uma vez.

Mas por que acreditariam? "Nil" não tinha a menor semelhança com o Titã que a Ordem conhecera. E não havia modo de provar sua identidade. Ele renunciara a seus poderes inatos e aos incrementos que acumulara ao longo dos anos.

Não – melhor usar um subterfúgio. Não seria o modo de agir de Thanos. Mas talvez fosse o de Nil.

– Tudo bem – disse ele. – Certo.

Ele levou a mão ao uísque.

– Na juventude, fiz coisas de que não me orgulho. Não tratei as mulheres bem; usei os homens e os pus de lado quando não me serviam mais.

Próxima parecia entretida. Fauce apenas o encarava.

– Com o passar do tempo, acho que perdi a fé. Em... tudo em que sempre acreditara. – Ele respirou fundo. – Não vim para Sacrossanto para ser ladrão.

– Por que veio? – perguntou Avia.

– Ouvi histórias. Sobre... sobre os poderes das Matriarcas da Igreja.

– Energia da crença – disse Próxima.

Felina franziu o cenho.

– O que é isso?

– O poder que elas usam – disse Thanos. – Para conseguir seguidores.

Fauce de Ébano recostou-se na cadeira.

– As Matriarcas são coisa do passado.

– Mas seu poder... a energia da crença que elas usavam... continua lá. – Thanos virou-se. – Posso senti-lo no ar, sempre que chego perto do palácio. Preciso descobrir se é real.

– Calma lá – disse Avia. – Você quer invadir o palácio... arriscar a sua vida... apenas para encontrar esse poder místico que pode ou não existir de verdade?

– E que, se existir *mesmo* – disse Felina –, talvez nem esteja mais lá?

Thanos baixou o rosto e contou três segundos antes de tornar a falar.

– Estou... em busca de algo – disse. – Sem fé, um homem não tem nada.

– Ou sem um deus – ponderou Fauce.

– Ou sem um deus – Thanos concordou. – Mas falava sério sobre as joias. Existem mesmo. Se me ajudarem, podem ficar com elas.

– Se. Te. Ajudarmos – Próxima entoou cada palavra com cuidado.

Thanos fez que sim.

Avia sussurrou algo a Felina. Próxima sorvia seu drinque com pose. Fauce movia o rosto de um lado a outro, para cima e para baixo, estudando Thanos melhor.

O gavião guinchou para o gato, que assoviou de volta.

– Eu... falei... com uns cardeais da Igreja – disse Fauce. Depois se voltou para o holograma e apontou um dedo magricela para a imagem do monte. – O santuário interno da Igreja é protegido por uma série redundante de alarmes quânticos.

– Sim – Thanos reconheceu. – Alguém precisa entrar e cortar a energia...

– ... que é controlada numa sala escondida em algum ponto nas profundezas do monte. – Fauce passou as mãos pelo holograma, mudando a imagem, ampliando-a e voltando. – Não vejo essa sala marcada nesse esquema.

– Eu sei. Esperava que, juntos, poderíamos descobrir onde fica.

– A fé é uma mercadoria frágil – disse Fauce, e largou o holograma. – Certamente não fará alguém passar por um sistema de alarmes quânticos.

– Há também nosso outro membro – disse Próxima.

Fauce virou-se para ela. Pareceu descontente com a sugestão.

Thanos ficou curioso. *Estão se referindo ao marido de Próxima*, pensou ele. Corvus Glaive, líder da Ordem Negra. Uma das criaturas mais temidas da galáxia – um guerreiro que levara o próprio povo à morte em prol da glória de Thanos.

– Eu hesito em requisitar os serviços dele – disse Fauce.

– Então eu requisito.

Próxima levantou-se da cadeira e sacou um comunicador. A caminho do bar, ela foi falando algo baixinho.

Pela primeira vez Thanos permitiu que uma empolgação se sublevasse dentro dele. Talvez fosse dar certo. Com os poderes combinados das irmãs, Próxima, Fauce e Corvus Glaive...

– Ele está a caminho – disse Próxima, retornando à mesa.

Tratava-se de uma aliança volátil. Contudo, se ele pudesse mantê-la coesa por tempo suficiente...

Felina e Avia cochichavam bem de perto. Próxima serviu-se mais um drinque. Fauce apenas permanecia de cotovelos sobre a mesa com um olhar inquebrável fixado em Thanos.

Um cheiro forte de ozônio surgiu de repente. Acima do balcão, aparecera uma fenda amarela brilhante. Thanos a reconheceu no mesmo instante: energia de teletransporte. Corvus Glaive talvez tivesse acesso a um *teleportador*. Isso poderia ser útil...

A energia se dissipou. Em seu lugar, restou apenas um sujeitinho cabeludo em cima do balcão. Cabelos ruivos desarrumados, orelhas pontudas, de tanga manchada e botas. Ele olhou ao redor, estudando o grupo. Seu olhar acabou parando no skrull, o último dos clientes anteriores do T'Spiris, que ainda estava largado no balcão.

– Quer um trago? – perguntou o recém-chegado, retirando uma garrafa de uma bolsa.

O skrull roncou, mas não se mexeu.

– Pip, o Troll – disse Thanos, olhando para o balcão.

Próxima olhou para Thanos.

– Conhece nosso novo recruta?

Que burrice, pensou Thanos. Sim, conhecia Pip. Muito tempo antes, sequestrara o troll, torturara, limpara sua mente depravada e a restaurara. Também lutara lado a lado com ele, muito para seu desgosto.

Contudo, não era para "Nil" saber de nada disso. Nessa escorregada, pusera em risco seu disfarce.

Fauce olhava feio para o balcão.

– Obviamente, a infâmia de Pip se espalhou para longe.

Bem, pensou Thanos, *isso resolve*. Ele suspirou de alívio.

Pip saltou do bar e trotou até a mesa. Sorrindo para Próxima, tocou um dedinho na ponta da lança.

– Ligou, P? Ai! – O baixinho sacudiu a mão de dor e se virou. – Fauce. Fauce. FAAAUCE! Por que essa fuça? Sacou?

A expressão no rosto de Fauce de Ébano indicava que não somente ele entendera a piada como que a tinha ouvido da boca de Pip diversas vezes.

– E o que temos aqui? Damas! E mais finas do que geralmente encontramos nestas bandas, com certeza! – Pip passou os olhos do gato para o gavião. – Escutem só, amigos. Queria muito falar com suas garotas aqui. Por que *vocês* não vão devorar *aquele ali*?

Meio sem jeito, Avia fez um gesto que pôs Henry para voar. Felina, por sua vez, baixou o braço, e Espeto saltou dali com um último assovio.

– Finalmente a sós. – Pip saltou para o colo de Avia, que levou um susto daqueles. – O que tem aí debaixo dessas roupas, bebê?

Avia sacou a espada.

– Beleza! E *você?* – Pip deu mais um salto e uma pirueta para pegar a mão de Felina. – Não nos conhecemos num fosso de corpos em Degenera?

– Não – Felina respondeu, o cenho franzido. – Ah, talvez sim.

Avia virou-se para ela.

– Você nunca me contou nada disso!

Thanos pigarreou.

Todos olharam para ele. Fauce permanecia recostado; Próxima deu mais um gole no uísque. Pip largou a mão de Felina e chegou mais perto de Thanos.

– Esse coitado é o recruta novo? – perguntou o troll.

Esse seria o verdadeiro teste, Thanos o sabia. Passara muito mais tempo na companhia de Pip do que do restante da Ordem Negra. Será que o troll poderia reconhecê-lo pelo olhar, os gestos... mesmo dentro desse novo corpo?

– Ele mais parece um vendedor de seda – Pip zombou.

Avia caiu no riso. Próxima parecia inconformada.

Felina tornara a olhar para a porta; parecia profundamente incomodada com tudo que acontecia ali. *Ela é o elo fraco*, Thanos concluiu. *A menos provável de ajudar com os planos.*

– Pip. – Fauce tocou o projetor sobre a mesa, fazendo a planta do palácio reaparecer. – Talvez queira dar uma olhada nisso.

O troll subiu na mesa e deu a volta na imagem. Eram da mesma altura.

– Desculpe, pessoal – disse. – Nunca estive dentro do palácio. Já estive dentro de outros palácios. Uma vez uma dona de tiara me amarrou com uma corda e me levou para a ilha dela...

Thanos ignorou o tagarelar do troll. Mais uma vez o destino lhe jogava uma oportunidade no colo. Pip era irritante – um criminoso insignificante e um aliado difícil de confiar. Sua familiaridade com Thanos fazia dele um risco ainda maior que os outros – e, para concluir, o troll fedia demais.

Contudo, tinha algo que nenhum dos outros tinha: era um teleportador.

– Uuhhh – Pip exclamou. – Dá uma olhada nisso!

Ele trotou para dentro do holograma e arqueou as costas, e girou num rebolado até que o menor minarete do castelo parecesse brotar para cima do cós das calças dele.

Thanos soltou um suspiro e serviu-se mais um drinque.

9

— **ESSAS SÃO AS CABINES** de confissão da Igreja – disse Fauce. – Muitas são equipadas com eletrochoque e equipamento de afogamento, para quem se recusa a ser convertido. – Após uma pausa, ele prosseguiu: – A religião é um negócio competitivo.

Thanos olhava pensativo para o holograma.

– Esse setor fica aberto para possíveis convertidos – disse. – Precisamos chegar *muito* além disso.

Estavam todos atrás do balcão, que fora seccionado e tivera as partes rearranjadas para servir de centro de comando. O único projetor de holograma em uso fora removido da mesa e reinstalado no balcão; ele mostrava a planta do palácio com mais detalhes, agora, após alguns dias de investigação.

– Aposto que eles têm uma bela adega – disse Pip, empoleirado num dos cantos do balcão, bebericando de uma garrafa de uísque.

– Aqui fica a sala do tesouro – disse Thanos, apontando. – Bem aqui. Com seus poderes combinados, vocês poderão chegar até lá.

– Não, não.

Todos se viraram. Próxima Meia-Noite estava sentada sozinha numa mesa, polindo uma das pontas da lança com um aparelhinho faiscante.

– Não tem como chegar até lá sem desativar os alarmes. E ainda não sabemos onde fica a sala de controle.

Próxima deu um gole demorado num copo e retomou o trabalho com a lança. O equipamento em sua mão emitia um pequeno jorro de um líquido viscoso; em contato com a lança, cuspiu faíscas de energia de luz negra.

Ela nunca fica bêbada, pensou Thanos.

– Alarmes! – Pip zombou, limpando uísque da boca. – Posso teleportar lá dentro.

– E vai enfrentar o Exército Negro inteiro sozinho?

– Como eu disse, não tem como entrar sem desativar os alarmes.

– Consegui! *Descobri a localização!*

Thanos virou-se junto dos demais. Avia estava na entrada do bar, sem fôlego, com Henry batendo asas no ombro dela.

– Da sala de controle? – perguntou Thanos.

Avia fez que sim. Henry plainou pelo bar e foi parar no balcão, bem na frente de Fauce. Após abrir o bico e guinchar, a ave cuspiu um módulo de memória no tampo.

Thanos o pegou e plugou numa entrada livre do projetor. O holograma desfocou e virou estática. Aos poucos a imagem foi retornando com muito mais detalhe e melhor resolução. Contornos vagos alinharam-se em plantas detalhadas, revelando cabines de confissão individuais, espaços de sacramento com fileiras de bancos e uma grande catedral no centro.

– Eu sabia. – Pip veio correndo pelo balcão, apontando. – Uma adega.

Próxima levantou-se, encarando Avia.

– Como arranjou isso, garota?

Avia caminhou tranquilamente até o balcão. Embora ela tentasse esconder, Thanos percebeu que a moça estava nervosa.

– Tem uma vendedora de hava no quadrante norte – ela começou. – Mefitisoide. A tia dela tomava conta de mim quando minha mãe ficava... ocupada na Igreja. Enfim, ela namora um Cavaleiro.

– E ele forneceu essa planta? – Thanos perguntou.

– Não, ele não tem esse nível de acesso. Mas ele joga pôquer com uns caras do alto escalão da Igreja, inclusive um bispo que tem uma queda pela jogatina.

– Então o *bispo* deu a planta ao Cavaleiro – disse Próxima.

– Não. O bispo deve muito dinheiro para um ex-guerreiro shi'ar que se converteu para a Igreja na semana passada. O shi'ar ainda estava passando pelos Rituais de Flagelação quando um cardeal mais idoso caiu nas graças da barbatana dele. O treinamento do shi'ar falou mais alto, e ele partiu o pescoço do cardeal sem nem pensar no que fazia. Bem ali na catedral. – Avia parou para recuperar o fôlego. – Então o shi'ar cobrou a dívida do bispo. O bispo concordou em ajudar o shi'ar a se livrar do corpo do cardeal, e o bispo contratou o Cavaleiro para ajudar. O Cavaleiro estava numa cabine de confissão se pegando com Alz'beta, a vendedora de hava mefitisoide cuja tia cuidava de mim, quando o bispo o contatou. Então ela foi junto.

Thanos sacudiu a cabeça, perplexo.

– Enquanto queimavam o corpo numa Pira de Limpeza, isso aí caiu do bolso do cardeal – disse Avia, e apontou para o módulo de memória. – Alz'beta o pegou, mas não sabia o que era. Quando ela apareceu, eu não estava, mas Felina trocou o módulo por uma lamparina skrull.

– Onde está Felina? – Thanos perguntou.

– Ah, aí é que está. Ela teve também que concordar em cuidar da barraca de Alz'beta pelo dia todo. 'Beta mal podia esperar para se encontrar com o Cavaleiro no quarto dele. – Avia estava inconformada. – Pelo visto, a morte deixa algumas pessoas bem excitadas.

Fauce enfiou uma das mãos dentro do holograma. Com aquele dedo branco comprido, ele foi sondando as câmaras exteriores, os santuários e as cabines de confissão. No cofre, ele parou, e foi adiante.

– Aqui – disse. – Aqui fica a sala de controle.

Thanos estudou o holograma. Uma série de linhas coloridas denotando circuitos elétricos convergia para a salinha indicada pelo dedo de Fauce. Boa parte do monte erguia-se em torno da salinha; ela ficava nas profundezas dos confins rochosos que escondiam os segredos mais sombrios do palácio.

Thanos estendeu as mãos e empurrou o holograma. Atrás da sala de controle, havia apenas rocha sólida que adentrava o monte. A sala parecia ser o último cômodo, o mais distante no interior do palácio.

– Nil – disse Avia. – Podemos conversar?

Ele permitiu que a moça o levasse a um canto distante do bar. Atrás deles, Próxima foi ter com Pip e Fauce. Este mexia no holograma, estudando-o de cada ângulo.

– Eu estou a fim de tudo isto – Avia sussurrou, olhando receosa de relance para a Ordem. – Mas...

– Mas *ela* não – Thanos concluiu.

– Ela está preocupada. – Avia deu de ombros. – Sabe como ela é. Mas, afinal, eles *são* assassinos galácticos. Nós somos ladras comuns, cara.

Thanos a estudou por um momento. *As duas realmente cuidam uma da outra*, pensou ele. *Como irmãs de verdade – mas com maior intimidade, com maior devoção.* Lembrou-se de Avia ajudando-o durante a briga no bar, a expressão no rosto dela ao enfiar a espada no coração do sakaarano. Pela primeira vez ele entendeu uma coisa: elas cuidavam *dele* também.

— Deixe-me falar com Felina — disse ele. — Vão se encontrar mais tarde?

Avia fez que sim.

— No Alejandro.

— Vai dar certo. — Thanos a tocou no ombro. — Vocês vão ficar ricas.

— Gosto muito dessa ideia.

A frase não passou muita confiança.

Quando retornaram ao balcão, Próxima olhava duro para Avia. Pip estava deitado de barriga para baixo no balcão, de olho no holograma.

— Então? — perguntou Fauce.

— Acho que consigo entrar — disse Pip. — Porém...

Thanos franziu o cenho para o troll.

— O quê?

— *Com certeza* vou dar primeiro uma passada na adega.

· · · ·

Meia hora depois, o plano estava armado. Os receios de Avia pareciam ter passado. Ela parecia entusiasmada — quase impressionada.

— Amanhã — disse, a caminho da porta. — Não acredito que vamos fazer isso. Você vem, Nil? Bebidas por minha conta.

— Bebida na faixa? — Pip ergueu a cabeça lá do balcão. — Dessa eu quero participar.

— Na verdade — disse Próxima —, gostaríamos de ter uma conversa com o seu amigo.

Thanos virou-se com tudo. Havia algo de perigoso na fala da assassina.

Pip desapareceu numa explosão de energia de teleporte e reapareceu no mesmo instante ao lado de Avia. Ele a pegou pela mão. Avia retribuiu com um olhar furioso.

— Já deve ter entendido que estamos indo encontrar minha irmã — disse.

— Neste caso — Pip retrucou —, já ouviu falar de sanduíche de troll?

– Tenho interesse.

O troll olhou para ela maravilhado.

– Se eu puder arrancar a cabeça do troll na primeira mordida.

– Isso resolve um dos problemas – disse Fauce, vendo-os partir.

O gavião os seguiu, com um bater de asas furioso.

Thanos teve uma sensação tremenda de alívio. Não tinha reparado quanto o tagarelar de Pip o estava incomodando.

– Nil – disse Próxima.

Ao ouvir seu nome, o alívio passou. Próxima arrumara três bancos num semicírculo em torno do balcão, todos de frente para o holograma. Ela acenou para que ele se sentasse no meio.

Thanos sentou-se no banco com cautela. Não era típico de Próxima Meia-Noite bancar a anfitriã. Quando ela e Fauce se sentaram, cada um de um lado, ele sentiu o peso dos olhares de ambos.

– Como disse Próxima – começou Fauce –, estamos recrutando.

Thanos assentiu.

– O troll.

– Pip... é uma incógnita – Próxima respondeu. – Não estou certa de que vai dar certo.

– Estou *um pouco* certo – disse Fauce.

– Você busca a ajuda da Ordem Negra. Mas isso... – Ela acenou para o esquema do palácio. – ... é de importância menor para nós. Nossa prioridade é reconstruir a Ordem em si.

Subitamente, Thanos ficou receoso. Uma sensação de fragilidade, da natureza fugaz da existência, o tomou. *Chega de brincar*, pensou ele. *Vamos ver o que eles sabem.*

– A Ordem – disse ele –, que servia a Thanos.

Fauce o olhou com intensidade.

– Interessante você mencionar esse nome.

Um longo momento de silêncio passou.

– Thanos nos selecionou por uma mistura de habilidade e crueldade – disse Próxima. – Mas isso não foi suficiente. Cada um de nós precisou provar seu valor por sacrifício.

– O maior foi o de Corvus Glaive – Fauce acrescentou. – Ele condenou toda a raça dele à morte, tudo pela glória de seu novo mestre.

Thanos não disse nada. Não sabia onde iria parar a conversa. Será que eles sabem...?

– Você é um lutador habilidoso, Nil – disse Próxima. – E esperto. Em tese, seria um excelente recruta para a Ordem.

– Mas nós não o *conhecemos* – disse Fauce.

Ele tocou um botão no projetor holográfico, e o palácio sumiu. Um rosto, muito ampliado, ergueu-se em seu lugar: uma pálida mulher de cabelos louros e olhos cheios de maquiagem.

Thanos franziu o cenho. Era Felina. Ele virou para Fauce num segundo.

– Mate-a – disse Fauce.

Thanos ficou perplexo. Virando-se para o lado de Próxima, flagrou-a estudando-o com atenção e aqueles gélidos olhos brancos.

– Por quê? – perguntou.

– Você quer a nossa ajuda – ela repetiu. – Precisa provar seu valor.

– Mas... – Thanos mal conseguia pensar. – A invasão. Precisamos de todos para que dê certo. Felina... não é boa na luta, mas...

– Ela é uma jovem bonita – disse Fauce. – Isso não nos ajudará a atravessar um sistema quântico de segurança.

– Ela é uma boa estrategista.

– Eu sou um bom estrategista. Você também é. – Próxima riu. – Fauce é o melhor estrategista em cem mundos. Não precisamos de mais uma.

Thanos olhou para o rosto de Felina. Afeiçoara-se às irmãs, passara a apreciar as longas noitadas de bebedeira ao lado delas. Não eram conquistas para ele, nem mesmo peões. Tornaram-se algo mais.

Subitamente, ele compreendeu: não matei ninguém em Sacrossanto.

– Mesmo que... – Ele estava inconformado. – Mesmo que não a queiram no trabalho, não há por que matá-la. Eu conheço Felina... ela jamais nos entregaria à Igreja.

Um toque em sua bochecha fez Thanos dar um pulo. Fauce tinha se levantado do banco e, silencioso como uma sombra, estava parado atrás dele.

— Conforme assolávamos os mundos — Fauce sussurrou —, conforme viajávamos com nosso mestre, salteando e destruindo e banhando a galáxia em sangue, acabamos percebendo que havia mais um motivo pelo qual ele nos escolhera. Uma fé que partilhávamos... um deus que nos dava um propósito.

Próxima tocou o projetor. O rosto de Felina transformou-se, sem demora, numa brilhante caveira que sorria um sorriso maléfico.

— Você disse que estava em busca de algo — disse Próxima.

— Fé — disse Fauce. Ele percorria as bochechas de Thanos com os dedos, fazendo a pele deste arrepiar. — Esta é a *nossa* fé.

Thanos tentou desviar o olhar do holograma, mas foi impossível. O vazio do que seriam os olhos da caveira parecia segui-lo, acusando-o de crimes que ele cometera. E para maior danação: de crimes que *não* cometera.

Num giro, ele saiu do banco. Um dos dedos afiados de Fauce lhe raspou a bochecha, arrancando um filete de sangue. Thanos não se lembrava de ter cruzado o bar até a porta, mas se flagrou abrindo-a.

— Nesta noite — sibilou Fauce num tom de voz que pareceu ecoar na mente de Thanos. — Tem que ser nesta noite.

10

THANOS SAIU CAMBALEANDO pela medina, a mente em parafuso. Passou por vendedores que dobravam suas bancadas, prostitutas de cinta-liga em busca do comércio da noite, viajantes que se embebedaram cedo demais. Caía a noite; o ar cheirava a fumaça e especiarias, perfume e suor.

Um garotinho-lagarto passou por ele. Thanos sentiu dedos gelados sondarem seu bolso. Ele agarrou o menino pelo pulso e puxou. O menino lançou-lhe um olhar de ódio puro e sacudiu o braço para se libertar.

Foi então que Thanos viu a própria mão. Magra, de um verde pálido, esticada sobre veias azuis. Quase se acostumara a ela – mas agora lhe parecia estranha, alheia.

Olhando ao redor, tentou encontrar consolo no caos, nas imagens, nos sons, nos cheiros. Mas o imenso sol vermelho, quase escondido atrás das barracas do bazar, lhe fritou os olhos, cegando-o. O ar estava pesado, desprovido de vento. Nada mais tinha significado. Nada fazia sentido.

Provavelmente, nada nunca fizera.

Logo ele estava no quarto. Sozinho. As espadas de Avia jaziam como palha pelo espaço pequeno do piso. Algumas das lâminas foram dobradas, quebradas. Ele não se lembrava de ter feito isso.

Thanos afastou os floretes e foi para a cama. Parecia menor do que ele se lembrava, como se pertencesse a uma criança. Ele ajoelhou em frente a ela e fechou os olhos.

– Senhora – disse. – Pode me ouvir?

Ninguém respondeu. Até mesmo os gritos distantes de Sacrossanto pareceram desaparecer naquela atmosfera densa.

– Eu fiz o que me pediu – ele continuou. – Renunciei a tudo que tinha. Abri mão do meu poder, meu corpo, minha vida. Tornei-me outra coisa.

Olhando ao redor, ele viu a lâmpada quebrada, as espadas partidas.

– Tenho planos. Tenho um esquema. Estou cultivando seguidores – Sentiu uma onda de pânico. – Mas agora estou diante de uma escolha... uma escolha terrível. E não sei o que fazer. Sou seu servo, seu escravo. Eu mataria mil mundos por você. Mas não sei o que você quer. Não há regra nenhuma. Preciso de regras. – O medo começou a dar lugar à raiva. – Eu sou Thanos, o portador da destruição? Ou Nil, um humilde ladrão? Posso ser um dos dois, ou ambos, mas você precisa me *dizer*. O que você *quer*?

Ninguém respondeu. Apenas a mulher kree gritando na casa ao lado, a voz abafada pela parede.

Tão rápido quanto chegou, a raiva partiu. Thanos desabou de cabeça na cama.

– Senhora – murmurou. – Amada. – Então, de rosto enfiado no lençol sujo: – Mãe?

Nada, ainda.

Endireitando-se, limpou uma lágrima do olho. *Muito bem*, pensou. *Estou sozinho, como sempre. Devo forjar meu caminho.*

Pegou uma espada de lâmina fina e saiu do quarto, batendo os pés com mais força no chão do que nunca.

• • • •

Thanos caminhou pelo mercado sombreado, passou por barracas fechadas e hovercrafts descarregados, até que chegou a uma grande cantina a céu aberto, um bar noturno permeado de lâmpadas de quantum. E foi serpeando por mesas redondas muito próximas, ignorando a pergunta de uma garçonete de bustiê e sapatos sem salto.

Na última mesa, pouco antes do bar, Avia e Felina bebiam junto de Pip. O troll tentava sentar-se no meio das irmãs, mas Avia afugentou-o com um tabefe. Os três caíram no riso.

Felina sorriu para Thanos e o cumprimentou bem alto. Todos se viraram para ele. Pip foi o primeiro a ficar alarmado. Soltando um gritinho, o troll desapareceu num estouro de energia.

Avia ficou de pé num pulo e afastou Felina para trás.

– Nil – começou ela.

Ela sabia. Ele podia ver nos olhos dela. Avia lhe ensinara como usar a espada; era mais rápida, feroz, mais ágil que ele. Mesmo assim, ela hesitou.

Num avanço, Thanos enfiou a espada no coração de Avia.

Alguém gritou. Os clientes se levantaram e dispersaram.

Avia exclamava e cuspia. Levou as mãos à espada, mãos trêmulas que fechou sobre a dele. Segurando forte no punho ornado de gravuras, ele pressionou ainda mais, fincando-a à cadeira.

Thanos não tirou seus olhos dos dela, sem sentir nada, até que esses olhos perderam o brilho. Somente então ele soltou a espada.

O povo corria em todas as direções, agarrando seus pertences. A proprietária, uma baixinha careca, assistia a tudo de detrás do balcão, sacudindo a cabeça. Parecia mais brava que chocada.

Thanos sentiu dor nas costas. Quando se virou, Felina acabava de puxar fora uma larga faca de caça que pingava sangue.

– Eu sabia – disse ela. – Por algum motivo, eu sabia.

Ele deu um passo adiante. Felina recuou, empunhando a faca à frente.

– Andei praticando – disse. – Sei mais ataques do que ela pensa. Do que ela *pensava*...

Felina olhou para o corpo de Avia, que sangrava na cadeira. Quando se dirigiu a Thanos, o choque estava claro em seus olhos.

– Por quê? – sussurrou.

– Porque ela não me deixaria viver – ele respondeu. – Depois que eu fizesse isto.

Thanos sacou o rifle de prótons strontiano e atirou. À queima-roupa, de perto. A pele de Felina fervilhou; seu sistema nervoso apagou. Estava morta antes mesmo de desabar no solo.

Um guincho horrível preencheu o ar. Thanos girou e viu o gavião Henry mergulhando para ele, o bico aberto numa fúria assassina.

Ele ergueu o rifle e atirou de novo. Henry pareceu congelar em pleno ar; as penas pegaram fogo enquanto ele morria. Henry girou e agarrou um cordão de lamparinas, puxando-as consigo para baixo. Desabou sobre uma das mesas, destruindo-a.

Thanos olhou ao redor. Os clientes tinham sumido; as mesas estavam vazias. Até mesmo a proprietária fugira – provavelmente para chamar alguma força de segurança particular. Não seria bom demorar-se por ali.

Alguém tocou Thanos no ombro. Ele virou para trás e viu Fauce de Ébano, que o observava com um olhar gélido.

– Nossos dias mais vívidos – disse Fauce – são aqueles nos quais morrem os nossos deuses.

Thanos olhou para o gavião caído, as lamparinas faiscantes, a mesa partida. O cheiro de carne chamuscada pairava no ar. O corpo de Avia escorregara para o chão; vazava sangue do peito dela. Felina jazia logo ao lado, unida com a irmã na morte.

– Como foi? – perguntou Fauce.

Thanos viu o rosto pálido de Felina congelado para sempre numa máscara de perplexidade.

– Fácil – disse. – Foi fácil.

As palavras pareceram mobilizar algo dentro de Fauce. Pela primeira vez, uma incerteza insinuou-se por seu semblante pálido.

Uma pequena criatura saiu de detrás do balcão. O gato, Espeto, trotou até a dona e farejou a mão murcha e fria de Felina. Depois olhou para Thanos com um olhar vago, quase esperançoso.

Thanos apontou a espada para o animal. Com mais um golpe, podia atravessá-lo. Mais um problema resolvido, mais uma pequena oferenda. Mais um passo ao longo do caminho.

Mas Thanos hesitou. O gato deu meia-volta, rápido feito relâmpago, e sumiu.

Fauce pegou Thanos pelos ombros e o direcionou para a saída. Suas incertezas pareciam ter passado. Novamente ele era um assassino da Ordem Negra, uma dura voz diminuta na noite.

Partilhamos uma fé, pensou Thanos. *Um deus que nos dá um propósito.*

– Venha – disse Fauce. – Logo vai amanhecer.

O sangue já começava a secar nas costas de Thanos. Ele guardou a espada e seguiu Fauce pelo mercado, para o fedor e a correria daquelas almas desesperadas. Lado a lado, como guerreiros antigos, a dupla caminhou sob o primeiro raiar de um sol sanguinário.

11

— **NA ORDEM, A SEGURANÇA**. Na segurança, a fé. Esses são os princípios básicos, a fundação inabalável da nossa Igreja.

Thanos seguiu Próxima e Fauce até o corredor central do santuário. Na frente da sala, havia um padre perante um altar tão negro que parecia absorver toda a luz. Atrás dele, um imenso *ankh* moldado em mogno escuro ocupava o centro de um arco cortado direto na parede dos fundos.

– Por favor, tomem seus lugares de maneira ordenada – continuou o padre. – Há diversos caminhos para alcançar a iluminação, muitas estradas que levam a Deus. O seu caminho, sua estrada, os trouxe até aqui hoje. Por isso, nós, da Igreja, nos curvamos em gratidão e humildade.

A pele do padre era de um bronzeado escuro; seu olhar, duro e autoritário. Ele abriu bem os braços, encorajando as fileiras de recrutas. Futuros membros da Igreja se aproximaram: uma mistura de tamanhos, cores e raças, todos vestidos com os robes soltos dos acólitos da Igreja. Quarenta ou cinquenta no total, o suficiente para ocupar cerca de um terço dos assentos.

Fauce levou Próxima para uma fileira de bancos vazios a meio caminho do corredor central. Thanos foi logo em seguida, mas parou para olhar para o alto. Paredes de pedra erguiam-se nos quatro lados da câmara, indo parar numa janela com um vitral intricado construída no teto do palácio.

– São muitos os inimigos da Igreja – disse o padre –, e eles apreciam espalhar mentiras sobre os nossos rituais. Esperamos que, quando terminarem sua orientação, vocês encontrem o seu caminho para a luz e assimilem a verdadeira glória a ser obtida dentro dessas paredes sagradas.

Thanos acomodou-se no duro banco de madeira. A luz avermelhada do sol atravessava o vidro trabalhado, perdendo intensidade, para projetar sombras esquisitas nas vestes dos presentes. Havia um painel holográfico individual fixado nas costas do banco à frente dele, acima de um suporte para os joelhos sobre o piso.

– Vocês estão prestes a começar suas vidas. Vidas de devoção sagrada, de serviço e contrição. De disciplina. Acima de tudo... – O padre fez uma pausa para maior efeito. – Vidas de propósito.

Próxima tocou o ouvido.

– Pip – sussurrou. – Está em posição?

A voz diminuta do troll soou no comunicador subdérmico de Thanos.

– Não muito – disse Pip. – Eu meio que fiz uma curva errada.

Thanos sacudiu a cabeça. Quantas vezes tinham estudado a planta do palácio com Pip? Oito? Dez?

– Pip – Próxima sussurrou. – Onde você está?

– Na, hã, sala do tesouro. – Um assovio de estática quase encobriu a voz dele. – Aqui tem ouro a dar com pau.

– Agora peço que consultem os painéis holográficos à sua frente – disse o padre. – Eles contêm a totalidade dos rituais e práticas da Igreja.

Próxima e Fauce pegaram seus painéis.

– Pip – sibilou Thanos –, *não toque em nada*. Enquanto não cortarmos a energia, está tudo armado com alarmes.

– Fica frio... eu sei onde fica a sala de controle. Só mais um teleporte e chego lá. – Pip fez uma pausa. – Uma pena suas amigas gostosas terem desistido, Nil.

Fauce olhou para Thanos. Mais uma vez, apenas por um instante, Thanos viu a expressão de incerteza que Fauce demonstrara ao ver os corpos de Avia e Felina.

– Para ser considerado um verdadeiro acólito da Igreja, vocês devem primeiro verter os pecados de seu passado. – O padre mostrou o próprio painel. – Cliquem no santo nome de Magus para começar.

– Pip? – Thanos chamou.

– Ah, caramba – Pip respondeu. – Errei de novo. Pelo menos agora sei onde fica a adega.

– VOCÊ. Por favor, clique no nome sagrado de Magus.

Thanos olhou para a frente. O padre olhava diretamente para ele.

Murmurando um pedido de desculpas, ele ativou rapidamente seu painel. Um sombrio rosto holográfico ergueu-se da tela: um rosto raivoso, de um violeta escuro, com cabelo branco espetado.

– Abençoado seja Magus – disse o padre. – Aquele que fundou a Igreja Universal e apontou o caminho para a salvação.

– Abençoado seja Magus – Thanos repetiu, junto com o restante dos acólitos.

– Em breve lhes será pedido que façam uma pequena contribuição monetária para os bons trabalhos da Igreja. Mas, primeiro, pedimos um tipo diferente de doação.

O padre ergueu uma arma estranha, que Thanos não conhecia. O punho lembrava o de uma espada – mas onde deveria haver uma lâmina, uma comprida corda de metal serpeava até o piso em frente ao altar. O padre apertou um botão no punho, e a corda fulgurou, ganhando vida. Ela chicoteou o ar, zumbindo e crepitando de energia.

Próxima inclinou-se para perto de Fauce.

– Que é aquilo?

– Um flagelo de memória – Fauce respondeu num sussurro.

O padre gesticulou para a plateia.

– Todos se levantem. Façam uma fila, por favor.

Os acólitos passaram para o corredor central. Próxima pôs a mão no ombro de Thanos para contê-lo.

– Não queremos ser os primeiros – sibilou.

Ele ficou por ali mesmo, esperando que os outros acólitos enchessem o corredor. Depois saiu andando e assumiu um lugar perto dos fundos da câmara, atrás de uma sorridente garota zatoana. Próxima e Fauce foram logo em seguida.

– Pip? – Próxima chamou.

– Já entrei. Sala de controle, bebê. Aguardem.

Na frente da câmara, um humanoide musculoso grandalhão de pele pálida ajoelhou-se perante o altar. O padre parou na frente dele, com o flagelo cintilante bem preso numa das mãos.

– Você veio até aqui por um motivo – disse o padre, fixando os olhos fundos no acólito ajoelhado. – Existe uma dor dentro de você... uma lembrança sombria que o instigou a vir para os braços da Igreja.

O homem olhou para a frente, com os olhos cheios de lágrimas.

– Sim – disse ele, num tom quase inaudível.

– A Igreja é misericórdia. Mas a Igreja é também disciplina. – O padre ergueu o flagelo. – Qual é a sua dor?

– E-e-eu matei meu pai. Passei por cima dele com um carro, numa tempestade. Não foi por querer...

O flagelo chicoteou pelo ar como um relâmpago. Quando acertou o homem ajoelhado nas costas, um lampejo reluzente de eletricidade o envolveu. Ele arqueou as costas e gritou de dor.

Os presentes recuaram um passo. Ninguém desviou o olhar. Thanos sentia-se congelado, quase hipnotizado pela dor do homem.

Quando a energia se dissipou, o homem tremia o corpo todo. O manto permanecia intacto – nem mesmo chamuscado.

O padre sacudiu o punho, permitindo que o flagelo descansasse no piso.

– Qual – perguntou – é a sua dor?

– Eu matei meu...

Mais uma vez o chicote desceu. O homem caiu no chão, brilhando muito. Enquanto a energia se dissipava, sobressaltado, ele tornou a se ajoelhar.

– Qual é a sua dor?

O homem ergueu o rosto – e ficou calado. Parecia confuso, quase perplexo.

– Eu não sei – disse.

O padre baixou a cabeça com uma expressão solene no rosto. E pôs a mão na cabeça do acólito.

– Obrigado pela sua contribuição – disse, e acenou para que o homem cedesse o lugar.

O acólito seguinte da fila, uma shi'ar magra com moicano esgarçado, olhou para o padre. Seu rosto ostentava uma mistura de horror e ansiedade.

– Você veio até aqui por um motivo – disse o padre.

Thanos aproximou-se para dizer algo baixinho a Fauce.

– O que faz esse flagelo?

– Ele destrói lembranças, uma por uma – respondeu Fauce. – O primeiro passo para se tornar um convertido da Igreja... eles literalmente arrancam um pedaço de você.

– Não vão tirar pedaço nenhum de *mim* – rosnou Próxima. – Pip, e aí?

– Estou trabalhando aqui – disse o troll. – Tem um monte de fios neste lugar.

Thanos ouviu os acólitos confessando seus pecados. Uma strontiana tinha traído os colegas em combate, sacrificando-os para salvar a própria pele. Um alienígena reptiliano de espécie desconhecia revertera para seus instintos antigos e devorara os filhos que acabavam de eclodir dos ovos. Uma skrull se disfarçara de humana para evitar lutar numa guerra contra os krees.

Um por um, todos foram sentindo a fisgada do flagelo da memória. E a cada vez o flagelo removia as lembranças, os pecados das mentes deles. Um por um, todos foram cambaleando de volta para seus bancos, com um sorriso de perplexidade no que se passava por seus rostos.

– O flagelo canaliza uma quantia *enorme* de energia – disse Fauce, franzindo o cenho. – Aquele punho não pode conter tudo... A Igreja deve transmitir energia para esta câmara de alguma fonte escondida.

Outro acólito passou cambaleando. Thanos estava a duas pessoas do altar, com Próxima e Fauce logo atrás.

Próxima não tirava os olhos do padre.

– Pip – sussurrou ela. – Se você não resolver isso logo, serei obrigada a cometer patricídio.

– Mais uns minutinhos.

Um rapaz que mal deixara a adolescência foi até o altar e se ajoelhou. Debaixo do manto, usava um uniforme gasto azul e dourado da Tropa Nova, mas sem insígnia de hierarquia. Devia ter sido expulso da Tropa por algum delito. Quando o chicote brandiu, o rosto dele perdeu toda a expressividade.

Observando o flagelo, vendo-o reluzir e circular pelo ar, Thanos reparou que se sentia tentado. Ele carregava uma bela quantia de dor dentro de si – o acúmulo de toda uma vida. De quantas lembranças ele adoraria se livrar? A derrota sob as mãos de seu avô traidor. A humilhação perante a Morte. A mãe olhando para o filho recém-nascido com uma faca na mão.

Os olhos vítreos de Avia e Felina, o sangue escorrendo para a areia.

Será este o meu caminho? Não a grandiosidade, não a humildade... nem mesmo a Morte, mas o esquecimento? O conforto frio de uma religião degradada?

O rapaz da Tropa Nova tombou de lado. O padre voltou-se para Thanos e ergueu o flagelo. Thanos acompanhou o traçado de energia da arma percorrendo o ar, iluminando a sala escura.

Então as luzes se apagaram.

O padre correu olhar para o flagelo. O chicote piscou, faiscou e apagou na mão dele, condenando a sala a uma escuridão quase completa.

– Por aqui – disse Fauce.

Ele saiu correndo e saltou, como se não pesasse nada, para a primeira fileira de bancos. Próxima o seguiu, sacando a lança. Quando a ergueu, a arma começou a brilhar com energia enquanto expandia para seu comprimento total de combate.

Os acólitos assistiam a tudo, os olhos apertados sob o brilho das luzes de emergência que piscavam ao longo das paredes. Alguns apontavam alarmados para Próxima. A maioria apenas olhava, com um sorriso estúpido na cara.

Thanos hesitou. Viu o padre cambalear de volta para o altar. O homem parecia pequeno, com o *ankh* gigantesco delineado na fraca luz avermelhada.

Thanos sacou uma pequena arma de raios e mirou com cuidado, erguendo a arma para desviar as fileiras de acólitos passivos. Atirou uma vez, acertando o padre no coração. Ele voou até colidir com a parede, e manchou a base do *ankh* com seu sangue.

Isso bastou para acordar os acólitos. Eles correram para os corredores, tateando o caminho pelas fileiras de bancos escuros, cambaleando na direção da saída. Alguns olhavam para o padre, assustados, e para o misterioso estranho que o matara.

Thanos sorria.

Próxima e Fauce percorriam um trajeto diagonal por cima dos bancos, correndo e saltando por cima de pessoas assustadas. Thanos largou o manto e foi atrás. Os acólitos se espalharam, abrindo caminho para ele. Quando alcançou Próxima, nem ela nem Fauce estavam mais de manto, revelando os trajes de combate que usavam por baixo.

– Você enxerga bem no escuro – disse Próxima.

Pulando mais uma fileira de bancos, encontraram-se num corredor estreito na lateral da câmara. Thanos virou-se e viu o que restava dos acólitos correndo pelo corredor central, saindo pela porta.

Fauce colocou as duas mãos na parede lateral.

– Algum lugar por aqui – disse.

– Passagens secretas? – Próxima perguntou.

– As plantas mostravam todas elas nesta parede – disse Thanos. – Uma delas leva até a sala do tesouro. O problema é descobrir qual.

– O *problema* – disse Fauce – é encontrar todas.

Fauce foi passando a mão por um grandioso painel interno, da altura de dois homens. Depois sacudiu a cabeça e foi seguindo pela parede.

Thanos sentiu um arrepio percorrer sua coluna. Virou-se bem a tempo de ouvir um clique no painel, que deslizou para cima... revelando um esquadrão completo dos Cavaleiros Negros da Igreja.

Os Cavaleiros invadiram o santuário, de armas em punho. Cerca de metade descendia dos musculosos nativos de pele esverdeada de Sacrossanto, o povo que Magus conquistara séculos antes. Os outros representavam virtualmente cada raça no universo conhecido: strontianos avermelhados, kree de pele azul e alguns terráqueos. Em sua armadura púrpura colada na pele, eram quase uma única muralha implacável de humanidade.

A grande câmara estava vazia, nesse momento, exceto por Thanos, Próxima, Fauce – e os Cavaleiros. Próxima recuou um passo e juntou-se a Thanos, formando um triângulo com Fauce para protegê-lo.

– Quantos você contou? – ela perguntou.

Thanos ficou confuso. Seria um teste?

– Pelo menos 25 – disse ele, e acenou para um corredor escuro. – E tem mais vindo.

Próxima sorriu e ergueu a lança.

O primeiro Cavaleiro, uma criatura de um olho só e pele rosa brilhante, soltou um grito. Perante o avanço do esquadrão, Thanos disparou sua arma. Foram três disparos rápidos; tombaram a criatura de um olho só e outras duas.

Meia dúzia de Cavaleiros circundou Próxima, de armas em punho. Ela soltou um brado de guerra, para surpresa deles, e fincou a lança com tanta força no chão que estilhaçou as placas de mármore. Os Cavaleiros ficaram olhando pasmos para ela, como se a achassem uma maluca.

A lança fulgurou um brilho intenso, depois se apagou por completo. Três raios de energia negra partiram da ponta e voaram na direção dos Cavaleiros. Quando as rajadas fizeram contato, os Cavaleiros abriram a boca para gritar. Nenhum som saiu, no entanto. A luz negra envolveu os Cavaleiros e sugou-lhes a energia vital, absorvendo todo o calor e a luz. Os homens desabaram no chão.

– Ali – disse Fauce, apontando.

Outro grupo de cavaleiros avançava contra eles, ativando barreiras defletoras de energia portáveis. Thanos guardou a arma e pegou a espada. Grunhindo, ele brandiu a lâmina num amplo arco à frente, e fez contato com o escudo do líder dos Cavaleiros. A lâmina fervilhou e penetrou até a metade, desequilibrando o Cavaleiro. Ele largou o escudo e tombou em cima dos outros soldados.

Thanos atacou de novo, acertando outro Cavaleiro na bochecha. O Cavaleiro berrou e levou as mãos ao rosto. Thanos o socou para o lado e, com a outra mão, disparou sua arma de raios, atirando pulsos rápidos para acertar os Cavaleiros que avançavam.

Com um golpe amplo da espada, forçou os inimigos a recuar. Vendo a espada passar à frente dos olhos, uma lembrança de Avia passou por sua mente. Thanos sacudiu a cabeça, forçando-se a esquecer.

Logo ele se flagrou recuado contra os bancos, com Próxima ao lado. Os Cavaleiros avançaram, jogando para o lado os corpos de seus colegas derrubados. O ar começou a feder a sangue.

Próxima soltou um berro e avançou para o corredor, lança no alto. Os Cavaleiros recuaram; parte deles tropeçou numa fileira de bancos. Ao aproximar-se do bando principal, a guerreira puxou o braço e arremessou a lança para o alto, e ficou ali mesmo.

A arma atravessou o ar como se tivesse vida própria. Acima do corredor, ela foi parando e ficou flutuando no lugar. Uma energia negra brotou das duas pontas e desceu para envolver os Cavaleiros um por um. Eles gritaram e dispararam suas armas com desespero, sem mirar.

Fauce estava agachado sob o tiroteio, sobre um suporte na base de uma fileira de bancos. Tinha em cada mão a cabeça de um Cavaleiro, e lhes acariciava as bochechas.

– Não existe deus nenhum – sussurrou ele. – Nenhum caminho para a luz.

Os soldados escancararam os olhos, aterrorizados. Pareciam paralisados, aprisionados por aquelas palavras.

– Não existe *luz*.

Próxima ergueu a mão e torceu o punho no ar. A lança respondeu, imitando os movimentos dela. Raios negros preencheram a sala, subindo para, então, afunilar-se sobre suas vítimas, uma por vez.

– Se existe um caminho – continuava Fauce –, vocês não o encontraram. Nós também não encontramos.

Os raios de luz negra de Próxima começaram a se dissipar. Corpos inundaram o corredor, esparramando-se sobre os bancos mais próximos. Os poucos Cavaleiros sobreviventes olhavam ao redor, atônitos. De algum modo, três acólitos – um deles desarmado – acabavam de dizimar um esquadrão inteiro da Igreja.

– *Eu* não encontrei – sussurrou Fauce.

As vítimas escorregaram de seus dedos moles. Ele ficou ali olhando, por um bom tempo, com uma expressão dura e vazia.

Sem ver o que fazia, Próxima ergueu a mão. A lança deslizou para a mão dela e parou em pleno ar.

– Fauce?

Ele ergueu o rosto e foi juntar-se à guerreira. Antes, lançou um último olhar para os Cavaleiros que matara. Matara, como matara a tantos antes, com o poder da dúvida.

Sua maior arma.

Um Cavaleiro de rosto de lagarto estava agachado atrás de um banco e falava em voz baixa no comunicador que tinha no ombro. Fauce correu o olhar para o painel na parede, ainda aberto, revelando a passagem para o corredor. Ruídos ecoaram lá de dentro.

– Mais Cavaleiros a caminho – disse ele. – Ainda não acabou.
– Reparou em outra coisa? – perguntou Próxima.
Fauce olhou ao redor. Os dois estavam sozinhos com um punhado de assustados e ensanguentados Cavaleiros.
– Nosso *recruta* – ela sibilou. – Sumiu.

12

THANOS SE APERTAVA para passar por um estreito conduíte, e fez careta quando o cotovelo encostou num circuito elétrico exposto. O duto era escuro, industrial e tão pequeno que ele mal cabia lá dentro. Pingava uma água amarronzada de um cano acima.

Ele parou para achar um módulo de memória que enfiou num pequeno projetor holográfico em seu pulso. A planta do palácio apareceu, curvada e distorcida para caber no espaço reduzido. Aproximando a imagem, foi possível encontrar o duto em que ele estava, partindo de um dos corredores do grande santuário. O túnel percorria uma distância curta dentro do monte e parecia simplesmente acabar numa parede de rocha.

Seu coração acelerou. *Já passei desse ponto*, pensou ele. *Eu estava certo.*

O duto continuava além do mapa, estendendo-se a fundo no monte. Isso significava que havia algo adiante, algo que a Igreja se esforçara para não mostrar em mapa nenhum. Algo muito mais valioso do que uma sala cheia de joias.

Thanos desligou a projeção e começou a rastejar para a frente de novo – mas logo parou. Um baixo ruído metálico vinha lá da frente. Fraco, mas cada vez mais audível.

Havia alguma outra coisa dentro do duto.

Ele sacou a arma, mas tornou a guardá-la. Muito circuito desprotegido por ali. Uma descarga eletromagnética poderia ricochetear – ou pior, atear fogo no espaço todo. Desembainhando a espada, Thanos retomou o rastejar.

À frente, o corredor dividiu-se. Um túnel ainda mais estreito abriu-se à direita, apertado demais para Thanos passar, mesmo em seu corpo atual. Ele esperou um pouco e ficou escutando. O barulhinho vinha do duto menor.

Torcendo o corpo, ele se posicionou fora de vistas, logo após a bifurcação do duto. O barulho ficou mais alto, passou para um tilintar metálico. Outro barulho começou: um estranho zumbido atonal.

Thanos franziu o cenho, intrigado. Ergueu a espada e encostou as costas inteiras na parede do túnel. Se aparecesse um esquadrão de cavaleiro, pelo menos ele teria a vantagem da surpresa.

O zumbido ficou mais alto, intercalado com palavras:

– *Tentaram me mandar pro kree-hab, eu disse não, não, não...*

A cabeça de Pip, o troll, emergiu do túnel. Ele olhou ao redor, avistou Thanos e congelou no meio do cantarolar.

– Uau! – berrou. – Sou eu! Não atire! Espada! Não me machuque, é o que quero dizer!

Thanos grunhiu e embainhou a espada.

– Pip – disse –, o que está fazendo aqui?

O troll deu de ombros.

– Estava prestes a teleportar da sala de controle quando vi esse túnel. Acho que sou curioso por natureza. – Ele parou, ficando subitamente intrigado. – Calma aí. O que *você* está fazendo aqui? Procurando "energia da crença"?

Thanos não respondeu. Olhou para o caminho adiante, desejando que Pip desaparecesse.

– Tem alguma coisa errada aqui. – Pip virou o rosto e espiou no túnel, na direção de que viera Thanos. – E quanto a Mamis e Papis? Cadê eles?

– Quando os deixei, estavam... – Thanos ficou sem graça. – Ocupados.

– Com os Cavaleiros Negros, aposto. – Pip escancarou os olhos. – O-ou! Você passou a perna neles, não foi? Usou como distração e aproveitou para entrar aqui de fininho.

– Suponho que estejam a caminho da sala do tesouro.

– Isso vai deixar os Cavaleiros ocupados por um tempinho. Mas, cedo ou tarde, eles virão atrás de você também.

Thanos olhou ao redor, o cenho franzido. Pip tinha razão: Próxima e Fauce, ele sabia, podiam segurar um exército inteiro – mas não para sempre.

– E isso nos leva à pergunta do dia, certo? – Pip continuou. – O elefante branco de duas toneladas na sala. O que *exatamente* você tá procurando? O que tem dentro deste monte?

– Não creio que você vá querer ver – Thanos murmurou.

– Ah, eu acho que vou *sim*.

– Pip – disse Thanos, apontando para o túnel –, tem uma sala cheia de joias e uma adega lotada naquele sentido. Por que você não para de pensar bobagem e vai encher esses bracinhos com o máximo que puderem carregar?

– Sob a maioria das circunstâncias, isso seria a melhor oferta da vida – brincou Pip. – Mas você acabou de dar dois truques e está correndo o risco de enfurecer dois dos assassinos mais terríveis do espaço... tudo para conseguir seja lá o que tem no final deste túnel.

– Talvez não tenha nada.

– É. Falou. – Pip saiu rastejando, percorrendo a estreita passagem. – Seja lá o que for, aposto que é muito mais do que "energia da crença".

– Pip...

– Foi mal, Nil. Se é que esse é o seu nome. – Pip continuou a percorrer o túnel principal e nem olhou para trás. – Como eu disse: curioso por natureza.

Thanos soltou um palavrão e pôs-se em movimento atrás do troll.

Os dois rastejaram por pelo menos meio quilômetro por um caminho muito sinuoso, por pedaços tão apertados que quase não deu para passar. Pip movia-se como um gato. Thanos teve de se esforçar para acompanhar.

– *Só as kreechorras! As preparadas!*

– Para de cantar – Thanos reclamou.

O túnel pareceu ficar ainda mais estreito. Thanos sentiu os braços pesando. Começou a cansar-se do tagarelar incessante de Pip, da terrível cantoria fora do tom. De ver aquelas perninhas peludas.

A pouca luz dentro do duto foi lentamente passando para um azul luminoso. *Vem lá da frente*, Thanos percebeu. *É aqui. É aqui mesmo.*

Seus pensamentos entraram no modo assassino. Não precisava mais de Pip; o troll já cumprira sua função. Se pudesse se esgueirar à frente e agarrá-lo pela perna, poderia perpassá-lo com a espada. Thanos estendeu os braços lentamente...

Pip olhou para trás. Quando captou de relance a expressão no olhar de Thanos, desapareceu num estouro de energia.

– Desculpe, Nil. Não confio em você, como suas amigas. O que aconteceu com elas, a propósito?

Thanos olhou para trás. Pip estava *atrás* dele na passagem, banhado em luz azul.

– Não vou te impedir de roubar o que quiser – disse o troll, abrindo bem os braços. – Não acho que conseguiria. Só quero ir junto com você.

– Por que não se teleporta lá pra frente, então?

– Porque não sei o caminho. Esta porcaria de túnel não está nos mapas.

Thanos rastejou para o troll. Pip sumiu de novo, reaparecendo alguns metros adiante.

– Não vai conseguir me pegar, então acho mais prático me deixar ir junto – disse Pip, apontando para a fonte da luz azul. – Vamos combinar? *Você* vai na frente.

Thanos ficou olhando feio para o troll por um instante, mas logo deu meia-volta. *Que seja*, pensou ele. A presença de Pip era um incômodo, mas no fim das contas não mudaria nada.

O duto fez uma curva suave e ampliou-se para um grande espaço aberto. Thanos parou tão de repente que Pip bateu nele por trás.

– Foi mal – disse Pip. – Oh. Oh nossa.

Thanos deu um passo adiante, olhando ao redor. As paredes da câmara eram de pedra, um mural irregular de pedra cinza-azulada; elas se esticavam para o alto por muitos metros até morrer num teto rochoso. Não havia piso que desse para ver; a câmara parecia estender-se a fundo nas entranhas do planeta.

O túnel acabava numa passarela estreita sem cobertura, estendida por cima do abismo. Nos arredores da câmara, outras quatro passarelas idênticas brotavam de outros buracos nas paredes. Todas as passarelas terminavam exatamente no mesmo ponto: uma grande esfera reluzente, em torno de dez metros de diâmetro, flutuando exatamente no centro da câmara. Uma energia azulada se enroscava por toda a superfície da esfera, projetando desenhos cambiantes de luz nas paredes do monte.

Pip não tirava os olhos da esfera.

– Em nome dos bordéis e do ópio, o que é *aquilo*?

Thanos entrou na passarela. Foi andando sem pressa, falando com calma. Mas, por dentro, estava histérico. Aquilo era o tesouro que ele esperava encontrar, o segredo sussurrado por padres excomungados que se aventuraram nas profundezas da Igreja. Por criminosos que chegaram à verdade após muito subornar, prostitutas que ouviam os suspiros da noite. Pelos descendentes do primeiro povo de Sacrossanto, que idolatravam o seu poder.

É real, pensou ele. *Está aqui mesmo.*

– É um nexo transdimensional – disse ele.

– Um nexo trans... – Pip não concluiu. – Tem como explicar isso para o amigo aqui?

– Está aqui há séculos. Um ancião da Igreja... talvez o próprio Magus... o encontrou enterrado bem no fundo do monte.

Ao aproximar-se do nexo, imagens começaram a se formar dentro de suas profundezas espiraladas. Thanos, lutando por sua vida junto de um homem dourado com manoplas de gladiador e uma esmeralda brilhante na testa. A Manopla do Infinito reluzindo com seu poder na mão dele. Um espantalho usando as roupas de Thanos, apenas uma efígie de palha tomando conta de uma plantação de milho.

– Ele junta todos os mundos – disse Thanos, como se num transe. – O passado, outras realidades. Onde estivemos, e onde poderíamos ter estado se as coisas tivessem sido diferentes.

Outra visão na esfera: o jovem Thanos em seu mundo natal, Titã. Brincando nos campos com seu belo irmão dos cabelos ruivos, sob o olhar orgulhoso de mãe e pai.

Pip olhava de detrás das pernas de Thanos.

– Só me vejo num monte de cassinos e puteiros.

As energias se mexeram mais uma vez. Um edifício antigo e muito alto apareceu recortado num estranho céu acinzentado, com dezenas de prédios menores em volta. Os escritos na fachada eram de um idioma que Thanos não podia distinguir, mas ele pensou reconhecer uma palavra: GUERRA.

– Até o futuro – murmurou.

O edifício tremeluziu e desapareceu. Em seu lugar, duas mãos femininas, fortes e escuras, segurando uma faquinha cega de madeira. Ao ver essas mãos, algo foi intensamente mobilizado nas emoções de Thanos, embora tanto estas quanto a faca não lhe parecessem conhecidas.

Pip franzia o cenho.

– Então, além de mostrar listas de filmes para ver antes de morrer, o que exatamente faz essa co... OPA!

Pip deu um pulo para trás quando a esfera começou a brilhar. Thanos não saiu do lugar, permitindo que aquela energia azul o envolvesse por inteiro. Os filamentos se reuniram no ar, formando diversos raios que rumavam para o alto. Unidades receptoras de metal acopladas às paredes absorviam a energia.

– A Igreja deseja poder – Thanos explicou. – O nexo drena energia pura de todos os planos de existência possíveis.

Tendo a energia da esfera cedido um pouco, Thanos deu mais um passo adiante. As outras passarelas, ele reparou, continuavam vazias. Ele esperava que outra versão dele mesmo aparecesse de uma das outras entradas. Um Titã que não tivesse abandonado seus poderes – que não vira as coisas que ele vira, nem vivera a vida que ele vivera junto dos pedintes e ladrões de Sacrossanto.

Um Thanos que não tinha assassinado as amigas e comentado que tinha sido *fácil*.

Seria esse Thanos mais completo do que ele? Ou menos?

– Senhora. – Ele ergueu a mão e sentiu a dança de elétrons que saíam da esfera. – Pode me ouvir?

Lá do alto veio um barulho intenso. Thanos o ignorou. A face do nexo era uma parede de estática a provocá-lo.

– Essa é a minha última chance – ele sussurrou, olhando bem lá no fundo. – Achei que talvez... isso... esperava que pudesse me mostrar o caminho certo.

Sentia-se um pouco tolo. Foi tomado por uma sensação de vazio, como acontecera no quarto, na noite anterior.

Mais um barulho, dessa vez mais alto.

– Hã – disse Pip. – Nil?

Thanos olhava dentro da esfera de energia, estudando as colisões cerúlea de partículas básicas. Suas palavras ecoavam em sua mente: a Igreja deseja poder.

Seria por isso que estava ali? *Eu disse que queria um guia, algo que me direcionasse ao meu verdadeiro destino. No final, porém, será que sou apenas atraído pelo poder em todas as suas formas?*

Um tentáculo azul fulgurou da esfera. Thanos não se abalou. O nexo o abraçou e ninou como uma amante – uma rival da própria Morte. Mas agora que tinha encontrado o poder, ele não tinha a menor ideia do que fazer com ele.

Um movimento chamou sua atenção. Ele recuou um passo e olhou além da esfera brilhante. Na entrada de um dos corredores, uma criatura esguia o observava. Ela ergueu mãos esqueléticas para baixar um capuz verde-escuro de cima da cabeça.

Morte?

A terceira explosão sacudiu a câmara. Thanos desequilibrou-se na passarela, recobrando a pose com dificuldade. Pip tombou sobre a beirada, agarrou-se à perna de Thanos e puxou-se para cima.

– Nil, meu chapa. – Pip apontava para o teto. – Não sei que diabos tá acontecendo lá em cima, mas acho melhor a gente sair antes que chegue aqui.

Thanos o empurrou para longe. Pip deu um gritinho e deslizou pela passarela, até a parede rochosa.

Thanos tornou a olhar para a esfera. Olhou além dela, em seguida, esticando o pescoço para enxergar. Mas as outras passarelas estavam vazias de novo; as entradas da rocha estavam quietas outra vez. Sua Senhora se fora.

Ele foi tomado pela raiva. Ela o abandonara. De novo. Por quê?

De punhos cerrados, ele deu meia-volta. Pip estava encostado na parede, olhando para cima...

O teto explodiu com um trovejar ecoado e amplificado pelas paredes de rocha. Choveram pedregulhos que mordiscaram as passarelas e deslizaram para o fosso abaixo. Thanos agachou e ficou protegendo o rosto da tormenta fatal.

Quando a poeira baixou, ele olhou para cima, já sabendo o que veria. Uma criatura musculosa de pele verde e tatuagens vermelhas pairava em frente a um buraco na rocha.

– *Thanos* – proclamou Drax, o Destruidor. – *Eu sou o seu fim.*

13

— EU TE RASTREEI ATÉ AQUI, THANOS. *Além das estrelas, pelas profundezas inimagináveis do espaço.*

Drax pairava no ar como um anjo vingativo. Lá do alto, olhava para a passarela, pintado com sombras azuladas pelo nexo.

– Thanos – Pip repetiu. – Ele disse Thanos.

Thanos girou e viu o troll olhando para Drax. Aos poucos, Pip foi baixando os olhos para o homem que conhecera como Nil.

– Oh – Pip sussurrou. E começou a recuar pela passarela, em direção à parede. – Oh, uau. Oh, não. Oh, minha nossa, é verdade.

– Pip.

Thanos deu um passo na direção dele.

– Não, senhor. Nã-nã-nã-não. – O troll foi cambaleando para trás, com a mão estendida em defesa. – Fique aí. Fique longe de mim.

Thanos olhou de relance para Drax. O Destruidor ainda flutuava, perfeitamente imóvel, perto do nexo.

– Vou dar o fora daqui – disse Pip, olhando para Thanos. – Nada vale tanto assim. Vinho, joias, nem... – Ele apontou para o nexo. – Espero que encontre o que tá procurando, amigo. Peraí, não. Conhecendo você, espero que *não encontre*.

Um lampejo de energia amarela, uma lufada de ozônio, e Pip se foi.

Thanos ficou olhando para o ponto no qual estivera Pip. *Estou sozinho com o Destruidor*, pensou. *Uma criatura moldada e equipada para um único propósito: pôr fim à minha vida.*

Ele se voltou para o nexo, onde viu imagens entrecortadas em suas profundezas. Viera até ali em busca de respostas, esperando que a infinidade de mundos dentro da esfera lhe indicasse seu verdadeiro caminho. Caso isso falhasse, talvez pudesse coletar o poder da esfera – reconstruir sua vida estilhaçada por meio de pura força bruta.

Mas agora sabia que não havia resposta alguma ali. Todos os caminhos, todas as trilhas, levavam para um único ponto: a bola de fogo brilhante que flutuava à frente dele. Um beco sem saída – com uma máquina de destruição viva pairando por cima.

Thanos fechou os olhos. Em sua derrota, sentia-se estranhamente em paz. Parte dele torceu para que Drax simplesmente o explodisse em átomos, pondo fim à sua longa vida de engano.

Mas ele não atacou.

Thanos abriu os olhos e viu Drax. O Destruidor olhava para ele, de cenho franzido. Parecia quase confuso.

– Então? – Thanos perguntou.

Drax estreitou os olhos.

– *Eu nasci para este dia, maldito* – disse ele. – *E agora que finalmente chegou...*

No meio da frase, o Destruidor calou-se. De braços erguidos, flutuou e pousou em frente de Thanos, de costas para o nexo. Ergueu uma faca de energia brilhante, que apontou num gesto ameaçador.

Agora é o fim, pensou Thanos, preparando-se para o golpe que lhe poria fim à vida.

– *Você* – disse Drax. – *Onde está Thanos?*

Thanos não entendeu nada.

– *A energia vital dele paira no ar* – Drax continuou. – *Eu sei disso. Onde está ele?*

Ele não me reconheceu, Thanos concluiu. *Não sabe quem eu sou. Toda essa energia solta... deve estar interferindo em seu poder inato de rastreamento!*

Dentro de Thanos, uma chama de ambição reacendeu, voltando à vida. Ele ergueu os braços esverdeados fininhos e fez pose de rendição.

– Eu não sei – disse.

Drax guardou a faca. No pequeno espaço entre Thanos e o nexo, o Destruidor pôs-se a zanzar.

– *Eu segui a assinatura de energia do ser maligno* – disse Drax – *por frios anos-luz, por vazios sem fim. Ela me trouxe aqui, a esta sujeira de mundo.* – Drax ergueu-se no ar, de punhos cerrados. – *Onde está ele? ONDE ESTÁ THANOS?*

Drax sacou as duas facas e apontou para a passarela seguinte. As armas soltaram energia, que pulou das lâminas e caiu com tudo, partindo a passarela ao meio. Ela rachou e ruiu, soltando pedaços que caíram com muito ruído no abismo. Apenas uma pontinha restou, fixada no nexo.

— *THANOS!* — ele gritou. — *APAREÇA!*

A câmara sacudiu sob o impacto do ataque de Drax. Thanos agachou e agarrou-se à borda da passarela sob seus pés — passarela esta que, felizmente, continuava intacta. O nexo parecia intocado também.

Numa terceira passarela — a que ficava do lado oposto de Thanos — apareceu alguma coisa na entrada do túnel. O coração dele deu um pulo. Seria a Morte, que retornara? Teria a situação de agora há pouco sido um mero teste, mais um desafio que ela planejara para ele? Estaria pronta, finalmente, para recebê-lo de volta em seus braços?

Não — não era a Morte. Um esquadrão de Cavaleiros Negros invadiu a plataforma, mas logo parou. O líder apontou para o Destruidor e berrou instruções.

Drax começou a voar de um lado para outro, atirando em todas as direções.

Os Cavaleiros abriram fogo. Thanos abaixou-se quando a rede de energia fervilhou pouco acima da cabeça dele. Rastejando às pressas, seguiu para a boca do túnel, não sem antes dar uma última olhada na majestade brilhante e reluzente do nexo.

Antes que alcançasse a entrada, um esbelto braço azulado envolveu seu pescoço com um abraço de ferro.

— Então — sibilou Próxima Meia-Noite. — O segredo de Nil foi revelado.

Por um momento, ele pensou que ela soubesse. Mas não. Pela expressão em seu rosto, ela se referia ao nexo.

Fauce apareceu engatinhando logo atrás. Assim que viu a esfera brilhante, começou a ondular os dedos num movimento estranho de nervosismo.

— O poder escondido — disse. — O motor que abastece os trabalhos sagrados da Igreja.

Os Cavaleiros Negros tinham assumido uma formação de combate na passarela adjacente e apontavam suas armas para Drax. O Destruidor deu um giro e devolveu a artilharia. Um naco da passarela sob os pés dos soldados cedeu; três Cavaleiros caíram, urrando, para o abismo.

— *Zealots!* — Drax gritou. — *Seus tolos! TRAGAM-ME THANOS!*

Uma rajada perdida acertou a plataforma de Thanos a poucos centímetros dele. Próxima recuou alguns passos, sem soltar do pescoço dele.

– Devíamos... – ele tentou falar, sacudindo a cabeça para a entrada do túnel.

Ela não se mexeu.

– Você nos enganou – disse, dirigindo olhos vazios para ele. – Traiu a Ordem.

– Sabia que vocês podiam... se cuidar.

– Isso é verdade.

Para sua surpresa, Próxima o largou. Thanos cambaleou perto dela, na direção do nexo. Drax voou rasante, atirando pouco acima da cabeça dele; Thanos foi ao chão e ficou de barriga na passarela.

O disparo possante de Drax passou fervilhando para incinerar dois dos Cavaleiros na passarela adjacente. A estrutura debaixo deles rangeu, rachou e quebrou-se. O que restava dos Cavaleiros tropeçou e caiu aos gritos nas profundezas sem fim.

Quando ele ergueu o rosto, viu Próxima olhando para baixo, acompanhando os corpos dos Cavaleiros a mergulhar no escuro. Fauce de Ébano não tirava os olhos do nexo, das energias azuladas descontroladas que dominavam a câmara.

– O próximo esquadrão virá com jatos – disse Fauce, distraído. – Poderão desafiar um pouco mais o seu amigo cidadão primitivo.

– THANOS! – Drax gritou.

Próxima marchou pela passarela com um sorriso perigoso no rosto. Ela ergueu a lança. Pela segunda vez, Thanos pensou que aquele era o fim. *Ela vai me matar.*

No entanto, em vez de disparar, a guerreira virou-se e usou a lança para apontar para a entrada de uma das diversas passarelas. Outro grupo de Cavaleiros aparecera na boca do túnel.

Baixando a lança, Próxima agachou e pegou Thanos pelo queixo.

– Você foi esperto o bastante para nos trazer aqui – disse. – Como sugere que façamos para sair?

Ele ficou atônito.

– Está perguntando pra mim?

– Você é um recruta da Ordem Negra, não?

Thanos olhou para cima e viu o novo esquadrão de Cavaleiros alçar voo. Como Fauce previra, usavam unidades pessoais de voo nas costas. Drax voou num disparo pelo ar, acertando-os com rajadas de suas facas.

Um Cavaleiro parou, apontou e deu um tiro preciso. Drax urrou e soltou sangue pelo peito.

Outro dos Cavaleiros, girando em pleno ar, atirou de qualquer jeito. O disparo acertou a entrada do túnel no fim da passarela de Thanos. Um punhado de rocha desabou, arruinando a passagem e bloqueando a fuga.

Thanos fechou os olhos e os apertou bem. Desenhos brilhantes formaram-se em sua mente, como reflexos das energias do nexo. Tudo de uma vez, ele viu tudo: o caminho que tinha de tomar, o motivo pelo qual viera ali primeiramente.

Aquele poder seria dele, *sim*. Em parte, pelo menos.

– Venham – disse ele, e saiu correndo para o nexo.

Fauce pôs-se imediatamente a segui-lo. Próxima hesitou, de olho na esfera de energia azul. Um pedaço do teto se soltou sob o tiroteio pesado, mergulhou para baixo e bateu na passarela. Próxima cambaleou e saiu correndo.

Adiante, a esfera cintilava em mil tons de azul. Ciano e marinho, safira e real. O reluzir de pura força atômica, fótons dançando sob novos ritmos.

Thanos ergueu os braços e se deixou envolver por ela.

Os ecos dos disparos dos Cavaleiros, o urrar dos berros de Drax, o crepitar e trovejar da câmara rochosa – tudo simplesmente sumiu. Imagens o circundaram: visões do passado e do futuro, assim como quando contemplara o nexo pela primeira vez. Mas tudo mais perto, mais rápido, mais seco contra os nervos. Um trio de rostos prateados, dourados e rosados, fulgurando de poder. Os campos de Titã, acesos de vida verdejante. O espantalho. O edifício alto com a palavra GUERRA na fachada.

E, mais uma vez, a faca cega de madeira. Segurada com força por mãos suaves e fortes ao mesmo tempo, mãos que pareciam chamar, sem dizer nada, algo de mais profundo nele.

– Oh – disse Próxima.

Thanos olhou. Mais uma vez contemplou as faixas do hiperespaço, esticadas em ângulos multidimensionais em todas as direções. Ele viu estrelas não nascidas, galáxias que viviam apenas como possibilidades. Mundos que viviam apenas para idolatrar deuses obscuros.

Um canto baixinho chamou sua atenção. Fauce de Ébano olhava fixamente para o labirinto azulado e dizia algo quase sem fazer som. Falava rapidamente, de cenho franzido, como se resolvesse um quebra-cabeça intricado.

Próxima ficou curiosa.

– O que ele está vendo?

– Não sei – disse Thanos.

Apertando os olhos, ele tornou a pesquisar a beirada do universo. A curva distorcida na qual formas tornavam-se superfícies, e superfícies tornavam-se linhas. Onde estrelas se esticavam em cordões, e supercordões terminavam em nós de puro éter.

A energia sob seus pés, o ar ao redor – tudo eram abstrações, criações de matemática pura. O que ele via era o infinito – mas não o falso infinito das Joias. Este era, realmente, o fim.

A esfera sacudiu com um impacto forte. A curva borrou e ondulou; as estrelas se dissiparam em estática azulada. *Drax*, pensou Thanos. *Voltou-se contra o nexo. Está atirando nele... e estamos dentro!*

Thanos virou-se, procurando Próxima e Fauce. Os dois estavam sentados em meio à névoa azulada, olhando-se diretamente nos olhos. Fauce disse algo num idioma desconhecido, curto e grosso. Soavam como golfinhos guinchando.

Próxima mostrou os dentes, raivosa. Mas assentiu ao que ele dissera e levantou-se. Quando Fauce virou-se, Thanos captou de relance o rosto dele, sombrio e decidido. Ele cruzou olhares com Thanos, e sua boca abriu-se para formar uma frase sem palavras:

Tudo deve terminar.

Outro golpe sacudiu o mundo azul. Através da cortina de energia, Thanos viu Drax disparando raio atrás de raio na esfera. Os Cavaleiros o cercavam, atirando sem parar; alguns dos tiros deles também acertavam o nexo.

Ele quase deu um pulo quando Próxima o tocou no ombro.

– Fauce deixou a Ordem – disse.

Thanos ficou pasmo. Olhou ao redor, mas Fauce de Ébano já tinha sumido. Desaparecido nas profundezas infinitas de safira.

– Nossa situação está insustentável – continuou Próxima, fazendo careta para as explosões de poder em torno deles. – Que tal sairmos daqui?

Thanos concordou. *Sei o que fazer*, pensou. *Apesar de todos os fracassos, as decepções, meu caminho está claro.*

– Apenas um passo – disse.

Ele estendeu a mão, que ela pegou com firmeza. Ao redor, a energia berrava e rugia.

Thanos respirou fundo e deu um passo apenas.

....

Não houve transição, nenhuma sensação de movimento. Contudo, num instante, estavam sob um sol ardido no espaçoporto de Sacrossanto. Naves erguiam-se ao redor, estacionadas em pleno ar: caças de um piloto só, pequenos veículos, cruzadores pesados. Do outro lado do pavimento, um veículo de um passageiro estava encostado junto do terminal administrativo.

Uma nave de combate de porte médio, cheia de armas acopladas, pairava logo acima. Próxima acenou para o casco, que ostentava o emblema da Ordem Negra, o círculo dentro do quadrado pintado de estrelas.

– Bem no alvo – disse ela.

Thanos apertou os olhos para enfrentar o sol. Mecânicos zanzavam em torno deles, viajantes botando capacetes e falando dos resultados dos jogos. Um caça passou, seguindo para um pequeno deque de lançamento ao longe.

Algo zumbiu no pulso de Próxima.

– Mensagem do hipercomunicador – ela explicou. – Gravada. Está sendo retransmitida da nave, agora que estamos ao alcance dela.

Próxima tocou o bracelete em seu pulso. Ergueu-se um holograma: uma criatura horrenda de dentes afiados e queixo pontudo, metida em robes pretos esfarrapados. Portava uma comprida arma ornada com diversas lâminas que brotavam em diferentes ângulos. Parecia estar em algum tipo de praça industrial, cercado por prédios enormes.

Thanos conhecia o homem. Era o marido de Próxima: Corvus Glaive, o mais cruel e temido membro da Ordem Negra.

– Meu amor – sibilou a imagem de Corvus. – Recebi sua mensagem.

Próxima ficou esperando.

– Os eventos ocorrem rapidamente por aqui – continuou ele. – Peço que venha o quanto antes.

Thanos olhava para a imagem – mas não para Corvus. Ao fundo, borrada pela transmissão holográfica, uma estrutura alta de pedra lhe chamara a atenção. Um edifício que ele vira fazia pouco tempo, dentro do nexo. Apertando bem os olhos, conseguiu ler os dizeres:

MINISTÉRIO DE GUERRA KREE

– Se acredita que esse "Nil" é um dos nossos, traga-o – disse Corvus, depois hesitou. – Estou esperando o calor do seu toque.

A imagem sumiu.

Um dos nossos, pensou Thanos. As palavras ecoaram em sua mente.

Uma escotilha abriu chiando na nave acima, e uma escada retrátil desceu até o solo. Próxima pôs o pé no primeiro degrau e virou-se para Thanos.

– Então? – perguntou.

Ele hesitou. Ela sorriu, como se lesse os pensamentos dele.

– Talvez deixemos passar a traição – disse ela –, quando vier com iniciativa.

Thanos franziu o cenho.

– E quanto ao Pip?

Ela revirou os olhos.

– E você não achou ruim com o Fauce? Sair da Ordem daquele jeito?

– A Ordem não obriga ninguém a nada.

– O que ele lhe disse? Dentro do nexo.

Ela ficou calada, de cara feia. Por um instante, ele achou que tinha ido longe demais, feito perguntas demais.

– Ele deseja uma vida mais intelectual. Disse que o que fazemos... a busca por um deus, a busca pela matança... – Ela cuspiu no chão. – Disse que era *fácil* demais.

Uma comoção desatou na nave seguinte. Um strontiano robusto de pele avermelhada argumentava com um trio de criaturas que lembravam lulas e vestiam trajes aparentemente caros.

– Eu disse, os minidrives foram roubados – dizia o strontiano. – Eu... eu consigo de volta. Só preciso de tempo.

As lulas sacudiram as cabeças e avançaram contra o homem aterrorizado.

Thanos lembrava-se do strontiano – e da nave também. Pensou no último golpe que atentara junto das irmãs. O rosto pálido de Felina passou por seus olhos. E ele sentiu a mão de Avia em seu corpo, ensinando-o, guiando a mão que brandia a espada.

Atrás dele, a estrada estendia-se comprida, e ao longe se via o bazar. O cheiro de carne assada do mercado chegava até ali, junto dos gritos distantes dos mercadores anunciando sua mercadoria. Fogueiras acesas para cozinhar apareciam por entre as casinhas baixas espalhadas pelas duas pontas – os "braços" do grande *ankh*.

Além da medina, após as tavernas e abatedouros, o palácio impunha-se esbelto e orgulhoso. Nenhum sinal do nexo, da batalha travada dentro do monte, aparecia em seu dourado e reluzente exterior.

A Igreja, pensou ele. *Estará lá amanhã. Estará lá quando todos nós formos somente pó.*

– Já arranquei tudo que podia deste mundo patético – disse Próxima. – E você?

Thanos olhou para a esquerda, analisando as cabaninhas e trailers do braço ocidental. Apertou os olhos, mas não encontrou a casa onde morara. Era pequena demais, e ficava longe demais.

Outro grito veio da nave seguinte. Os homens-lula arrastavam o viajante Strontiano, ignorando os protestos dele. Seus apelos nem foram considerados. Nesse lugar, cada um cuidava da própria vida.

Chega disso, Thanos pensou. *Chega de roubar coisa pequena, chega de viver na pobreza. Chega de procurar um caminho.*

Chega de ter amigos.

A Ordem Negra representava poder. Thanos lembrou-se da imagem que vira no holograma: o edifício alto e gasto com as palavras MINISTÉRIO DA GUERRA KREE na fachada.

Talvez, pensou ele, *tudo realmente* tenha *me levado até isso.*

Ele seguiu Próxima escada acima e entrou na nave. Enquanto a escotilha se fechava atrás dele, Thanos deu um silencioso e derradeiro adeus a Felina, Avia e Sacrossanto.

INTERLÚDIO DOIS – A PASSAGEM

As acomodações a bordo da nave da Ordem eram pequenas – menores ainda do que o quarto em Sacrossanto. Thanos deslizou a porta para abri-la e quase tropeçou num colchão sem lençóis. Quando as luzes se acenderam, ele levou um susto.

O Armário do Infinito.

Seu corpanzil de mogno ocupava metade do cômodo. Estava reluzente, polido com um brilho quase impossivelmente perfeito. Parecia chamá-lo, incitá-lo adiante.

Ele não questionou, nem pensou em questionar como tinha ido parar ali. Estava já a caminho de um novo mundo, um novo começo, uma nova afiliação à Ordem Negra. O que poderia ser mais adequado do que um corpo novo?

Thanos passou por cima do colchão, alcançou as duas portas e as abriu.

Como antes, um conjunto de personagens passou por entre filetes de energia. Humanos, shi'ars, skrulls. Insetoides segmentados e criaturas reluzentes do mar, raças extintas havia muito tempo e espécies hiperavançadas ainda não evoluídas à existência.

As imagens foram desacelerando. Um único corpo parou no lugar: um homem alto e musculoso de traje militar colado à pele. Botas e luvas verdes; capacete com barbatana em torno de um rosto rosado. Traje branco com um orgulhoso mundo envolto por anel num emblema no peito.

Um guerreiro kree.

Thanos sorriu. Olhando para a imagem, sentiu as energias renovarem. Estava pronto para tomar um mundo e botá-lo de joelhos a seus pés.

Dando um passo adiante, abraçou sua nova vida.

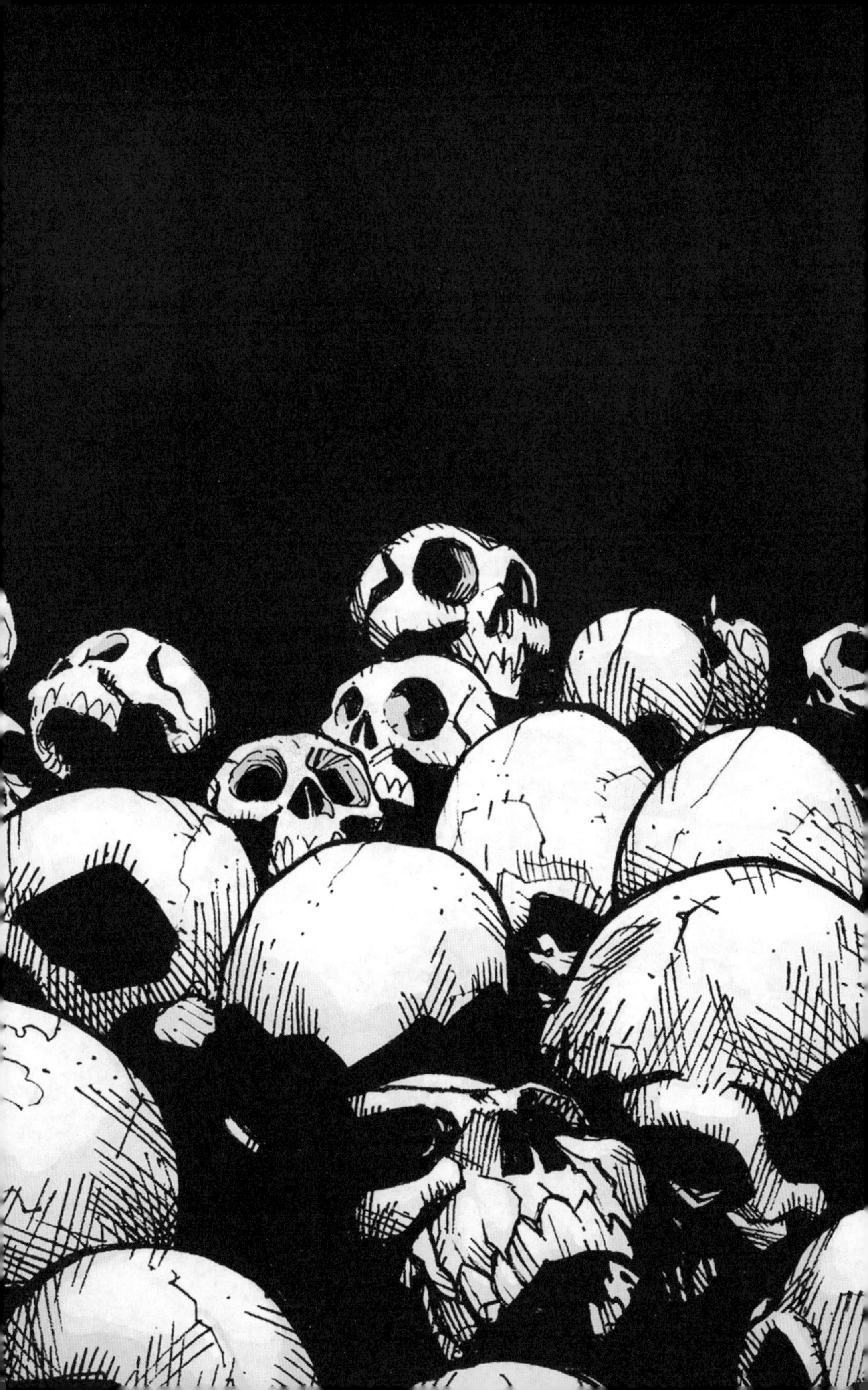

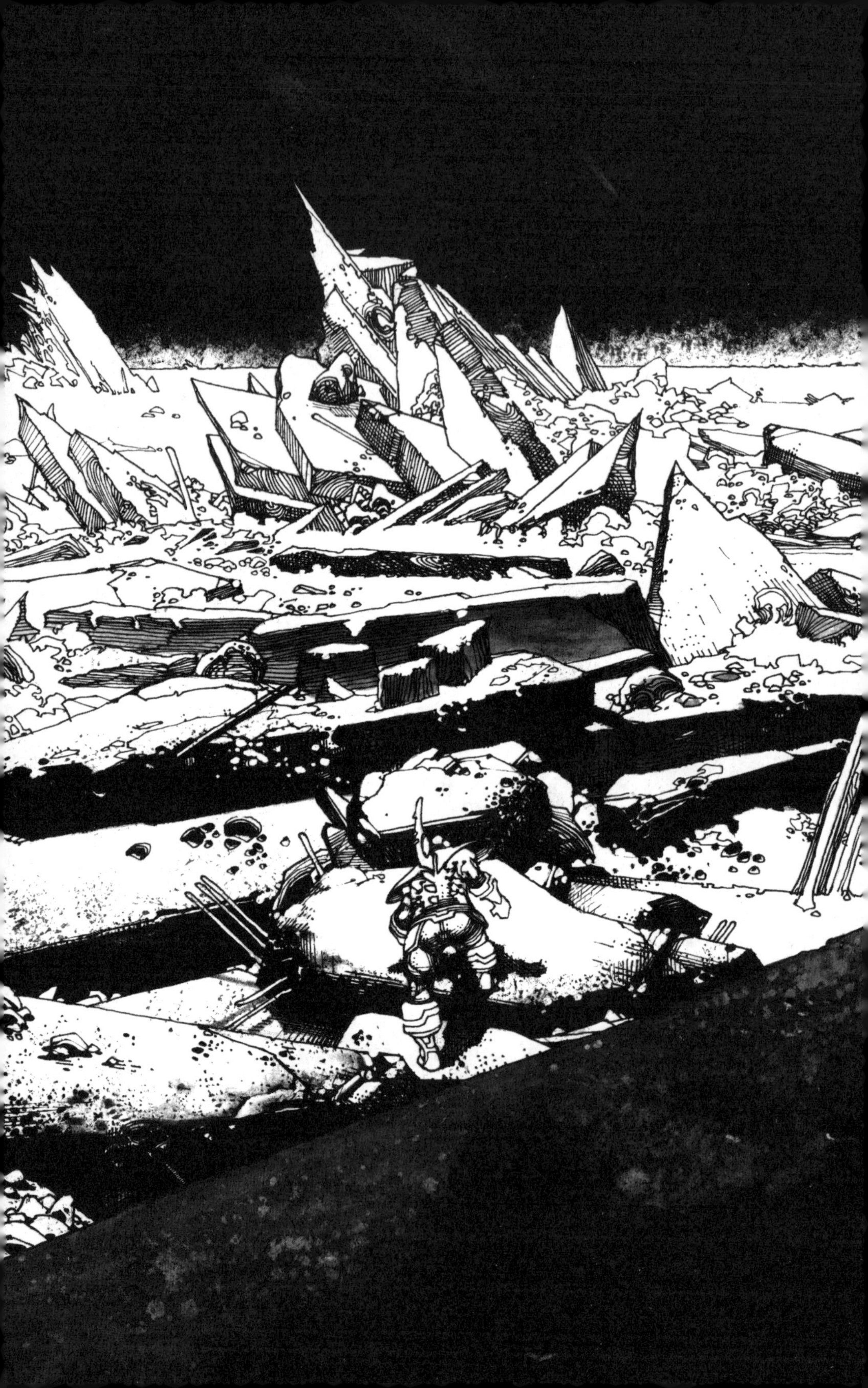

LIVRO 3
HALA

NOS ANAIS DA HISTÓRIA GALÁCTICA, o Império Kree não possui equivalente em poder, tamanho e pura longevidade. Essa vasta coalisão começou no planeta Hala, na Grande Nuvem de Magalhães, adjacente à Via Láctea. Ao longo de séculos, o império expandiu-se, cobrindo mil mundos em quatro galáxias.

Hala cresceu e tornou-se a principal "cidade armada" em todo o espaço conhecido. Mais de dois terços de seus três bilhões de habitantes são empregados, até certo ponto, pelo exército kree. Boa parte destes concentra-se na cidade central sem nome de Hala, que se espalha sobre o maior continente do planeta.

Em anos recentes, o Império Kree foi desafiado pelos skrulls, os shi'ars e diversas outras raças de guerreiros. Embora tenham sofrido perdas consideráveis, os krees sempre emergiram vitoriosos. Apesar dos rumores da complacência dos krees, não apareceu ainda ameaça que tivesse possibilidade de derrubá-los.

— GALACTIPEDIA

14

O MINISTÉRIO DE GUERRA KREE erguia-se imponente sob um céu permanentemente tingido de cinza pela neblina industrial. O Ministério suportara séculos de invasões, cortes de orçamento, invasões dos skrull, ataques nucleares e diversas tempestades galácticas. Os vizinhos mais próximos tinham metade de sua altura.

No 326º andar, numa sala do tamanho de um armário grande, Corvus Glaive, da Ordem Negra, olhava pela janela. A cidade – a grandiosa capital do interestelar Império Kree – deitava-se à frente dele. Daquela altura, lembrava uma plantação de cogumelos metálicos, marcados e cravejados por incontáveis ataques de inimigos.

– O planeta se chama Hemithea. Um planeta fraco e odioso reinado por mulheres com guelras que escondem seu povo em colônias no fundo do mar.

Corvus ignorou a voz irritante. Olhou para as muitas lâminas de seu cajado, encostado como estava na parede, depois baixou os olhos para a fileira de caveiras alinhadas na estante na base da janela. Uma era pontuda e tinha ossos ásperos brotando de todo canto. Outra tinha formato humano, mas era maior que uma bola de basquete. Uma terceira, a cabeça de uma água-viva conservada artificialmente, não tinha ossos.

Ele abriu um sorriso sombrio. Nem era caveira de fato, essa aí.

– Hemithea está nos planos de invasão dos krees há décadas – continuou o agente kree. – Nos provocando. Sua existência é uma afronta para o império.

Corvus pegou uma caveira e examinou. De ossos grossos, tinha dentes afiados e duas presas curvas que brotavam das bochechas frágeis.

– A Armada Estrela de Sabre está pronta. Totalmente abastecida, e em posse de agentes veteranos e suboficiais de sangue quente. – A voz do kree ganhou uma pontada de raiva. – Mas não recebemos a ordem. Nenhum grito de guerra.

Corvus virou-se lentamente. O oficial respirou fundo. Seu nome era Fal-Tar; usava o uniforme verde e branco de um kree de nível médio, com a insígnia tradicional – um grande planeta envolto por um anel – ostentada no peito. Os botões no ombro mostravam que ele ascendera ao posto máximo que um soldado de pele rosada conseguia nesse mundo.

Os krees tinham orgulho de sua compostura, de enfrentar qualquer situação com calma estoica. Mas Corvus passara a conhecer Fal-Tar bem demais. Não havia como esconder o medo subjacente à calma exterior do kree.

– Senhor? – Fal-Tar disse. – Devo... hã... continuar?

Corvus sorriu. Mesmo sem seu cajado de muitas lâminas, sua presença era intimidante. Manto preto esfarrapado, manoplas de aço, botas metálicas e, claro, o rosto mórbido branco que nem osso, com aquelas presas. Como membro principal da Ordem Negra, presidira a conquista e a devastação de centenas de mundos.

– Chamava-se Augullox – disse Corvus, mostrando a caveira em sua mão.

Fal-Tar ficou mudo.

– Ele também governava um mundo orgulhoso – Corvus continuou. – E morreu, choramingando, enquanto com minhas mãos eu espremia sua traqueia até o pó. A última palavra foi... – Ele fez uma pausa. – Acho que foi "não". Ou talvez "mãe".

– Isso faz diferença – observou Fal-Tar.

– E, no entanto, ninguém nunca saberá.

Corvus virou-se para a janela. Apreciava o desconforto de Fal-Tar – era um dos poucos prazeres que encontrara nesse mundo entediante. Contudo, a fila de caveiras o lembrava de seu passado glorioso, o êxtase que sentira a serviço de seu antigo mestre.

Para a Ordem Negra, todo planeta era como um fósforo esperando para ser aceso.

Ao curvar-se para repor a caveira na estante, Corvus sentiu um arrepio de empolgação percorrer sua coluna. *Ela está aqui*, pensou ele. *Logo a verei de novo*.

– O Conselho de Oficiais – disse Fal-Tar. – Não passam de lacaios da Inteligência Suprema. E a Inteligência se recusa a autorizar a invasão...

Sem concluir o que dizia, o oficial olhou preocupado para o teto. A sala da Inteligência Suprema, instituição que governava o império, ficava no último andar do Ministério, 105 andares acima. Ou seriam 106? Corvus não se lembrava.

– Meia-Noite – disse Corvus.

Uma expressão de confusão apareceu no rosto de Fal-Tar. Ele se virou, acompanhando o olhar de Corvus, pousado no batente de metal da porta. Próxima Meia-Noite, um contorno nas sombras, lança em punho, a coroa de combate bem mais alta do que seu rosto cerúleo-escuro.

– Meu amor – ela disse, com os olhos brancos brilhando.

E entrou. Fal-Tar abriu caminho, espremendo-se sem jeito entre a parede e a mesinha. Próxima assimilou toda a pequena sala.

– Modesto – disse.

– Pertencia ao adjunto do Ministro de Guerra – respondeu Corvus. – Não tinha eleitorado muito grande.

Próxima ergueu uma sobrancelha.

– E onde está esse adjunto agora?

– Curioso... – Corvus ergueu uma caveira humanoide – ... ele não tem sido visto ultimamente.

Próxima sorriu.

– Esse é Fal-Tar – disse Corvus. – Estava me contando de um desacordo entre o comando kree e muitos dos soldados descontentes.

Próxima pôs-se a estudar Fal-Tar. O oficial fez cara de sem graça e pigarreou.

– Acreditamos – ele começou. – Quero dizer, eu reuni uma coalisão de valentes guerreiros que acreditam que nossos líderes, principalmente a Inteligência Suprema e seu Mestre de Guerra, Ronan, ficaram moles demais. Estão traindo os costumes antigos dos krees.

Próxima colocou-se atrás de Fal-Tar. Ele franziu o cenho e olhou para ela, bem nos olhos.

– Vocês querem uma revolução – disse ela.

– Apenas se necessário. – Ele olhou para Corvus. – Queremos uma liderança forte.

– Este mundo é famoso por sua divisão de raças – ela disse, encarando-o nos olhos. – A maioria desses revolucionários tem pele rosa? Igual a você?

Fal-Tar olhava com nervosismo para aquele rosto azulado.

– As duas raças estão representadas.

— Mas seus *líderes*... os que você acusa de traição... são quase exclusivamente azuis.

— Eu sirvo ao lado de krees de ambas as cores – disse Fal-Tar. – Eles salvaram a minha vida em combate, e eu, a deles.

Próxima virou-se, ignorando a réplica. Foi até Corvus e o tocou no peito. Seus dedos causaram um disparo que percorreu o corpo dele.

— Está respirando rápido – disse.

Ele a pegou pelos braços, olhando-a nos olhos vazios. A eletricidade familiar, a paixão que sentiam, pareceu preencher o ar. Ele a desejava tanto – queria sentir o corpo dela curvado sob o dele, pondo fim a todo esse interminável e desnecessário *falar*.

Mas havia a Ordem. Antes de mais nada, havia a Ordem.

— Você o trouxe? – ele perguntou.

— Está esperando numa antessala, neste andar. Eu queria informar você primeiro. – O restante, Próxima sussurrou bem baixinho. – Queria ver você.

Mais uma vez a descarga elétrica espalhou-se pelo ar. Ela abriu um sorriso ávido, e foi tão rápido que somente ele pôde ver.

— Faz muito tempo – ele sussurrou.

Fal-Tar pigarreou. O sorriso de Próxima deu lugar a uma expressão de escárnio. *Ah*, pensou Corvus, *meu pobre rapaz. Você não devia ter feito isso.*

Próxima voltou-se para o oficial, segurando firme a lança. Ela estendeu um dedo escuro para cutucar um par de botõezinhos com a forma de planetas envoltos por anéis, pregados no ombro dele.

— O que é isso aí? – perguntou.

— São nossas insígnias – respondeu o oficial, obviamente incomodado em ser tocado por ela.

— Indicam seu posto no exército.

— Sim. Tenente Príncipe, Divisão Natal.

— Por acaso esse é um posto *impressionante* para o seu povo?

A raiva ficou evidente no rosto dele. Uma faísca de energia negra fulgurou na ponta da lança de Próxima. Fal-Tar deu um passo para trás.

– Tenente – disse Corvus. – Por favor, vá buscar nosso recruta na antessala.

Fal-Tar olhou para Próxima, depois para Corvus Glaive.

– Você é apenas um consultor contratado pelos krees, senhor. Não nosso mestre. – Após hesitar, ele concluiu: – Lembre-se disso.

Corvus pegou seu cajado. Rápido feito um raio, ergueu-o no ar e brandiu para baixo a enorme lâmina, partindo a mesa em duas.

– Por favor, vá buscar nosso recruta.

Fal-Tar fez que sim rapidamente e correu para a porta. Próxima o observava com um sorriso maldoso espalhando-se nos lábios. Assim que o oficial se foi, ela ergueu o rosto e gargalhou.

– Sutileza e negociação – disse ela, acenando para os restos partidos da mesa. – Nada disso é natural pra você.

– A Ordem foi feita para coisas maiores – grunhiu Corvus.

Ela não respondeu. Travou o olhar no dele e se aproximou. Um estouro de energia azul apareceu na ponta de sua lança.

Ao mesmo tempo, Corvus se acalmou.

– Meia-Noite – sussurrou. – Querida Meia-Noite.

Em resposta, uma pluma de fogo ergueu-se na ponta do cajado dele.

– Você andou sozinho – disse ela. – Esses últimos meses.

– Sim. Um lobo solitário num mundo de cães convencidos.

Da ponta de sua arma emanava um brilho avermelhado. Como sempre, na presença de Próxima, sentia-se poderoso, quase intoxicado. O ar entre os dois parecia carregado de partículas invisíveis. A presença dela, seu cheiro no ar, era sobrepujante. Ele a desejava mais do que nunca.

No entanto, era preciso pensar na Ordem.

– E seu primeiro recruta – disse ele. – O troll.

Bastou olhar para o rosto dela para a questão ser encerrada.

– O outro, então. O que está esperando lá fora. – Após uma pausa, Corvus lembrou-se: – Nil.

– Esse era o nome que ele usava no mundo da Igreja. Recusa-se a responder a ele agora.

– Mas você acredita no potencial dele?

– Ele nos traiu – disse Próxima. – Mas não pela Igreja... por interesses dele mesmo. Essa audácia me impressiona.

Corvus a encarava de perto. Havia mais nessa história, ele sabia.

Ela fez uma pausa, o cenho franzido.

– Ele... muda. Até a aparência varia.

Corvus ficou intrigado.

– Metamorfo?

– Não tenho certeza. Quando nos aproximamos de Hala, ele adotou a pele rosada e o uniforme verde e branco dos kree. – Após uma pausa, ela começou a andar pela salinha. – Ele tem ambição e intelecto. Mas às vezes... as percepções dele... não parecem alinhadas à realidade consensual.

Corvus assentiu, absorvendo a informação. Um metamorfo – ou talvez um mestre nos disfarces, que obtivesse os mesmos resultados com truques – poderia ser muito útil.

– Os verdadeiros maiorais forjam sua própria realidade – disse ele.

– Pode ser.

Ficaram em silêncio. Corvus flagrou seus pensamentos ficando mais sombrios, lembrando-se dos dias de glória do passado da Ordem.

– Supergigante – disse. – Estrela Negra.

Próxima assentiu.

– Passado. Colegas que perdemos, perdidos em nome da causa.

– E Fauce?

– Outro tipo de perda. – Ela hesitou. – Recebi uma mensagem durante o trajeto. Ele chegou a Chakrus Prime, onde pretende seguir a disciplina dos monges leyanos.

– Meditação e aprendizado – Corvus cuspiu.

– Ele busca um novo propósito. – Próxima tocou o marido no peito mais uma vez. – Como nós buscamos.

Corvus virou-se. Estava dominado por uma raiva fervilhante. Sem saber bem por quê.

– Alguns de nós conhecem seu caminho – ela prosseguiu. – Outros passam toda uma vida procurando. Mas quase todos os seres *têm* um. Tentar fugir dele... isso costuma levar ao desastre – Após uma pausa: – Fauce parece estar além da nossa realidade; ele sente os cordões ramificados do universo. É um dom... e talvez uma maldição também. Dê tempo a ele.

– Ele sempre desconfiou das emoções – disse Corvus. – Acreditava que nossa união, você e eu, seria a ruína da Ordem.

– Talvez tenha razão. – Próxima segurou Corvus pelos ombros e o virou para si. – Ou talvez seja nossa maior força.

A ligação entre os dois estava tão forte e tangível como nunca. Mas a raiva permanecia. Corvus desvencilhou-se do olhar da esposa e passou por cima da mesa partida, em direção à janela. A cidade, a metrópole industrial milenar, parecia olhar de volta para ele com um milhão de olhos. Um imenso cruzador kree lotado de armas ergueu-se do espaçoporto ao longe e saiu voando por entre os arranha-céus.

– Poderíamos conquistá-los. – Corvus cerrou seu punho ossudo. – Rasgar suas gargantas, você e eu juntos, até que desabassem. Poderíamos forçar a raça guerreira mais antiga e orgulhosa a se ajoelhar e se render.

Suave como veludo, ela tocou o peito dele por trás. Sua voz no ouvido dele soou quente como fogo.

– Mas por que motivo?

– Sim. – Ele se virou e levou as mãos ao rosto dela. – Na morte, eles seriam os sortudos.

Ela concordou com veemência.

– Eles nos serviriam – prosseguiu Corvus –, mas a quem *nós* servimos?

– Também sinto falta dele – ela disse, quase baixo demais para ser ouvida. – Sinto falta do mestre.

– Precisamos achar outro.

– Foi por esse motivo mesmo que viajei até Sacrossanto.

– É ele? O que você trouxe?

– Não sei – ela sussurrou.

– Posso destruir homens, posso incendiar planetas. Posso lançar mão de *sutileza* e *negociação*. – Corvus levou a esposa para bem perto da parede, e o rosto para bem perto do dela. – Mas não vejo mais motivo para tudo isso.

Ela o pegou pelo rosto e puxou os lábios para si. Ele a abraçou bem apertado e sentiu aquela escuridão gelada contra seu calor. Os dois foram rolando pela parede, ainda de pé, pela janela até a sombra da sala.

– Nenhum – ela sussurrou, arranhando o pescoço dele. – Nenhum motivo.

Ela ergueu a lança, que ele encontrou com seu cajado. Chamas brilhantes tocaram a luz negra, num lampejo que terminou em escuridão. Corvus largou o cajado e agarrou a esposa, desejando-a mais desesperadamente do que nunca. Ela riu e soltou a lança na bagunça que fora antes a mesa da sala.

Então não havia mais nada. Kree, dúvidas, mundos condenados circulando sem rumo na noite, nada disso. Apenas uma mulher luminosamente fria e um homem de fogo, ávidos por encontrar um pouco de paz em meio à violência.

– Hm...

Ainda agarrados um no outro, o casal virou. Fal-Tar estava na entrada da sala, ofegante.

– Eu... – ele tentou falar. – Chequei a antessala. Chequei o andar inteiro.

De rosto colado, Corvus Glaive e Próxima Meia-Noite olharam feio para o oficial. Corvus, obviamente já irritado.

– Não tem ninguém aqui – disse Fal-Tar.

15

UM SOLDADO PASSOU DE RASPÃO e pediu desculpas num murmúrio. Thanos virou-se, os olhos brilhando de ódio. Levou a mão dentro do casaco e achou a adaga, cuidando para manter a lâmina escondida.

Mas se conteve. O homem era grande, imponente – quase do tamanho certo. A pele era rosada, como a de Thanos, e ele usava o mesmo uniforme com o planeta e o anel no peito. Mas ostentava quatro dos pequenos planetas, as insígnias, no ombro. Posto alto demais.

O homem passou de cabeça baixa e desapareceu na multidão.

Thanos ficou ali parado, forçando os nervos a se acalmarem. Tinha uma missão específica; não ajudaria em nada começar a matar pessoas por bobagem. Isso apenas o exporia a escrutínio prematuro.

As massas de Hala o circundavam, apressadas, zanzando daqui para lá. Vias estreitas de humanidade, orladas por um labirinto de arranha-céus. Alguns dos prédios eram antigos, feitos de pedra jaspeada que se curvava formando arcos e pátios. Outros, construídos mais recentemente, erguiam-se lisos para o alto, paredes de plastaço polido que se esticavam para o céu.

Do outro lado da rua, após um fluxo contínuo de veículos flutuantes, uma área fora restringida. O teto de um edifício antigo desabara. Os krees passaram séculos priorizando gastos militares sobre o restante; isso tornara fortes os governantes de Hala, mas fraca sua infraestrutura.

Metade das pessoas na rua usava alguma variação do uniforme militar verde e branco dos krees. Alguns eram veteranos, alguns ainda serviam; a maioria tinha pele rosa, mas uns poucos oficiais azuis misturavam-se à multidão. Thanos os estudou, excluindo mentalmente uma possibilidade por vez. Um homem alto de pele rosa e vestes de civil – inútil. Um pequeno ser azul atarracado de casaco verde pesado – baixo demais. Mulher de posto mediano e capacete verde – durona demais para dar certo.

Quão diferente de Sacrossanto era esse lugar. O planeta da Igreja jazia achatado sob um sol quente, e seus cidadãos faziam de tudo por um punhado de créditos ou restos de comida. Nesse lugar, as sementes do império deram vida a uma metrópole ampla e imponente. Todas as pessoas pareciam ter funções; os soldados zanzavam por todo canto, insetos apressados na vasta colmeia planetária.

Havia pobreza em Hala. Mas era escondida, tendo fugido para porões e abrigos e sopões, arriscando-se ocasionalmente na rua. Um pedinte vestia uniforme gasto de veterano, sentado num cobertor verde.

Sacrossanto, concluiu Thanos, fora para ele um recomeço. Esse planeta representava algo a mais. Seu instinto assassino já havia retornado, o foco imbuído de raiva que quase o fizera conquistar todo o espaço conhecido.

Quase.

Um zumbido chamou sua atenção. Quando olhou para cima, passava um esquadrão de Acusadores em motos voadoras – perto demais do solo. O líder acenava autoritário para o povo abaixo.

– Olhe por onde anda.

Thanos olhou para a frente. Tinha quase atropelado um grandalhão de pele rosa e uniforme de oficial em serviço, sem capacete. O homem parou para encarar Thanos.

– Idiota – disse.

Thanos avaliou o homem de cima a baixo. Trinta e muitos, constituição mediana, um pouco mais alto que a maioria. O rosto parecia ter sido espancado um par de vezes e reconstruído via cirurgia de filamento de laser. E no ombro...

– Não vejo insígnia nenhuma nesse uniforme – disse o homem. – Que diabos é o seu posto?

– Não tenho. – Após uma pausa, Thanos concluiu: – Ainda.

– Está se passando por oficial. Eu poderia executar você agora mesmo por isso.

– Ou – disse Thanos – poderia sair da minha frente.

– Talvez eu faça um buraco na sua cara feia. Deixo você sangrando aqui na rua.

O homem tocou uma arma de prótons presa à cintura. A maioria dos krees portava armas menores, Thanos o sabia, mesmo ali em Hala. Os pedestres começavam a dar a volta por eles, evitando assim o confronto.

– Vejo que *você* é capitão. – Thanos apontou para o ombro do homem, que tinha três dos bottons de planeta. – Conheci um capitão. Chamava-se Mar-Vell.

– Mar-Vell? Foi herói no tempo dele, não?

– Era um tolo pomposo. E, mesmo assim, duas vezes melhor que você.

– Seu *verme*. – O homem deu um passo à frente, os punhos cerrados. – Fui condecorado duas vezes na Guerra Kree-Skrull.

– Isso já faz algum tempo. Como é que não passou do posto de capitão?

O homem atacou, o rosto tomado pela fúria. Thanos deu um passo calmo para o lado e agarrou o outro pela garganta. Meteu dois dedos na traqueia do capitão, estilhaçando uma sequência específica de ossos. O oficial tossiu e tombou para a frente.

– A anatomia kree – disse Thanos, segurando o homem – tem seus pontos fracos. Resultado da evolução em congelamento, talvez.

Com firmeza, manobrou o capitão até um beco, entre dois prédios altos.

– Síndrome de estresse traumático – explicou a um civil curioso.

Quando estavam fora de vistas, Thanos jogou o homem contra a parede de pedra, mantendo a mão apertando a garganta dele. O capitão lutava para respirar.

– Quem... é você? – perguntou.

– Não, não. A questão não é essa. – Thanos levou o rosto para bem perto do capitão, estudando-o. – Quem é *você*?

– T-Teren-Sas. Capitão Teren-Sas, 18ª Divisão Estelar.

– Teren-Sas. É um termo antigo, não?

– S-sim. Significa... abrir caminho na terra.

– Ah. – A empolgação tomou conta de Thanos; ele mal pôde disfarçá-la no rosto. – Ah, *isso* sim vai servir.

Thanos sacou a adaga e enfiou no coração do homem. Quando Teren-Sas começou a gritar, Thanos tapou a boca dele com a mão e forçou a adaga à frente e ao alto, apertando ainda mais a vítima na parede de pedra.

– Peço desculpas pela morte lenta – sussurrou. – Mas, mesmo neste mundo bélico, um disparo de prótons não passaria despercebido. Nem uma bala.

Olhou para trás. As pessoas enchiam a rua, perdidas em suas preocupações. Ninguém notara.

Teren-Sas deu um último gorgolejo e ficou mole. O cheiro da morte, de vísceras esvaziadas e sangue fresco, tomou conta do beco estreito. Thanos liberou a adaga e deixou o corpo desabar no pavimento.

Por um momento, ficou ali parado, de olho na faca. Uma lembrança veio-lhe à mente: a última vítima que matara com uma faca. A expressão atônita, de choque, de Avia Shiv.

Thanos sacudiu a cabeça. Isso era passado – outro tempo, outra vida. Tão distante agora quanto o reluzir glorioso da Manopla do Infinito em sua mão.

Ele largou a adaga, agachou e começou a fuçar no cinto do kree. Logo encontrou o documento que mostrava o nome do capitão, seu posto e uma foto. Rolou o homem de lado e desgrudou uma, duas, três insígnias do ombro.

Thanos acabava de fincar o último dos símbolos no uniforme quando uma voz familiar o surpreendeu.

– Você não perdeu a habilidade com a faca.

Thanos virou-se. Lá estava Próxima Meia-Noite, alta e imponente, na entrada do beco. Conforme estudava o corpo caído do soldado kree, sua boca curvou-se num sorriso cruel.

Thanos abaixou-se, sem pressa, e recuperou a adaga.

– Um dia, você me pediu que provasse o meu valor – disse ele.

Ela concordou.

Outra pessoa estava logo atrás: Corvus Glaive. De cara feia, temeroso sob o manto preto esfarrapado, com seu cajado letal. Cada detalhe do rosto dele era intenso, dos olhos escuros aos dentes afiados até o osso na ponta do queixo. Ele adentrou o beco, estudando Thanos.

– Seu nome – quis saber.

Thanos entregou-lhe o documento.

– Teren-Sas.

Corvus Glaive olhou para o cartão.

– 18ª Divisão Estelar – leu.

Após dar uma olhada no corpo do soldado, devolveu o cartão a Thanos.

– Creio que o capitão Teren-Sas necessitará de uma transferência – disse Próxima. – Seus colegas soldados podem começar a fazer as perguntas erradas.

– Fal-Tar pode cuidar disso – disse Corvus. – Séculos de guerra deixaram o controle de registros interno dos krees em considerável desarranjo.

O casal ficou ali, lado a lado, na entrada do beco. *Ótimo*, pensou Thanos. Planejara confrontá-los, explicar seus planos. Isso economizaria bastante tempo.

Mas eles estavam bloqueando sua saída. Thanos sentiu uma pontada de medo. *Corvus Glaive*, pensou. *O flagelo de dezenas de mundos. Já fui mestre dele, mas não sou mais. Agora sou o mesmo que qualquer outro para ele: uma vítima em potencial. Se ele resolver, pode me incinerar aqui mesmo.*

Então Thanos lembrou-se: Corvus Glaive é um assassino, um guerreiro. Havia apenas duas opções: ganhar sua confiança ou tornar-se sua vítima.

Thanos endireitou-se, imponente, e olhou de relance para os pequenos planetas em seu ombro. Depois se dirigiu a Corvus:

– E agora?

Corvus o encarava também, com a esposa ao lado. Por um momento, Thanos sentiu o horror absoluto que assolara sistemas inteiros quando da chegada da Ordem Negra.

– Você sabe matar – disse Corvus Glaive. – Sabe falar?

16

— O ORGULHOSO IMPÉRIO KREE. Estendeu-se por séculos pelas estrelas, dominando a maior porção do espaço jamais unida sob uma única bandeira. Suportou os ataques de deuses e exércitos, feiticeiros e skrulls – resistiu a infiltrações e invasões com uma determinação de aço e um bando armado sem equiparação em todo o universo. Nenhum homem, nenhum alienígena, nenhuma entidade de outra dimensão provou estar à sua altura.

Thanos fez uma pausa.

– Eu vim aqui dizer-lhes: o império está condenado.

Ele ergueu o olhar do atril de mármore e contemplou o vasto salão. Duzentos, talvez trezentos soldados estavam presentes. Cada um usava alguma versão do uniforme militar verde e branco kree.

O salão de batalha ficava nas redondezas da cidade. Era uma das estruturas mais antigas de Hala, uma relíquia do passado distante dos krees. Fileiras de bancos de pedra talhados à mão circundavam o palco principal, em disposição ascendente. Thanos tinha de olhar para cima para ver a plateia; não apreciava tal condição, mas reconhecia o que havia nela de justo.

Nas paredes, amplos murais representavam batalhas antigas: legiões de krees travando combates contra os skrull, contra shi'ar de plumas brilhantes, contra as plantas sencientes conhecidas como cotati. A maioria dos krees retratados nos murais, Thanos reparara, tinha pele azul. A maioria dos soldados no recinto tinha pele rosa.

Thanos usava o uniforme e as insígnias do capitão morto, Teren-Sas. Não tinha colocado o capacete de batalha kree, com suas lentes opacas. Queria que a plateia visse seus olhos.

– O império está condenado – ele repetiu. – Não sob as mãos de nossos antigos inimigos metamorfos, nem por alguma Onda de Aniquilação da Zona Negativa. Nosso fracasso... o defeito fatal dos krees... vem de dentro.

Um murmúrio discreto percorreu a plateia. Um grupo de seguranças robustos parou de polir armas para olhar para o pódio. Uma porção de soldados mais velhos, veteranos de diversas guerras, murmurava com propriedade entre si. Médicos, agentes de operação e segurança – cada grupo ficou cochichando, ponderando sobre o que dissera Thanos. Na primeira fileira, um esquadrão de suboficiais apenas escutava, aparentemente atônito.

Não estão muito confiantes, pensou ele. *Não sabem ainda aonde quero chegar. Mas ficaram intrigados.*

Thanos olhou para a direita. Corvus Glaive e Próxima Meia-Noite o acompanhavam como uma temível guarda de honra, permitindo que seu representante expusesse sua tese. Corvus observava todo o recinto, com um sorriso malévolo fixo na cara. Próxima não tirava seus olhos vazios da plateia; uma pequena chama de energia negra brincava na ponta de sua lança.

À esquerda de Thanos, Fal-Tar respirava ruidosamente de nervosismo. O tenente kree convocara a presente sessão em segredo, reunindo oficiais que conhecia e em que confiava.

– Ele está entregando tudo a você – dissera Corvus antes da assembleia. – Um homem que acaba de conhecer. Se não der muito certo, será o fim da vida dele.

– Fiquei surpreso por ele concordar – Thanos respondera.

Corvus, então, mostrara os dentes.

– "Concordar"?

Thanos endireitou os ombros e dirigiu-se uma vez mais à plateia.

– O líder que não respeita seus soldados não é um líder – disse. – Um governo que trai os ideais de seu povo não pode continuar. Os krees defendem a honra, a conquista, a glória que vigeja na batalha e no sacrifício, e a vitória obtida no cano de uma arma...

Ele sacou a espada e apontou a lâmina fina para o teto abobadado, muito acima.

– ... ou na ponta da espada.

O murmurar passou para aplauso. Alguns krees bateram nos assentos à sua frente. A maioria concordava, virando para sussurrar com os mais próximos. Contudo, uns poucos ainda continuavam de braços cruzados e rosto sério.

– A *Inteligência Suprema*... – Thanos cuspiu as palavras, e prosseguiu: – ... falhou conosco. Essa criatura inflada se alimenta da energia vital do nosso povo, dos milhões que morreram a serviço do império. Entretanto, essa tal "Inteligência" é fraca. Submissa. Não merece a nossa lealdade, nossa dedicação persistente.

Um ribombar percorreu a multidão. *Calma*, Thanos disse para si. A Inteligência tinha de fato se distanciado nos anos anteriores, evitando o contato com seus súditos. Mas muitos dos krees ainda a idolatravam, quase como uma deidade.

Ele resolveu mudar sua tática.

– Pensem no planeta Hemithea – disse. – Essa pedra suja provoca o império, nos desafia com uma tal resistência passiva. Seu povo nos insultou diversas vezes, tratando os poderosos krees como iguais... não, como seres *inferiores* a eles.

– Bodes de montanha sujos – murmurou uma idosa.

Um jovem oficial de pele rosa levantou-se.

– Ouvi dizer que levaram um *dia-padrão inteiro* para responder a um pedido de imposto.

A concordância foi murmurada por toda a sala.

– Entretanto... – Thanos ergueu a voz por cima do burburinho. – *Entretanto*, esses sujeitinhos não foram enfrentados. Se por acaso um mundo implora para ser invadido, para ser subjugado na ponta do chicote, então está feito. Seus pares, as mulheres e os homens que servem em campo... todos demandaram ação imediata. Os técnicos-chefes, os mecânicos quânticos, os especialistas de operações estão prontos, preparados para guiar a Armada Estrela de Saber nessa missão de vingança. Vejo muitos representantes desses grupos aqui hoje, nesta sala. Mas qual é a resposta da Inteligência? Silêncio.

Mais gente concordou, alguns vibraram. *Ganhei-os*, pensou ele. *Fisgaram a isca. Hora de puxar.*

– Nós temos a Armada – disse ele –, a mais temida frota de batalha já composta. Nós possuímos o Projetor de Omniondas, a arma que vaporizou uma dúzia de mundos. E o mais importante: nós temos *vocês*. O corpo mais disciplinado e bem treinado de oficiais e soldados que o universo já viu. Negar-lhes seu direito de nascença, a busca da conquista, não é apenas um equívoco. É um crime contra a *natureza*.

A vibração ficou ainda mais intensa. Até mesmo Fal-Tar concordava.

– Juntem-se a mim – Thanos prosseguiu. – Deixem-me guiá-los à vitória sobre Hemithea, sobre todos que cospem em cima da palavra *kree*. Na severidade do campo de batalha, nós conduziremos o império de volta à glória perdida.

Uma onda de aplausos espalhou-se pela sala.

– Com licença. Senhor?

Thanos escaneou a plateia. Um pequeno rapaz forte estava de pé, com cara de preocupação. Uma moça de pele igualmente rosada estava sentada ao lado; um único planeta adornava os uniformes de cada um.

– Muitos de nós concordam com você – disse o homem. – Incluindo minha irmã e eu. Você fala aquilo que andávamos pensando, mas tínhamos medo de dizer em voz alta.

– Isso – Thanos respondeu – é exatamente o que espero corrigir.

– Mas o que exatamente está propondo que *façamos*? – perguntou a mulher. – Invadir as salas da Inteligência Suprema? Começar uma guerra civil em Hala?

– Devemos lançar a Armada – disse Thanos. – Devemos ser verdadeiros com nós mesmos.

– Mas e quanto aos Acusadores? – perguntou o rapaz. – Eles se reportam diretamente ao Mestre de Guerra Ronan, e ele é o braço direito da Inteligência. Eles não vão permitir que a gente contrarie ordens diretas.

– Os Acusadores cairão, um a um – Thanos respondeu.

– São todos peles-azuis – rosnou um oficial mais velho. – Não dão a mínima para nós.

– Contrariar a Inteligência? – murmurou uma mulher. – Que loucura. Uma blasfêmia.

A plateia começou a fracionar-se em grupos menores, falando bem baixo, com receio. Thanos franziu o cenho e escolheu cuidadosamente o que iria dizer.

– Os krees são temidos em todo o espaço conhecido – disse. – A chegada de nossas naves, o fulgurar da Omnionda, o marchar da legião verde e branca sobre uma arena de conquista… esses são os arautos do fim, o agouro que gela o sangue de seres inferiores das Nuvens Magalhães às porções mais longínquas de Andrômeda. Mas existe outro lado dos krees, um que preferimos *não* mostrar aos forasteiros. Um lado cálido, carinhoso. Nenhum povo no universo ama mais seus familiares, seus amigos, os oficiais ao lado dos quais combate. Nenhum tem senso mais forte de espiritualidade, uma conexão mais vital com o próprio mundo e com as estrelas lá no alto.

A multidão calou-se. A maioria parecia concordar. Corvus e Próxima observavam Thanos com atenção, como se avaliassem seu desempenho.

– E essa espiritualidade – Thanos prosseguiu –, esse calor, essa noção da ligação... tudo isso parte de nosso interior. Isso tudo nasce, é nutrido e depende de nosso espírito de guerra.

Fal-Tar olhava fixamente para a plateia com uma expressão curiosa no rosto. Por acaso era uma lágrima o brilho num de seus olhos?

– É *disso* que a Inteligência Suprema perdeu a noção. É por *isso* que devemos tomar o controle. Mesmo que seja preciso derramar sangue no pavimento do espaçoporto antes que a Armada possa alcançar o hiperespaço e o prêmio que aguarda no fim do arco estelar.

Um mural na parede oposta chamou a atenção de Thanos: um careca de pele rosa e roupas rasgadas, de cajado erguido para liderar seu povo no embate.

– Séculos atrás, Morag, o primeiro líder dos krees, esteve neste mesmo lugar, urgindo seu povo a gloriar-se sobre os skrulls. Ele inaugurou um legado de honra e conquista, uma tradição de orgulho que nutriu nosso povo por séculos. Agora, a história nos chama, e devemos honrar o desafio de nossos ancestrais. Não fazer isso significa sacrificar nossas almas.

Os suboficiais foram os primeiros a se levantar, berrando e brandindo os punhos no ar. Os veteranos os viram e ficaram de pé, fazendo careta pelo esforço, para unir-se a eles. Um por um, os demais grupos começaram a aplaudir e ovacionar.

Corvus Glaive aproximou-se e sussurrou no ouvido de Thanos.
– Meia-Noite acertou na escolha.
Thanos sorriu.
– Teren-Sas.

Uma voz rompeu a vibração geral. Um homem magro na última fileira. Usava uniforme verde-escuro com três insígnias no ombro – posição equivalente ao homem de cuja identidade Thanos se apossara.

– Esse é o seu nome, certo? – O homem inclinou-se à frente.

Uma cicatriz irregular dividia o rosto dele, do lado esquerdo no alto até o canto direito do queixo.

– Sim – disse Thanos.

– Acho curioso – continuou o homem – que ninguém de sua divisão esteja presente aqui hoje.

Fal-Tar deu um passo à frente.

– A 18ª Divisão Estelar foi enviada para fora do planeta ontem. Mais uma decisão arbitrária da parte do Mestre de Guerra.

Ou, pensou Thanos, *um erro de computador orquestrado pelo próprio Fal-Tar.*

O homem não pareceu satisfeito. Conforme a plateia foi silenciando, ele se levantou. Havia alguns oficiais sentados perto dele, incluindo dois dos poucos homens de pele azul presentes.

– Contam-se histórias sobre Teren-Sas – disse o homem da cicatriz. – Dizem que você drogou um colega oficial, uma jovem técnica chamada Sere-Nah, durante uma missão num planetoide hostil. Depois de deitar-se com ela, foi rejeitado e teve seus avanços recusados. Então você a abandonou para morrer nesse mundo inóspito.

A plateia começou a murmurar.

– Quando o oficial de contato, um homem chamado Char-Nak, tentou resgatá-la, você acionou os motores principais da nave. Char-Nak foi convenientemente pego na câmara do reator por oito milhões de ergs de energia transpacial que explodiram em volta dele. As queimaduras decorrentes o deixaram quase cego e incapaz de falar.

Thanos baixou a mão e tocou o punho da espada. Pela primeira vez desejou ter descoberto mais sobre o homem cuja identidade ele adotara.

Os presentes agora olhavam para ele com desconfiança. Os seguranças tinham parado de polir as armas e encaravam Thanos com evidente suspeita.

– E agora aí está você, à nossa frente – continuou o homem –, urgindo-nos para nos rebelarmos contra nossos líderes, e abandonar tradições e instituições que persistem há milhares de anos. Por que devemos confiar em você?

– Basta – disse Fal-Tar, e sacou uma arma de prótons.

O homem da cicatriz deu um passo à frente, na direção do palco. Agora, olhava fixamente para Fal-Tar.

– Eu conheço você – disse. – É um homem honrado, embora haja quem duvide da sua coragem. – O homem olhou, então, para Thanos, e para a Ordem Negra. – Mas não conheço *este homem*. E certamente não conheço esses forasteiros que vieram com ele.

Fal-Tar hesitava. Tremia a mão que segurava a arma.

Thanos olhou para toda a plateia, aquelas fileiras de olhares desconfiados. Apenas um momento antes, seus membros estavam prontos para segui-lo por toda a galáxia. Agora...

As opções passaram voando por sua mente. Fossem lá os pecados cometidos pelo verdadeiro Teren-Sas, obviamente ele fora inocentado. O comando aceitara a tese de que a mulher fora deixada por necessidade; concluiu-se que os ferimentos do oficial de contato não passaram de um trágico acidente. Do contrário, Teren-Sas não teria durado como oficial em serviço.

Eu poderia blefar, pensou Thanos. *Negar a responsabilidade, desafiar o grupo a consultar os registros oficiais. O falecido Teren-Sas*, suspeitou ele, *teria feito isso.*

Thanos teria feito isso também.

Porém, Thanos tirou a mão da arma e saiu de detrás do pódio.

– Você está certo – disse, olhando o homem da cicatriz bem nos olhos.

O homem ficou pasmo.

– Você não me conhece – Thanos prosseguiu. – E, realmente, eu cometi erros na vida. A trajetória de um guerreiro é brutal, e às vezes endurece o coração. Todo mundo nesta sala conhece essa dor.

Alguns murmuraram, concordando.

– Eu pequei – Thanos admitiu. – Mas era um tempo diferente. *Este* tempo, este momento, não me permite tal luxo. Há muito em jogo. Enfrentamos uma crise de fé, de liderança... uma ameaça para o império em si. Se há algo que sei de coração, é que os krees precisam de um líder. Um soldado que lutou em trincheiras e pelas trilhas espaciais, que conheceu tanto a glória quanto o preço da guerra. Não um Acusador pomposo que anda de motocicleta por cima de todo mundo. Não uma cabeça sem corpo, dentro de um tanque. Eu não escolhi este tempo, mas ele me escolheu. Então eu me tornei um bom homem. Eu *preciso* ser um bom homem, um bom líder. Porque a alternativa é impensável.

Os soldados o observavam com atenção. Metade parecia convencida, sussurrando sua aprovação com os mais próximos. Outros ainda estavam de cara fechada, desconfiados.

– Pode juntar-se a mim? – Thanos estendeu a mão para o homem que o desafiava. – Pode confiar num colega soldado, um homem que foi tão fundo no poço que entende a sua aflição? Pode me conceder o privilégio de liderar?

O homem ficou olhando para a mão de Thanos. Tinha recuado um passo, como se ameaçado pelo gesto.

– Eu... *cofff*... quero dizer uma coisa.

Um velho careca lutou para ficar de pé. Vestia um uniforme pesado, de um verde profundo, um tipo não usado havia muitos anos. Quando ele cambaleou para a bengala, outros veteranos correram para dar apoio.

– Meu nome é Zy-Ro – disse o homem. – Eu já era técnico-chefe antes de muitos desses bebês criaram coragem para lutar por uma garrafa de leite sintético. Enfrentei skrulls, shi'ars. Até visitei a *Terra*, aquela bola de lama miserável. Devia ter passado a Omnionda por todo aquele lugar maldito, queimado de ponta a ponta.

– Concordo – disse Thanos, e acenou ao homem que prosseguisse.

– Levamos a bandeira para uma dúzia de mundos. Centenas. – Zy-Ro fez uma pausa rápida para pegar fôlego. – E agora não vamos mandar nem um regimento para esse Hemi, Hemo, sei lá. Ouvi dizer que não passa de um planeta deserto cheio de nômades.

– Ouvi dizer que respiram metano – disse uma senhora. – Veja bem, metano?

– Os krees costumavam manter a ordem – continuou Zy-Ro. – Entrar, ensinar aos locais quem é que manda, depois deixar um ou dois sentinelas. Eram um símbolo vivo de quem mandava.

Outro veterano riu.

– As sentinelas não tinham nada de vivo, Zy. Eram robôs!

– Fique quieto, seu velho pateta! – Zy-Ro alisou com orgulho no uniforme. – As sentinelas eram um símbolo *presente*. Mas, a certa altura, ponderou-se que "não valem o combustível necessário para transporte". Agora estão lá largadas, no espaçoporto de Hala, enferrujando.

Thanos ergueu uma sobrancelha. Já tinha visto as sentinelas – robôs gigantes construídos à semelhança dos soldados – alinhadas, imóveis, em fileiras ao longo da beirada do espaçoporto. Relíquias do passado imperialista dos krees.

– E quanto às naves? – Zy-Ro olhou ao redor, aparentemente desorientado. – Não estão... digo, estão caindo aos...

Uma mulher grandalhona foi até Zy-Ro e o endireitou. Tinha pesados cabos de prata plugados no crânio, que desciam em torno do tronco e entravam no uniforme. *Mecânica quântica*, pensou Thanos. Essa classe de oficiais era relativamente nova; com sua habilidade de interagir diretamente com os sistemas de computador das naves, tinham substituído efetivamente os técnicos. Dizia-se que podiam controlar as armas de Omnionda telepaticamente.

Thanos deixou o palco e galgou os degraus, adentrando a plateia. Quando chegou perto de Zy-Ro, a mulher o ajeitava no assento. Um grupo misto de soldados, a maioria veteranos e mecânicos quânticos, juntara-se em volta deles.

Thanos tocou Zy-Ro no ombro.

– Obrigado por seu serviço.

O velho desviou o rosto, como se envergonhado da própria fragilidade.

– Eu prometo – Thanos continuou – que traremos o império de volta à sua glória. O sangue que vocês deram, os sacrifícios que seus colegas fizeram no passado, tudo isso não terá sido em vão.

Uma lágrima formou-se num dos olhos de Zy-Ro.

Thanos voltou-se para a mulher.

– Você representa os mecânicos?

Ela fez que sim.

– Capitã Al-Bar.

– Seu apoio é crucial. – Ele apontou para Zy-Ro. – O venerável técnico-chefe disse a verdade. Realmente deixaram as naves apodrecerem. Invasão nenhuma será bem-sucedida sem sua *expertise* e constante trabalho de reparo.

– Isso é verdade – disse ela.

– O poder é a chave – Thanos virou-se, dirigindo-se à multidão ao redor. – Todo o império, toda a noção de unidade, baseia-se no poder. Devemos tomá-lo. Nada mais importa.

– Essa foi a primeira coisa honesta que você disse hoje, Teren-Sas.

Thanos virou-se. Aquele que o desafiava, o homem da cicatriz no rosto, estava na base do corredor. Seus colegas oficiais tinham se reunido em torno dele, bloqueando a passagem de Thanos para o palco.

– Se busca poder – continuou o homem –, devia saber que os krees respeitam mais atos que palavras.

Um dos outros oficiais, uma mulher, passou ao homem uma pesada espada de lâmina larga. Ela tinha pele rosa, mas os outros que estavam com eles eram azuis. Thanos chegou a pensar que um ou mais deles podiam estar infiltrados, tendo sido enviados pela Inteligência Suprema para atrapalhar a reunião.

– Você se compara a Morag – zombou o homem da cicatriz. – Era assim que ele lidava com quem o desafiava. Não com palavras... nem com uma arma sem sangue.

O homem apertou um botão no punho da espada. Uma terrível carga elétrica faiscou ao longo da lâmina.

– Você parece kree – continuou ele. – Mas fala como um *skrull*.

Thanos sentiu a multidão aquietar-se a seu redor. *Um* skrull, pensou ele – o maior dos insultos. Não importava mais se o desafio era sincero ou calculado. De qualquer modo, Thanos tinha de responder.

Fal-Tar assistia a tudo com nervosismo. Próxima e Corvus colocaram-se nos dois cantos do palco, assumindo posição de defesa. De olho em Thanos, aguardavam um sinal – ou um primeiro indício de violência.

Thanos cruzou olhares com Corvus brevemente e fez um sinal com a cabeça. Corvus parou atrás do pódio e lançou-lhe a espada por cima das pessoas, pegando de surpresa o homem da cicatriz. Thanos estendeu a mão e a pegou em pleno ar.

Brandiu uma, duas vezes a espada para testá-la. A espada comum, da lâmina fina. A espada que adquirira em Sacrossanto, de uma mulher de cujo rosto ele agora mal se lembrava.

O homem da cicatriz brandiu a dele no ar, deixando um rastro elétrico no ar.

– As armas tradicionais são lâminas de íon. Assim, você fica em desvantagem.

Thanos sorriu.

– Pra mim basta.

Com a espada erguida, deu um passo à frente.

No corredor seguinte, Próxima Meia-Noite fincou sua lança no chão. Ondas de energia negra despontaram da arma. A plateia soltou murmúrios de surpresa.

– Ninguém deve interferir – disse ela.

Thanos ficou impressionado. Nem a tinha visto descer do palco.

Um por um, os krees assentiram. E começaram a se afastar de Thanos e seu oponente, abrindo espaço no corredor para o duelo. Os mecânicos quânticos ajudaram Zy-Ro a se levantar; os jovens suboficiais saíram correndo, aos montes, de seus lugares, contentes com a iminência de uma briga.

Um dos oficiais azuis deu um tapinha no ombro do homem da cicatriz com certa indiferença e também saiu de perto.

Thanos deu mais um passo na direção do oponente.

– Como se chama?

O homem franziu o cenho.

– Como?

– Seu nome.

– Ray-Mar. – A espada do homem oscilava. – Por que pergunta?

– Para honrá-lo após a sua morte.

Thanos avançou. Ray-Mar brandiu a espada. A arma rasgou o ar, fulgurando com eletricidade. *Um ataque ousado*, pensou Thanos, *com a intenção de intimidar o oponente*. Contra o verdadeiro Teren-Sas, talvez tivesse resolvido a questão.

Thanos defendeu-se com facilidade. Quando as lâminas colidiram, muitas centenas de volts percorreram a espada e envolveram a mão dele. Com esforço, Thanos manteve firme a espada na mão.

No momento exato, ele saltou para trás e deu uma volta completa. Sua espada acertou de surpresa o oponente no ombro, arrancando sangue. Ray-Mar berrou, atônito.

No palco, Corvus Glaive soltou uma exclamação de deleite. Fal-Tar parecia aterrorizado. Não tirava os olhos de Thanos em cada um dos movimentos.

Ray-Mar atacou com toda a fúria. Thanos baixou-se; a espada do oponente acertou uma coluna de pedra, tirando o equilíbrio dele. Ray-Mar foi ao chão e rolou para fugir.

Thanos desceu pelo corredor segurando a espada com toda a força. Ele percebeu, para sua surpresa, que as habilidades que obtivera em Sacrossanto lhe garantiam agora a vantagem. Talvez aquela vida não fosse tão longínqua quanto ele julgara.

Ele meteu o pé na mão de Ray-Mar, que gritou e largou a espada. Ela saiu rolando pelo chão, faiscando inofensiva.

O velho, Zy-Ro, ficou de pé.

– ACABE COM ELE!

Os krees ficaram todos em silêncio. Oficiais de armas, seguranças, navegadores e especialistas de operações assistiam, ansiosos. No corredor seguinte, Próxima Meia-Noite sorria de expectativa.

No chão, Ray-Mar gemia, flexionando a mão muito dolorida. Thanos atacou e rasgou o uniforme do homem bem no meio, cavando um corte raso vertical no peito dele. As insígnias de Ray-Mar saltaram do ombro dele, tilintando no chão.

Thanos parou na frente dele, girando a espada e sorvendo o medo do homem. Pela primeira vez desde que podia lembrar-se, pôde sentir a presença de sua Senhora. A Morte pairava por perto, sem ser vista, esperando para reivindicar sua vítima.

Ray-Mar tocou o ombro, depois estendeu a mão mostrando um filete de sangue.

– Então? – sussurrou.

Thanos sorriu. Encarando seu inimigo, viu o rosto de Ray-Mar passar da ousadia para a confusão. Thanos manteve contato visual tempo suficiente para que o oponente tivesse certeza de uma coisa: *Eu sou seu mestre agora.*

Thanos guardou a espada. Curvou-se e pescou as três insígnias em forma de planeta do chão, para entregá-las a seu perplexo oponente.

– Vai precisar disto – disse.

Aturdido, Ray-Mar pegou as insígnias para ele recuperadas. Thanos estendeu a mão, e Ray-Mar estendeu a sua para recebê-la. Deixou até que Thanos o ajudasse a ficar de pé.

– A rebelião – disse Thanos – precisa de todos os soldados.

Ray-Mar concordou.

Thanos sentiu que todos os observavam. Os krees pareciam de acordo; começavam a aceitar o resultado. Próxima e Corvus olhavam para Thanos, segurando as armas firmes nas mãos.

No palco, Fal-Tar largou-se, aliviado. Thanos quase riu ao ver o rosto do kree. *Homenzinho*, pensou ele, *não precisa me agradecer. Acabei de salvar a sua vida.*

Thanos ergueu a voz, virando-se aos poucos para dirigir-se a todos os ocupantes da sala.

– Em quatro dias – vociferou –, as naves serão lançadas. Ninguém nos impedirá: nem Ronan, nem a Inteligência, nem os próprios deuses. *Hemithea cairá.*

Por um instante, o tempo parou. E então a sala explodiu em aplauso, mais alto e vibrante do que antes. Os krees brandiram os punhos no ar, entoando "Hemithea! Hemithea!". O velho, Zy-Ro, batia a bengala no chão. A capitã Al-Bar, a mecânica quântica, cruzou seu olhar com Thanos e disse, sem fazer som: *Estamos com você.*

Os amigos de Ray-Mar enfaixavam seu peito. Ele olhou para Thanos, sorriu, e brandiu o punho ferido no ar.

– Hemithea! – berrou.

Quando a Ordem aproximou-se, Thanos sentiu uma pontada de dúvida. Ao poupar Ray-Mar, falhara com a Morte; não sentia mais a presença dela. Por hora, no entanto, o plano devia vir primeiro que os instintos. Thanos fora desafiado – não apenas em sua vontade, mas também em sua reputação. Salvar Ray-Mar lhe permitira redimir sua nova identidade, provar que era um líder justo e honrado.

Ray-Mar estava certo com relação a uma coisa: *os krees respeitam mais atos que palavras.*

A Morte teria o dia dela. Ela beberia de milhares, milhões de almas. Logo o exército kree inauguraria uma nova era de matança, banhando galáxias inteiras em sangue...

... sob a mão firme do capitão Teren-Sas.

Os krees saíram aos poucos do salão, conversando entre si com empolgação. Alguns pararam para dar um tapinha nas costas de Thanos.

Corvus Glaive e Próxima Meia-Noite o abordaram. A guerreira sorria daquele modo tenebroso de costume.

– Muito bem jogado – disse.

Fal-Tar também veio, dedilhando feito louco um computador de mão.

– A notícia do seu discurso já se espalhou.

Corvus ficou intrigado.

– Inteligência Suprema?

– Logo ele terá de negociar. Isto aqui está crescendo demais, rápido demais para que ele ignore.

Próxima continuava de olhos fixos em Thanos.

– E o que vai dizer a ele?

Thanos reparou em mais um dos murais que adornavam as paredes de pedra: um retrato simbólico de um kree rosa em traje completo de combate e capacete. Estava a bordo de uma bela nave hiperespacial, urgindo sua armada para enfrentar as naves retorcidas dos skrull. Ba-tarr era o nome dele. O primeiro comandante kree a usar o verde e branco agora tão comum, e o primeiro a levar a guerra ao mundo natal de seus inimigos antigos.

– O que for preciso – disse Thanos.

17

— **EI, FAÇA O QUE QUISER.** Só te dizendo: se continuar com esse plano patético, será esmagado mais que bebê de skrull debaixo de transportador urbano.

Gamora recostou-se e deu um gole demorado do líquido em seu copo. Pequenas explosões estouraram no líquido conforme fluía para dentro de sua boca.

Thanos se esforçava para não demonstrar o pânico que estava sentindo. Queria desesperadamente saber por quê. Por que *ela* está aqui?

Corvus e Próxima não disseram nada. Ficaram duros feito pedra em seus bancos, esperando que ele respondesse.

Estavam reunidos em torno de uma mesa alta no Raptor, um bar militar nos arredores do espaçoporto. Era velho, mas limpo, um lugar para viajantes tomarem um drinque rápido antes de retomarem as atividades. Um contraste gritante com as casas públicas, sujas e porcas, de Sacrossanto. Soldados vinham daqui para lá, cumprimentando-se e fazendo pedidos ao bar.

A cabeça de Thanos girava. Quando a Inteligência Suprema anunciara que iria enviar um representante, Fal-Tar sugerira o Raptor como um local seguro no qual fazer o encontro. Mas agora Thanos sentia-se encurralado, como se aprisionado numa teia invisível.

Gamora? De todos os seres no universo?

Corvus Glaive olhou desconfiado para Thanos e ajeitou o cajado. Saiu fogo da ponta. Sorrindo, o guerreiro inclinou-se sobre a mesa até que seu rosto ossudo quase encostou no de Gamora.

– Isso é uma ameaça?

– Não sou paga para fazer ameaças – disse ela, olhando indiferente para o cajado, para então tornar a encarar Corvus bem nos olhos. – Apenas para dar o recado.

– A Ordem – Próxima disse lentamente – não responde bem a ameaças.

– Nem a recados – Corvus acrescentou.

Thanos estudava o rosto verde-oliva de Gamora, e os trajes, luvas e capa cor de esmeralda. Possivelmente a mulher mais perigosa do universo – e ele a conhecia muito, muito bem. Thanos adotara Gamora enquanto criança para criá-la, e lhe ensinara a arte de matar. Agora lá estava ela, sentada diante dele, no último planeta em que ele poderia imaginar encontrá-la.

Ficou se perguntando se ela sabia. Será que veio aqui atrás de *mim*? E quanto ao resto da equipe? Os Guardiões da Galáxia também estão em Hala?

Gamora terminou sua bebida e bateu o copo na mesa. Um garçom correu até lá com outro copo. Ele faiscava e borbulhava mais violentamente que o anterior.

– Os krees anseiam pela batalha – disse Thanos. – Estão determinados a invadir Hemithea. Seus mestres não podem impedir.

– Tem tanta coisa errada nessa frase que nem sei por onde começar. – A guerreira começou a elencar os itens, contando-os nos longos dedos verdes. – Primeiro, já esteve nessa tal Hemithea de que não param de falar?

Corvus e Próxima continuaram calados.

– É um deserto de pedra – Gamora continuou. – Umas cinquenta pessoas moram lá, e 48 delas passam fome. Eu poderia conquistar o planeta com um balão de ar e uma faca X-Acto.

Thanos concordou. Já tinha entendido que os soldados krees não tinham a menor noção de como era o alvo da invasão.

– Foi por *isso* que a Inteligência Suprema não ordenou uma invasão. – Gamora deu mais um gole. – Ela sabe que pode esperar uns cinco anos, e os hemitheanos morrerão por conta própria. Três, se ocorrer uma tempestade mais forte.

Gamora fez uma pausa, esperando que alguém a contrariasse.

– Segundo – continuou –, não tenho nenhum *mestre*. Trabalho como *freelancer*, passando recados da Inteligência Suprema.

Corvus ficou curioso.

– A Inteligência não tem krees para cuidar disso?

– Não vejo muitos krees representando o lado de *vocês* – ela riu. – A estrutura de poder dos krees não está preparada para anexar essa sua rebeliãozinha em negociações formais. Isso seria visto como demonstração de fraqueza.

– Então eles mandam um membro de raça *inferior* para entregar a mensagem.

Ela sorriu.

– Isso mesmo, caveirinha.

– E isso não a ofende?

– Quarenta mil créditos curam qualquer tristeza. Além do mais, drinques na faixa. – Ela terminou o copo. – Os meus, não os seus.

Thanos sentiu que Corvus e Próxima olhavam para ele. *Preciso falar alguma coisa*, pensou. *Estão se submetendo a mim; esperam que eu tome a dianteira. Se eu não resolver isto aqui, perco o apoio deles.*

– Não fomos enganados pelos agitadores enviados para atrapalhar nossa reunião – disse ele, inclinando-se para Gamora. – Um gesto atabalhoado da parte da Inteligência.

– Não estou sabendo disso. Não ligo. – Espreguiçando bem os braços, Gamora simulou um bocejo bem teatral. – Política kree me deixa entediada pra caramba.

– A rebelião *vai* prosseguir.

– Como já disse – ela retrucou –, eu não ligo.

– As naves serão lançadas. Eu mesmo não poderia impedir nem se quisesse.

A guerreira encarou Thanos com um olhar sombrio e penetrante. Uma lembrança passou pela mente dele: Gamora, aos dez anos de idade, perguntando algo sobre as reações de fusão dentro de uma estrela. A mesma expressão desconfiada no rosto, como se sondando, alerta para enganação ou blefe mal-intencionado.

– Quando os Acusadores moerem todos vocês, assistirei aos vídeos com um pote de pipoca no colo – disse ela, num tom calculado. – Isso é uma tradição da Terra.

– Eu conheço.

– Imagino que conheça mesmo.

Mais uma pontada de pânico. Ela sabe?

– Fiz meu dever de casa sobre você, *Teren-Sas*. – Ela não tirava um olhar impiedoso dele. – Você deixou um rastro de vidas arruinadas por onde passou. Aquela agente da missão na Terra chegou a se recuperar da sonda mental que você largou nela?

O pânico cedeu para o alívio: Gamora não parecia saber a identidade verdadeira dele, afinal. Por outro lado, mais uma vez Thanos desejou ter investigado com mais minúcia a história de Teren-Sas.

– Meus inimigos raramente se recuperam – disse.

– Que graça. Coloque essa frase num para-choque. Outro costume da Terra. – Gamora ergueu o copo vazio, franzindo o cenho. – Será que peço mais um? Já disse que estão inclusos, não?

Thanos sentiu seu pavio encurtando. *Tão arrogante*, pensou. *Sempre foi assim, desde criança.*

– O que você quer? – ele rosnou.

– Já tenho o que quero. Quarenta mil créditos. – Gamora levantou-se do banco. – E já dei o recado. Como eu disse, vocês podem fazer o que quiserem.

– Sangue será derramado – sussurrou Corvus Glaive.

– Legal. – Gamora juntou a capa ao redor do corpo e saiu andando. – Divirtam-se.

Enquanto ela andava por entre os clientes, alguns krees se viraram para ver. Os trajes esvoaçantes de Gamora se destacavam na mistura de uniformes. Ela parou para dar um fora num soldado, que ficou todo perdido, então passou pela porta e sumiu.

O burburinho do Raptor enchia os ouvidos de Thanos. Pessoas rindo, flertando, trocando confidências. Uma garçonete com a bandeja cheia raspou no braço nele e murmurou desculpas.

Thanos reparou que estava morrendo de medo. *Gamora*, pensou. Estava atrás dele? Jogando com ele, armando uma cilada sádica? Os Guardiões podiam estar aguardando ali fora, na frente do bar. O Destruidor podia estar afiando as facas, salivando ao pensar na vingança contra seu inimigo de tanto tempo.

– Teren-Sas? – chamou Corvus.

Thanos respirou fundo. Forçou as dúvidas e receios a ceder. Não havia tempo para pensar demais – não agora.

– Amanhã – disse ele, sentindo a confiança crescer. – Começa amanhã.

– Você entende – disse Corvus – que a Inteligência tentará derrubar a rebelião.

– Estou contando com isso. – Thanos sorriu. – Na verdade, me preocupa mais que talvez não façam isso.

– O que quer dizer? – perguntou Próxima.

– A Inteligência Suprema mantém o povo junto na coleira. Mas essa coleira é comprida. Talvez permita que as naves sejam lançadas, no fim das contas.

Corvus inclinou-se à frente, serpeando a cabeça para a frente e para trás de um modo muito incômodo de se ver.

– E você *não* quer que isso aconteça?

– Chega de *perguntas*!

Thanos meteu a mão na mesa, partindo-a ao meio. Pernas de madeira quebraram; bebidas espirraram para todo lado. Corvus e Próxima ficaram de pé num pulo quando a mesa desabou.

Eu não senti, pensou ele. *Não senti o golpe.* Ele ficou olhando para a própria mão, abrindo e fechando os dedos. Uma mão grossa, rochosa, acinzentada.

A mão de Thanos.

A realidade pareceu alterar-se. Por um momento, ficou cercado pelas paredes do castelo da Morte, altas e claustrofóbicas. Pedras espessas, esverdeadas que cheiravam a podridão.

Com um piscar dos olhos, estava de volta ao bar. Um garçom aparecera por ali com um saco de lixo, e ficou olhando para a mesa destruída. Clientes tinham se levantado para ver.

Corvus e Próxima estavam ajoelhados – de rosto baixo, as armas empunhadas quase soltas ao lado do corpo.

– Mestre – disse Corvus Glaive. – Perdoe-nos.

Aturdido, Thanos olhou de novo para a mão. Retornara ao tamanho da mão de um kree, e vestia a luva verde do capitão Teren-Sas.

Voltou-se para Próxima e Corvus. Teriam visto? Teriam contemplado a verdadeira face de Thanos, de volta para eles?

Próxima fez careta ao sentir um estilhaço de vidro mordiscando seu joelho. Olhou de relance para o marido, depois voltou seu olhar vazio para Thanos.

– O que nos ordena?

Thanos os estudava. Dois dos mais poderosos seres do universo, capazes de destruir mundos inteiros. Entretanto, acima de tudo mais, desejavam ter um mestre. Seu poder, sua vontade de ferro, até mesmo o *amor* que Corvus e Próxima tinham um pelo outro – tudo isso jazia sobre essa simples dinâmica de poder. A Ordem disseminava dominação, mas as vidas deles eram submissão pura.

Assim como os krees.

Thanos sorriu. Com um gesto amplo, urgiu ambos a se levantar.

– Vamos dormir um pouco – disse. – Afinal, somos apenas mortais.

· · · ·

Próxima Meia-Noite e seu marido distanciavam-se do Raptor, adentrando as profundezas da cidade. Nas ruas, um monte de pedintes; lixo largado pela sarjeta. Fachadas de lojas fechadas com venezianas compridas ostentavam placas velhas que ofertavam cosméticos em promoção e dinheiro em troca de metais preciosos.

Corvus Glaive não dizia nada.

Quando teve certeza de que estavam sozinhos, Próxima apertou-se ao marido sob um poste que piscava. E olhou fundo nos olhos dele.

– É ele – disse ela. – Tenho certeza.

Corvus soltou um resmungo esquisito.

– Ele vai nos liderar – disse Próxima. – Mais uma vez.

Corvus desabou nos braços dela, aos soluços. Ela o abraçou, e ficou ninando devagarinho sob a luz fraca.

– Graças aos deuses – Corvus exclamou.

18

FAL-TAR, TENENTE PRÍNCIPE da Divisão Natal do Exaltado Exército Kree, olhava para um poluído céu nublado. Ao redor, por toda a vasta expansão do espaçoporto, o grito ecoava:

– Invadir! Invadir! IN-VA-DIR!

Próxima Meia-Noite concedeu-lhe um sorriso zombeteiro.

– Sua revolução chegou.

Fal-Tar deu-lhe as costas. A forasteira estava certa; deveria ser um momento de triunfo. Mas tudo que Fal-Tar conseguia pensar era que seu lugar não era ali.

Estavam junto de Corvus Glaive ao lado da avultosa estrutura circular do edifício do comando central. Sua torre erguia-se no céu, cheia de postos de comando que controlavam o tráfego da imensa quantidade de naves que iam e vinham de Hala. Satélites forneciam contato constante com as estações orbitais e assentamentos krees em outros pontos do sistema Hala.

Duas fileiras de barracas partiam de cada lado da torre, estendidas ao longo do pavimento, alojamentos baixos no estilo armazém militar cobrindo quase meio quilômetro de solo. Soldados krees, centenas deles, em volta das barracas, brandiam os punhos no ar, entoando suas demandas. Oficiais e suboficiais, técnicos e seguranças, navegadores e mecânicos quânticos. Todos aguardando pela ordem de entrar nas naves.

Nem todos os krees, no entanto, estavam unidos nessa causa. Um círculo de generais de alta posição reunia-se bem em frente à entrada da torre de comando. Eles sussurravam irritados entre si, olhando feio para os soldados reunidos. Todos esses generais tinham pele azul.

O ar parecia carregado de ozônio. Espesso e úmido, misturado à fuligem das indústrias mais distantes.

Fal-Tar checou seu cronômetro. Quatro minutos. Quatro minutos para o fim do prazo que tinham dado à Inteligência Suprema, o ultimato para invadir Hemithea – ou enfrentar uma rebelião.

– Logo – disse Corvus Glaive. – Logo saberemos do que o seu povo é feito.

Fal-Tar respondeu ao comentário com um gracejo desajeitado. Desconfiara de Corvus desde o início. Rumores acerca da Ordem Negra circularam por Hala, histórias de matança e genocídio. Fal-Tar sabia que sua esposa o teria aconselhado a não fazer tal aliança. Ela lhe teria dito que sorrisse, fosse embora e seguisse com a vida.

Mas Ji-Ann não estava ali. Estava alocada em algum lugar do espaço shi'ar, a serviço do império. Na ausência dela, a filha, Ki-Ta, fora colocada numa escola comunal do Estado, uma instalação para órfãos militares. Lá ela seria julgada e classificada para servir no futuro, de acordo com as tradições krees.

Fal-Tar quase nunca via Ki-Ta. Tinha medo dela. Aos cinco anos, a menina já possuía o olhar férreo e intimidador da mãe, bem como a força de vontade inabalável. Já era muito mais kree do que Fal-Tar algum dia poderia ser.

Perceber isso – e ter esse medo – foi o que o levou até esse ponto. Desde muito jovem, Fal-Tar compreendera que não era um guerreiro. Sua vida, desde então, não passara de uma série de humilhações e concessões, promoções ganhadas com muito esforço seguidas por perdas de *status* e salário sem explicação. Ninguém – nem mesmo Ji-Ann, a bela e cítrica Ji-Ann – o respeitava de verdade. E era o respeito o que ele mais desejava, mais do que qualquer outra coisa no mundo.

Então ele escolheu trabalhar na Divisão Natal. Tinha subido pelos cantos e recantos da hierarquia kree, estabelecendo contatos entre as muitas classes de oficiais e alistados. Assumira um assento por breve tempo no Conselho de Oficiais, mas concluíra que a instituição era um logro, um corpo sem poder projetado para fazer os subalternos acreditarem que tinham alguma voz na política.

E então Corvus Glaive o abordou com uma oferta. Os instintos todos de Fal-Tar gritaram para ele que era errado, que era perigoso, que aquela criatura não merecia confiança. Que a empreitada terminaria em sangue e morte.

Àquela altura, no entanto, o oficial já havia se acostumado a ignorar os instintos. E não podia resistir a uma oportunidade de conseguir poder. Então fechou o negócio.

Corvus Glaive já era de meter medo. Então chegou Próxima Meia-
-Noite – com aquele capitão kree misterioso que parecia deter algum

poder sobre a Ordem Negra. Por algum motivo, Teren-Sas metia ainda mais medo do que os outros dois juntos.

Mas era tarde demais. Fal-Tar tinha feito sua escolha.

Talvez haja esperança, pensou ele. *Talvez a rebelião vença. Será que então você vai me respeitar, Ji-Ann? Vai voltar pra casa, pra mim, me reconhecer como um líder do nosso povo?*

Fal-Tar olhava para o céu. Imaginando onde estaria o esquadrão dela, o que ela estaria fazendo naquele exato momento. Onde quer que estivesse, disso ele tinha certeza – sabia por amarga experiência –, ela não estava sendo fiel a ele.

E, no entanto, ele sabia que a amaria para sempre. Aquele belo rosto azul viveria na mente dele até o dia em que morresse.

– Vejam – disse Próxima Meia-Noite, apontando com a lança de luz negra.

Fal-Tar contemplou o espaçoporto. Uma estrada pavimentada chamada Passo dos Heróis percorria o centro do porto, servindo tanto como via de procissão quanto como passarela para as naves mais antigas. Nas beiradas da rodovia, alinhavam-se as sentinelas – robôs antigos muito maiores que um homem. Foram construídas para dar apoio às forças de invasão, mas acabaram relegadas a estátuas ao longo dos séculos, figuras cerimoniais que tomavam conta, ao menos simbolicamente, do glorioso exército kree.

Além das sentinelas, atrás do Passo dos Heróis, estavam as naves. À esquerda, sobre o asfalto, centenas de naves alinhavam-se em fileiras muito organizadas: discos e gotas e esferas de fusão, equipamentos modernos de circuitaria líquida junto de antigos cruzadores feitos de metal aferrolhado. À direita, atrás do hangar de manutenção, um grupo menor de naves de curto alcance reunia-se em arranjo mais casual. Foguetes de ponta fina, cruzadores quadradões de velocidade menor, uns poucos caças de um piloto só. Toda nave, grande e pequena, que já não estava manobrando por aí em algum canto das quatro galáxias.

Um quarto da armada kree reunida naquele campo abarrotado. Todas apontando para as estrelas.

Fal-Tar sentiu o ar prender na garganta. Apesar de suas infelicidades, era um kree. Contemplar a armada assim reunida fez seu peito encher-se de orgulho.

Mas Próxima não apontava para as naves. Acima, no céu, um enxame de motocicletas voadoras se aproximava. Acusadores, a força de ataque de elite da Inteligência Suprema. As motos zumbiam feito zangões; seus ocupantes voavam imperiosos em seus uniformes verde-escuros, com máscaras negras escondendo os olhos.

Entre as barracas, os soldados puseram-se a resmungar. Conforme se viraram para os Acusadores, alguns ostentavam no rosto uma expressão desafiadora. Outros pareciam inseguros.

– Isso – disse Corvus Glaive – deve ser interessante.

– IN-VA-DIR – entoavam os soldados, cada vez mais alto. – IN-VA-DIR!

Um deles arremessou uma pedra para o alto. Uma Acusadora puxou a moto para o lado, quase não se esquivando do projétil.

Fal-Tar olhou para o cronômetro. Dois minutos.

Uma das motos avançava na frente do restante. Fal-Tar reconheceu o motorista: Ronan, o Mestre de Guerra. Primeiro dos Acusadores, mão direita da Inteligência. Ele ergueu seu martelo, a arma cerimonial de sua posição. Sua voz amplificada ecoou pelo espaçoporto.

– *Dispersem* – disse Ronan. – *Retornem a suas barracas. A Inteligência o ordena.*

Os soldados separaram-se em grupos, murmurando freneticamente. Olhavam com receio para o alto, apontando para Ronan e sua equipe.

Fal-Tar sentiu um pânico súbito.

– Onde ele está? – perguntou, voltando-se para Corvus e Próxima. – Onde está seu precioso capitão Teren-Sas?

Corvus apenas sorriu seu sorriso ossudo e inumano. Próxima estava de olhos escancarados de ansiedade.

– Ele devia estar aqui – continuou Fal-Tar. – Ele disse que os Acusadores entrariam na linha!

Corvus meteu-lhe um tapa na cara, incrivelmente rápido. Fal-Tar tropeçou para trás e caiu no chão.

– Ele é nosso mestre – sibilou Corvus, olhando para o kree.

Fal-Tar tocou a bochecha, que ardia. Podia sentir o olhar dos soldados, que assistiam ao confronto de longe. O zumbido das motos dos Acusadores parecia ecoar dentro de sua cabeça.

Ele ficou de pé, esforçando-se para recobrar a compostura.

– Você precisa entrar no lugar dele – disse, gesticulando para Corvus. – Precisa falar com os Acusadores.

Corvus sorriu ainda mais do que antes.

– Os Acusadores só falarão com um kree.

– Você queria poder – Próxima provocou. – Não queria?

Fal-Tar olhou ao redor. Os soldados tinham parado de entoar o grito de guerra, e olhavam para ele das barracas de cada lado da torre. O campo todo parecia hesitar.

Fal-Tar fechou os olhos, reunindo coragem. Depois se virou e olhou para o alto, para os Acusadores.

– MESTRE DE GUERRA! – ele berrou.

Ronan hesitou, girando a moto no ar. Erguendo o martelo, permitiu que a energia o percorresse visivelmente. Depois começou uma descida lenta e precisa até a base da torre de controle.

A Ordem Negra recuou. Fal-Tar ficou sozinho, acompanhando a aproximação da moto voadora. O tempo pareceu desacelerar; ele se sentiu como se caminhasse na lama, nadando contra a correnteza. Um dia houvera esperança em sua vida: uma empolgação juvenil, a perspectiva de evoluir, uma bela mulher com risonhos lábios azuis.

Agora, tudo isso era passado. Mais uma vez ele pensou que seu lugar não era ali.

Fal-Tar não tirava os olhos do martelo brilhante de Ronan. *Se ele me matar agora*, pensou, *será que vai ser melhor para elas? Para Ji-Ann e Ki-Ta, cujo rosto ele mal conhecia?*

Ronan brecou e parou, flutuando a meio metro do solo.

– *Você* – ele vociferou, apontando o martelo de energia para Fal-Tar. – *Você é o responsável por essa perturbação?*

Fal-Tar estremeceu ao ouvir a voz tão penetrante. E sentiu uma pontada de raiva. Ronan, ele percebeu, deixara o amplificador de voz ligado para intimidar os soldados.

– Sim – disse Fal-Tar.

Ronan ficou olhando feio para ele por um bom tempo. Depois se virou e acenou para a frota de naves estacionadas ao longo do Passo dos Heróis. As sentinelas permaneciam imóveis, testemunhando em silêncio esse momento da história dos krees.

– *Contra todas as ordens, as naves estão prontas para decolar.* – Ronan passou o martelo por toda a linha irregular de soldados. – *Os homens e mulheres de Hala se reúnem... mais uma vez, contra as ordens de seus mestres. A quem, então, eles obedecem?*

Fal-Tar forçou-se a enfrentar o olhar firme e imperdoável do Mestre de Guerra. Tentou falar, mas a boca estava seca.

– Você? – Ronan riu. – *Um homenzinho que de algum jeito conseguiu evitar ser expulso da tropa? Um soldado por acidente?*

Mais dois Acusadores desceram e ficaram pairando pouco acima de Ronan. Eles sorriram para Fal-Tar, achando graça na provocação do líder.

– *Você não é um líder.* – Zombando, Ronan apontou o martelo. – *Você quase não é nem um kree.*

Um disparo de energia desprendeu-se do martelo. Ele atingiu o solo a poucos centímetros dos pés de Fal-Tar. O kree deu um pulo, fez um barulho e perdeu o equilíbrio.

Os Acusadores caíram na gargalhada.

Fal-Tar socou o solo e virou, cheio de raiva. Os Acusadores sorriam para ele, zumbindo e manobrando no céu. Corvus e Próxima tinham se afastado para a pedra fria da torre de controle. Ela parecia achar graça; ele estava soturno.

Os soldados tinham se aproximado. Alguns olhavam ávidos para as naves; outros assistiam ao embate de Fal-Tar com os Acusadores.

Um bipe soou no pulso de Fal-Tar. O cronômetro marcava ZERO.

Acabou o tempo, pensou ele.

Lentamente, possuído por algum espírito que ele não podia explicar, Fal-Tar ficou de pé. Ignorando os Acusadores, virou-se para o seu povo, para os soldados reunidos. Quando falou, as palavras pareceram sair rasgando seus pulmões.

– Marchem – berrou. – PARA AS NAVES!

Os soldados soltaram um grito primitivo de guerra. Puseram-se a andar, brandindo os punhos no ar.

– IN-VA-DIR – entoavam. – IN-VA-DIR. *PARA AS NAVES!*

Ronan olhou feio para Fal-Tar, depois acenou para o alto. Sua moto disparou acima da multidão; os outros dois Acusadores foram logo atrás.

Os soldados avançaram para Fal-Tar como uma onda, varrendo-o junto, empurrando-o para o Passo dos Heróis. Ele olhou de relance para a torre de controle, onde viu Corvus e Próxima ainda assistindo a tudo. Os dois estavam imóveis.

Dois jovens soldados, o irmão e a irmã que falaram na assembleia, puseram-se cada um de um lado de Fal-Tar.

– Muito bem falado – disse a moça, e deu-lhe um tapinha nas costas; tinha no rosto uma expressão muito séria de determinação.

Mais uma vez, Fal-Tar permitiu-se sentir esperança. Talvez tivesse *sim* um caminho a seguir. Talvez Ronan estivesse errado; talvez Fal-Tar pudesse se redimir, liderar seu povo em direção a uma nova vida. Um novo propósito.

Talvez fosse mesmo um kree, afinal.

Junto da maré de soldados que avançava pela via, ele olhou para o alto. Os Acusadores circulavam acima, acompanhando a multidão. Seria esse o verdadeiro teste da revolução: os Acusadores se virariam contra seu próprio povo? Abririam fogo para impedir o lançamento?

Adiante, além das sentinelas que se enfileiravam na estrada, estavam as naves. Algumas delas, as mais novas, já pulsavam e soltavam fumaça dos motores. Os mecânicos quânticos haviam ativado os propulsores mentalmente, de longe.

Uma rajada foi disparada de uma das motos. O raio acertou o solo, quase atingindo um grupo de seguranças. Eles se esquivaram, cambalearam e sacudiram os punhos no ar.

Um disparo de aviso, pensou Fal-Tar. O limite ainda não tinha sido ultrapassado. Até mesmo a Inteligência Suprema não ordenaria que krees matassem krees. Não por causa de uma questão dessas – uma operação militar, uma invasão em nome do próprio Império Kree.

– IN-VA-DIR! IN-VA-DIR! IN-VA-DIR!

Fal-Tar sorria, socando o ar no mesmo ritmo que os demais. Logo a frota desceria sobre o mundo indefeso que desafiara os krees. Não conseguia se lembrar do nome do planeta nesse momento.

– IN-VA-DIR! – berrou ele. – IN-VA-DIR! IN-VA...

Uma coisa esquisita chamou a atenção dele – um pulsar de luz vermelha. Fal-Tar virou-se, alarmado, achando que era a arma de outro Acusador. Mas não – era um ângulo diferente. Os Acusadores tinham subido mais alto, mantendo distância.

Outro pulsar vermelho. Chocado, ele entendeu do que se tratava: o olho de uma sentinela.

Uma segunda sentinela – a mais próxima, na beirada da rodovia – virou o rosto para ele.

Impossível. Os robôs estavam dormentes havia décadas – talvez séculos.

– *Cuidado*! – ele gritou.

O disparo da sentinela incinerou três técnicos velhos que não conseguiam acompanhar a correria da força principal. Os suboficiais mais perto deles gritaram e saíram correndo, disparando pela rodovia em direção às naves. Eles colidiram com um grupo de mecânicos quânticos, e juntos eles olharam para o alto, muito assustados.

As sentinelas estavam se mexendo. Andando meio duras na direção dos soldados, circulando o grupo. Aprisionando-os no Passo dos Heróis.

Fal-Tar avaliou a situação. Os robôs impunham-se sobre a multidão, mancando e zumbindo, com suas juntas metálicas em longo desuso sofrendo para executar alguma programação nova. Seus olhos brilhavam em vermelho, emitindo rajadas óticas fatais e recarregando após cada disparo de energia.

O ataque seguinte matou oito médicos. Seus gritos de morte espalharam-se por aquele ar pesado.

Fal-Tar não conseguia entender. Por que a Inteligência ativaria as sentinelas? Os Acusadores tinham armamento pesado – se a Inteligência desse ordem para matar, eles poderiam facilmente executar a missão. Entretanto, Ronan e sua força tinham subido ainda mais e inclinado as motos para ver a carnificina. Eles pareciam... confusos.

O pânico começou a espalhar-se por entre os soldados. Uma mecânica – a capitã Al-Bar – desatou a correr para as naves, fazendo seus cabos de metal implantados esvoaçarem pelo ar atrás de si. Uma sentinela virou-se, mirou seus olhos brilhantes e a vaporizou.

Estamos encurralados, pensou Fal-Tar. *Estão pegando qualquer um que saia da rodovia. Nunca chegaremos às naves.*

Seria isso obra dos forasteiros? Não via mais Corvus nem Próxima. A torre de controle estava longe demais, bloqueada de vistas pelas pernas imensas das sentinelas.

Choveram mais rajadas. Uma suboficial sacou sua arma, berrando para os companheiros atacarem uma das sentinelas. Agachados, eles dispararam com pistolas de próton de pequeno calibre, focalizando um único ponto no pé da sentinela. As rajadas fervilharam no contato com a grossa cobertura de plastaço – mas a sentinela nem pareceu notar. Ela avançou e brandiu a mão sobre a rodovia, esmagando o crânio da líder do ataque. Os outros fugiram.

Um homem alto de cicatriz no rosto agarrou Fal-Tar pelo braço. Ray-Mar era o nome dele. O soldado que desafiara a rebelião na assembleia, e escapara – por um fio – vivo da situação.

– É culpa dele – disse Ray-Mar. Ele parecia calmo, quase resignado. – Teren-Sas te traiu.

Uma sombra deitou-se sobre Fal-Tar. Ele empurrou Ray-Mar para um lugar seguro. Depois se virou e olhou para seu atacante.

Curiosamente, Fal-Tar não pensou na esposa. Tentou imaginar a filha, mas não conseguiu se lembrar do rosto dela. O passado colidiu com o futuro, e tudo que ele viu em seu último instante foi a brutalidade do agora: o pé imenso da sentinela descendo do alto para pôr fim à sua deteriorada e temerosa vida.

19

— **UAU — DISSE GAMORA.** – Isso é o que eu chamo de *bagunça*.

Agachado em seu esconderijo sob um emaranhado de cabos e maquinário, Thanos sorria. Ele ergueu a cabeça e arriscou dar uma olhada na sala.

A câmara da Inteligência Suprema era tão vasta quanto um pátio. Ao lado do exíguo canto de Thanos, corpos preservados de krees mortos ocupavam cilindros individuais enfileirados, ocupando do piso ao alto teto. Essas mentes – as energias vitais desses krees – nutriam a Inteligência, fornecendo-lhe uma fonte constante de poder. Técnicos, a maioria de pele rosa, circundavam a base dos cilindros, monitorando leituras e ajustando maquinário de criossuspensão.

A Inteligência em si vivia num grande tanque acoplado à parede, pouco depois dos corpos dos cidadãos. Seu rosto gelatinoso cor de esmeralda media quase dez metros de altura e tinha tubos de alimentação orgânicos que se mexiam como se estivessem vivos. Ela quase nunca falava.

Na câmara principal, Gamora apresentava-se perante a Inteligência junto de Phae-Dor, um membro de pele azul do Conselho de Ciência Kree. Ele usava a túnica violeta e o colete de um cientista civil, e parecia muito infeliz. Sua atenção se dividia entre um pequeno tablet de comunicação e um enorme projetor de holograma que ocupava boa parte da sala. O holograma mostrava uma cena de caos mudo: as até então dormentes sentinelas krees tinham voltado à vida e encurralado um grupo numeroso de soldados numa pequena área do espaçoporto. Acusadores sobrevoavam e planavam acima em suas motos voadoras, apontando para baixo, trocando comunicados urgentes via rádio.

– Ronan relata… um momento… – Phae-Dor tocou seu ponto eletrônico. – Não estão recebendo sinais nem enviando para as sentinelas. Não fazem ideia de quem está por trás disso.

Os olhões amarelos da Inteligência ficaram escancarados, mas ela não fez nenhum ruído.

– Você. – Phae-Dor baixou o tablet e virou-se para Gamora. – Isso é tudo culpa sua. Você vai pagar caro por isso.

– Não, vocês é que vão *me* pagar. – Gamora parecia muito despreocupada. – Vocês me contrataram para entregar um recado. Eu entreguei.

– E veja só o resultado!

Mais uma vez, Thanos sorriu. *Phae-Dor*, pensou ele, *seu tolo inexplicável. Escolheu a mulher errada para antagonizar.*

No holograma, uma sentinela agachava para mirar um grupinho de krees. Técnicos. Rajadas fatais desprenderam-se dos olhos do robô.

– Como eu disse, a bagunça é *sua* para resolver. – Gamora riu. – O povo é seu, os robôs são seus. O problema é seu.

Thanos sentiu um assomo de empolgação. *É isso mesmo*, pensou ele. Tudo estava dando certo. Logo ele deporia a Inteligência e tomaria o controle do Império Kree. Então possuiria um exército capaz de sacudir as estrelas.

Mas tudo dependia do que aconteceria nos minutos seguintes. Ao pensar nisso, uma dúvida paralisante o dominou. Ocorreu-lhe que estava desafiando – ou pelos menos manipulando – a Inteligência Suprema, os Acusadores, a Ordem Negra, todo o exército kree, Gamora... talvez até os Guardiões da Galáxia. E não tinha uma nave própria, não tinha as Joias do Infinito, nem mesmo os poderes de Titã com os quais nascera.

Os eventos evoluíram rapidamente em Hala. Não houve oportunidade de refletir, tempo para considerar a possibilidade do fracasso. Subitamente, toda a empreitada pareceu uma grande loucura.

Bom, pensou ele, *já me chamaram de louco.*

No holograma, um trio de especialistas em armamento kree estava agachado de costas uns para os outros, disparando rifles de partículas pesadas. Um raio acertou uma sentinela, fervilhando contra seu casco de metal. Outro disparo por uma questão de centímetros não derrubou um Acusador que flutuava.

– Mestre – disse Phae-Dor, dirigindo-se à Inteligência Suprema. – Os Acusadores estão pedindo permissão para se defender.

– Agora complicou – disse Gamora, sorrindo. – Se começarem a selecionar soldados, essa *rebeliãozinha* vai estourar numa guerra completa.

Phae-Dor virou-se para a guerreira.

– Você será responsabilizada. Você e seu bando de foras da lei galácticos.

– Só estou apreciando o show.

— Bruxa mentirosa. *Alguém* ativou as sentinelas!

Thanos nem a viu se mexer. Quando ouviu o resmungo engasgado de Phae-Dor, Gamora já tinha prensado o cientista kree contra o vidro do tanque da Inteligência, com uma faca afiada contra a garganta dele.

— Eu não minto, homenzinho – disse ela numa voz suave e tranquila. – Mas eu mato. Às vezes nem precisa provocar muito.

Phae-Dor fazia de tudo para respirar. Atrás dele, do outro lado do vidro, os olhos gigantescos da Inteligência Suprema assistiam ao drama.

Thanos olhou para o holograma. No espaçoporto, a situação se deteriorava. Os soldados krees tinham se juntado em pequenos grupos, todos agachados. Atiravam disparos concentrados, mas suas armas não eram páreo para as sentinelas. Os robôs moviam-se lentamente, com as juntas enferrujadas pelo desuso. Mas com todo aquele tamanho e o poder dos raios óticos, pareciam indestrutíveis.

— M-mestre. – Phae-Dor tinha virado o rosto e suplicava para a Inteligência. – Precisamos dizer aos Acusadores... como...

— Digam-lhe que apenas um homem pode acabar com isso – disse Thanos.

Quando ele saiu do local no qual se escondia, todos os olhos voltaram-se para ele: Phae-Dor, Gamora, os técnicos e, finalmente, os globos vazios e lentos da Inteligência.

— Oh – disse Gamora, virando-se para Thanos. – *Oh*. – Ela soltou Phae-Dor, quase sem perceber. – Por essa eu não esperava.

Phae-Dor cambaleou, esfregando a garganta.

— Esta câmara... – Tossindo, o homem olhou com raiva para Gamora, que retribuiu com um sorriso. Endireitando-se, ele se voltou para Thanos. – Esta câmara é protegida.

— Toda a proteção é garantida por gente comum. Fiquei amigo de muitos deles ultimamente – Thanos dirigiu-se à Inteligência Suprema. – Alguns deles não andam muito contentes com a sua administração, *mestre*.

Os olhos amarelos do governante dos krees o miraram.

— Quem é você? – perguntou Phae-Dor.

— Teren-Sas — Thanos respondeu. — Capitão, recentemente da 18ª Divisão Estelar. No momento, não alocado.

Phae-Dor teclou algo no tablet. Era apenas um irritante, um burocrata cuja dignidade fora desafiada. Era o rosto inclinado e o olhar cheio de significado de Gamora que preocupavam Thanos.

— Seu arquivo militar foi parcialmente editado. — Phae-Dor baixou o tablet. — Não tem foto.

— Parece que muitas coisas não andam muito certas ultimamente — disse Thanos, acenando para o holograma. — Eu posso consertar.

Na estrada do espaçoporto, um grupo de mecânicos tinha improvisado um canhão de prótons. Eles atiraram numa sentinela, acertando-a sem querer no projetor ótico. O robô balançou, brandindo cegamente uma mão enorme — que colidiu com um Acusador que voava baixo. O Acusador berrou e tombou da moto, mergulhando para o chão.

— O capitão Teren-Sas — disse Gamora — é um dos arquitetos da rebelião.

— Você me dá crédito demais, moça. Eu mal abanei as chamas. Contudo... — Ele fez uma pausa para dar mais efeito. — Eu consegui *sim* ativar as sentinelas.

— As sentinelas do espaçoporto estavam dormentes havia décadas — disse Phae-Dor. — Como você fez isso? *Por que* fez isso?

— Vou começar com "como". — Thanos apontou para o holograma. — Enquanto planejava esta operação, fiz amizade com um velho técnico chamado Zy-Ro. Um dos poucos ainda vivos que tinham os códigos das sentinelas.

Phae-Dor começou a falar algo em seu comunicador, numa voz grave e urgente. Thanos ergueu a mão para cortá-lo.

— Nem se dê o trabalho de encontrar Zy-Ro — disse. — Não vai conseguir.

— Você virou as armas antigas dos krees contra eles mesmos. — Gamora parecia ligeiramente intrigada. — Brutal. Mas engenhoso.

No holograma, uma Acusadora voou baixo, gritando com a multidão. Um jovem suboficial saltou e agarrou a porção inferior da moto dela, tirando-lhe o equilíbrio. A Acusadora disparou os jatos. O soldado berrou quando a propulsão chamuscou-lhe o braço.

— Os krees já estão divididos internamente — disse Thanos. — De dificuldades como essas, nascem novos padrões. — Ele sorriu. — Como as energias de fusão espiralantes no coração de uma estrela.

Gamora endireitou-se quase num pulo. Olhou rapidamente para Thanos, depois para a Inteligência Suprema. E pôs-se a caminho da porta. Phae-Dor fez um barulho para protestar, mas parou assim que Gamora virou-se para ele.

— Fique tranquilo. Não saio deste planeta sem o meu dinheiro. — Voltando-se para a Inteligência, fez uma saudação zombeteira. — Dou uma passada amanhã, cabeção. Supondo que você ainda esteja no comando.

Assim que Gamora deixou a câmara, veio um ruído trovejante do holograma. Os soldados krees tinham conseguido tombar uma sentinela. Num verdadeiro enxame, atiraram à queima-roupa, arrancando pedaços de placas de metal.

Phae-Dor virou-se para Thanos, acenando desesperado para a tela.

— *Aquilo ali* faz parte do seu plano?

— Absolutamente. É assim que funciona. — Thanos começou a zanzar perante o holograma. — Diversas facções de soldados krees estavam ávidas por... bem, *algum tipo* de revolta. Não sabiam exatamente como proceder. Seu líder, Fal-Tar, não era exatamente uma figura inspiradora. — Ele escaneou a imagem caótica no holograma. — Acho que já o perdemos.

Uma sentinela baixou a mão e pescou um soldado kree do solo. O homem se contorceu e atirou, pegando a sentinela bem no peito. O robô cambaleou, depois vaporizou o homem com um raio ótico que chamuscou dois de seus próprios dedos.

— Peguei esse descontentamento — Thanos continuou — e foquei na rebelião que você agora testemunha. O segredo estava em estipular um prazo, uma hora para as naves serem lançadas. Um ponto inicial para a gloriosa invasão de Hemithea.

— Hemithea é uma pedra sem valor — zombou Phae-Dor. — A Inteligência já considerou desnecessário subjugá-la.

– Irrelevante. A questão não é o destino, mas a jornada. – Thanos acenou mais uma vez para as imagens do espaçoporto. – Nada energiza o povo como uma boa cruzada.

– E depois?

– Eu esperava que os Acusadores atacassem a multidão – disse Thanos. – Isso teria iniciado uma guerra civil. Mas suspeitei que fossem hesitar em abrir fogo contra o próprio povo. Então preparei um plano B.

– As sentinelas – disse Phae-Dor.

– As sentinelas.

Thanos virou-se para o holograma. Três Acusadores tinham caído de suas motos; eles se reuniram na rodovia, aprisionados junto dos soldados. As sentinelas os circundavam, abrindo buracos no asfalto com suas rajadas óticas fatais.

– Perdi a conta das perdas – Thanos prosseguiu. – Mas estimo umas poucas dezenas de soldados até agora, junto com dois ou três Acusadores. E as sentinelas continuarão o ataque até serem derrubadas... ou até que eu ordene que parem. – Ele sorria. – Ninguém mais possui os códigos.

A Inteligência se mexeu pela primeira vez. Sacudiu a cabeça toda, gerando bolhas que circularam por todo aquele tanque imenso. Os tubos de alimentação no rosto pulsaram e incharam. Quando enormes olhos amarelos focaram Thanos, uma voz trovejante ecoou pela câmara.

– QUAL – perguntou a Inteligência – É O SEU PREÇO?

Thanos sorriu.

– Controle absoluto sobre o exército kree. Mestre de guerra é um título modesto demais. Quem sabe Senhor Supremo da Guerra? – Sério e desafiador, Thanos encarava a Inteligência. – Você pode continuar como cabeça simbólico. Trocadilho quase intencional.

O holograma foi ampliado. Um segundo enxame de Acusadores se aproximava, criaturas diminutas sob um céu acinzentado. Abaixo, as sentinelas tinham contido os soldados. Alguns agentes de segurança entraram em pânico e fugiram; uma bota gigante de metal ergueu-se quase casualmente e os esmagou feito insetos.

– Os krees são muitos e poderosos – disse Phae-Dor. – Várias divisões estão, agora, fora do planeta. Nós *vamos* destruir as sentinelas.

— Em algum momento. Mas quantos morrerão antes disso? – Thanos acenou para as imagens. – E, a não ser que eu diga o contrário, os soldados culparão os Acusadores pelo ataque das sentinelas. A autoridade de Ronan… e da Inteligência Suprema… ficará manchada para sempre.

Os soldados avistaram o segundo grupo de Acusadores. Alguns suboficiais atiraram no ar.

— Reflita – disse Thanos. – Mas decida logo. Os soldados já estão mirando nos Acusadores.

A Inteligência não disse nada, mas seus tubos de alimentação pulsaram mais uma vez. Por toda a câmara, maquinário zumbia e computava, impulsos elétricos cintilando entre as centenas de corpos de krees preservados.

Thanos virou-se e foi até o holograma. Sem hesitar, atravessou a imagem, passando por um soldado kree que berrava, tendo sido queimado até perder as feições. Por sentinelas ou Acusadores? Quase não importava mais.

Quando alcançou a parede oposta, Thanos sacou um pequeno controle remoto e apertou um botão. Uma parede de pedra lisa deslizou, abrindo a câmara para o exterior.

— Devia dar uma arejada com mais frequência – disse ele, sem olhar para trás. – Um governante precisa manter contato com seu povo.

Ganhando a varanda, Thanos inspirou a neblina espessa e industrial. Hala espalhava-se por quase meio quilômetro abaixo, como uma imensa arma esperando para ser disparada. Não dava para ver muito do espaçoporto nesse ponto, mas uma nuvem de fumaça erguia-se logo atrás da alta torre de controle.

Venci, pensou ele. Conquistei-os. Seu precioso império está à beira do abismo, e somente eu – somente o *capitão Teren-Sas* – pode preservá-lo.

Mas logo se lembrou: Gamora. Ainda desconfiava dela – tinha de haver uma razão secreta para ela estar ali. O plano de Thanos era sólido, mas ele estava sozinho. Um erro, um inimigo subestimado, poderia derrubar tudo.

Mas não. Até mesmo a assassina que ele criara desde menina não poderia atrapalhar agora. Logo ele possuiria um mundo, um exército. Um império.

Thanos sentiu um ímpeto de empolgação. *Senhora*, pensou ele, *eu consegui. Reconstruí minha vida, tornei-me o homem – o conquistador – que você queria que eu fosse. Tenho o poder...*

– Teren-Sas?

Phae-Dor estava dentro da câmara, além da parede de pedra lisa. Subitamente, parecia confiante – quase esnobe.

– Talvez queira ver isso aqui – disse.

Thanos entrou. O holograma mostrava uma única pessoa numa moto: Ronan, o Acusador, o rosto sério, mas confiante. A imagem recuou um pouco para mostrá-lo pairando pouco acima da multidão, dirigindo-se a um grupo de soldados krees reunidos. Ao fundo, as rajadas óticas das sentinelas continuavam a destruir as forças de solo.

Phae-Dor manipulou um controle de áudio em seu tablet. A voz amplificada de Ronan avultou-se, preenchendo a câmara. Thanos aproximou-se sentindo um frio na barriga.

– *Orgulhosos guerreiros krees* – começou Ronan. – *Escutem o que eu digo...*

• • • •

... os Acusadores não são seus inimigos – continuou Ronan. – *Isto deve ser trabalho de algum inimigo desconhecido. Talvez dos skrulls.*

Próxima Meia-Noite usava uma lente de aumento sem borda para acompanhar o drama da base da torre de controle. As sentinelas ainda continham boa parte dos soldados, restringindo-os a um pequeno segmento do Passo dos Heróis. O segundo grupo de Acusadores acabava de descer para juntar ao embate, mantendo-se longe dos imensos robôs.

Logo depois estavam as naves. Muitas centenas de veículos que zumbiam, preparados para alçar voo e ganhar as estrelas. O pulsar latejante, trovejante do império.

Próxima olhou para sua esquerda. Perto da entrada da torre, um grupo de generais krees se juntara num círculo e sussurrava. Não dava para ouvir o que diziam, mas pareciam engajadas em intenso debate.

Do outro lado, Corvus Glaive observava as sentinelas. Os dentes, ele os rangia fazendo um som grave esquisito; uma das mãos segurava firme o cajado. Para qualquer outro, a expressão no rosto dele passaria crueldade, sadismo. Somente Próxima sabia que ele estava em sofrimento.

– Meu amor – disse ela. – O plano é esse.

Ele ficou calado. Apenas rangeu os dentes de novo, um pouco mais alto.

– Dividir o inimigo – ela prosseguiu. – Deixar que outros os amaciem, depois entrar. Já usamos tropas de choque para propósitos similares. – Ela deu de ombros. – Já fomos essa tropa de choque. A serviço do mestre.

Ao ouvir a palavra *mestre*, Corvus suspirou lascivamente. Quando olhou para a esposa, ela viu o mesmo olhar desesperado nele que vira na noite anterior, sob a luz do poste. Um olhar terrível de dúvida crucial.

Próxima Meia-Noite sentiu um peso esmagador, um fardo colocado em cima de seus ombros. Amava esse homem, mais do que qualquer outra coisa no universo. Esse deveria ser o momento de triunfo dele: a hora do renascimento da Ordem Negra. E, no entanto, ele parecia aterrorizado.

– É o plano dele – disse ela. – Ele retornou para nos liderar.

Corvus olhou para Próxima.

– É ele mesmo?

Ela desviou o olhar, incomodada com a forma que ele a encarou.

Na rodovia, a batalha se dividira em duas frentes. Um grupo de soldados escondia-se atrás de uma sentinela tombada, disparando tiros esparsos contra os cinco robôs restantes. Outro grupo – a maioria técnicos e os mecânicos quânticos cibernéticos – discutia com Ronan, que esvoaçava para cima e para baixo no ar.

– *Os Acusadores estão do seu lado* – insistiu Ronan.

Uma mecânica brandiu o punho para ele.

– Vocês estão em cima da gente!

– *Brun-Stad.* – Ronan voou baixou, dirigindo-se a um jovem mecânico. – *Você e eu lutamos juntos na batalha de Scherezade Segunda. Você conhece a minha lealdade.*

O jovem mecânico Brun-Stad acenou para as sentinelas.

– Achava que conhecia.

Ronan girou e viu as sentinelas se aproximando da presa, disparando rajadas óticas em rápida sucessão. Raios mortais de energia acertavam o asfalto, derretendo o pavimento e destruindo vidas krees. Duas dúzias de corpos jaziam espalhadas pelo Passo dos Heróis, alguns ainda fervilhando dos raios que os derrubaram.

Ronan estreitou os olhos. Muito compenetrado, ele apertou o guidão de sua moto e começou a ascender no ar. Pairando acima dos outros Acusadores, ele os chamou e apontou para a sentinela.

– *Por Hala!*

– POR HALA!

Os Acusadores viraram e, como um enxame de abelhas, engajaram-se numa mortal descida afunilada. Ao aproximar-se da primeira sentinela, uma onda de raios de energia desprendeu-se de seus martelos e dos rifles das motos. O imenso robô girou – mas lento demais. Antes que pudesse disparar uma única rajada ótica, quatro Acusadores já tinham colidido contra o pescoço dele, desequilibrando-o.

Os soldados presenciavam o combate aéreo, inseguros quanto a em quem confiar. Quando a sentinela começou a tombar, todos saíram do caminho. O imenso robô pousou com um baque, sacudindo o solo.

Sorrindo, Ronan virou sua moto num arco e desceu até a sentinela caída. Sem desacelerar, saltou e pousou no pescoço do robô com um forte ruído metálico. Após gingar o martelo para trás, meteu-o nas lentes óticas da sentinela, para então enfiar a mão lá dentro. Ronan arrancou a estrutura mutilada do projetor de raios da sentinela e a ergueu no ar.

Os soldados comemoraram.

A maré começou a virar. Acusadores voavam pelo ar, protegendo soldados no solo do ataque das sentinelas. Sob ordens de Ronan, os suboficiais davam cobertura atirando, enquanto os mecânicos quânticos miraram disruptores em sistemas sensíveis na cabeça e articulações dos robôs.

Mas as sentinelas continuaram disparando, e não caíram tão facilmente. Oito soldados e dois Acusadores sacrificaram-se para derrubar a seguinte. A batalha começou a se espalhar para fora da rodovia, ganhando o estaleiro. Uma sentinela cambaleou para cima de uma espaçonave em forma de disco, espalhando rachaduras pelo casco exterior da nave.

Perto de Corvus e Próxima, os generais soltaram um urro. Empunhando rifles de prótons acima da cabeça, avançaram para a rodovia. Próxima levou as lentes de aumento aos olhos para acompanhar o progresso do grupo.

Os soldados na rodovia abriram caminho. Com facilidade e prática, os generais agacharam no chão e puseram-se a atirar numa sentinela. Um disparo nos olhos, outro nas articulações dos joelhos. Mais dois na cabeça, um bem no meio.

A sentinela caiu.

Sentindo um aperto no peito, Próxima percebeu que os krees estavam se organizando, formando uma frente unida. Oficiais, Acusadores, suboficiais e generais – todos aliados contra as sentinelas.

– O plano – ela disse baixinho.

– Falhando. – Corvus sacudiu a cabeça, uma expressão fria no rosto. – Ele falhou conosco.

Ele. Teren-Sas. Não era o mestre, afinal – apenas um kree arrivista com planos ousados, fala fluente e talento para o disfarce.

– Eu o mataria – continuou Corvus. – Lentamente, com muito prazer. Mas parece que ele fugiu com o rabo entre as pernas.

– Acho que nossa *nave* também se foi. – Próxima assistia a tudo pelas lentes. – Uma sentinela acaba de cair em cima dela.

Próxima estudava o confronto. Os krees tinham posto as sentinelas na defensiva, fazendo-as recuar para o hangar no centro do estaleiro. Os Acusadores mantinham uma barreira aérea enquanto os soldados e os generais avançavam sem parar pelo solo.

– Às vezes eu me pergunto – sussurrou Corvus. – Será que tudo isto é uma ilusão? O sonho de um maluco? Será que o mundo já não foi queimado, reduzido a íons e cinzas?

Próxima voltou-se para ele. *Em combate*, pensou, *ele é o guerreiro mais forte que eu já vi. Mas, sem um mestre, ele é fraco. Cabe a mim: eu preciso ser a força dele. Eu devo suportar o fardo.*

– Não – disse ela, pegando a mão dele. – É tudo real. *Nós* existimos.

Corvus olhou para as mãos unidas dos dois. Ficou olhando como se nunca as tivesse visto.

– Eu fracassei – ela continuou. – Fui eu quem recrutou esse... Nil, esse Teren-Sas. Acreditei que seria a nossa salvação. Eu falhei.

Ele escancarou os olhos. Olhou surpreso para a esposa, fazendo que não.

– Não – disse. – Nunca.

Uma moto vazia caiu no chão, a menos de um metro deles. Próxima ficou olhando para a moto, vendo-a calmamente pegar fogo.

– Venha – disse, apontando para a frente.

Próxima pôs-se a caminho da rodovia, ainda segurando a mão de Corvus. Ele começou a hesitar para andar, tentou parar; ela teve de puxar o marido.

Tinham caminhado poucos metros quando o comunicador de Próxima tocou: era uma mensagem de texto retransmitida pelo sistema de comunicação da nave danificada. Ela leu e riu.

– Fauce de Ébano – disse – está no Mundo Bélico. Acredita ter encontrado um novo recruta para nós.

Corvus parou. Um sorriso abriu-se lentamente em seu rosto cálcico.

– Lá se vão os *novos caminhos* – disse.

Conforme se aproximavam da batalha, o andar de Corvus foi ficando mais firme. A expressão no rosto dele passou para a determinação, depois para a raiva. Quando ganharam o Passo dos Heróis, um soldado passou sem querer pelo caminho. Corvus agarrou o homem, quebrou-lhe o pescoço e jogou-o longe.

– A Ordem – disse Corvus. – A Ordem prevalece.

Próxima nem hesitou. Levou o marido numa curva em torno da batalha, que tinha vazado da rodovia para uma área cheia de naves agora tombadas. As sentinelas haviam se reagrupado, e forçavam os soldados a recuar para um hangar de manutenção.

Não importava, ela sabia. Não seria suficiente.

– Querida Meia-Noite – disse Corvus, alcançando-a. – Temos outra nave?

Ela parou. Ignorando os gritos de guerra, brandiu a lança para todas as naves reunidas, projetando uma trilha de luz negra que cintilou pelo ar. À frente, via-se todo tipo de espaçonave: naves altas, baixas, cubos e esferas, hipercilindros compactos e espaçonaves de geração maciça.

Próxima Meia-Noite virou-se para o marido e sorriu.

– Escolha uma.

20

RONAN, O ACUSADOR, passou de raspão por cima das tropas, rugindo feito um leão. Sob seu comando, uma dúzia de soldados krees formou uma linha em frente ao hangar de manutenção. Marchando com firmeza para a sentinela, foram disparando suas armas de prótons. Cinco Acusadores seguiam Ronan em motos voadoras, as armas soltando fumaça pelos ares.

Phae-Dor pôs a mão no ombro de Thanos.

– Não é bem o que você esperava?

Thanos não tirava os olhos do holograma. Os raios óticos da sentinela varreram o céu, derrubando um Acusador de sua trajetória. Mas o resto continuava atacando, concentrando o tiroteio na área central do robô. Aos poucos, foram abrindo um buraco na barriga dela. Cabos e circuitos soltaram faíscas e pegaram fogo.

A sentinela cambaleou.

– Os orgulhosos krees – continuou Phae-Dor. – Nenhum povo no universo se importa tanto com os oficiais que lutam ao lado. Foi você quem disse isso, não?

Thanos resistiu à vontade de atacar o homem.

Além do holograma, o buraco no grande painel de pedra continuava aberto. O cheiro de metal queimado, trazido pelo ar lá do espaçoporto, varreu a câmara.

– Pelo visto, você subestimou seus peões.

Phae-Dor deu as costas, desprezando seu interlocutor, e começou a digitar algo no tablet.

No holograma, a sentinela tombou e caiu. Soldados a cobriram como formigas, comemorando e batendo na lataria.

Thanos virou-se para a Inteligência. O fluido no tanque parecia mais parado; os olhos gigantescos não se desviavam dele.

– Ainda há tempo de pôr um fim nisto – disse Thanos. – Me dê o que eu quero, e eu paro com a violência das sentinelas.

– Logo acabará – disse Phae-Dor. – A Inteligência já determinou: suas ações são irrelevantes.

Phae-Dor clicou a tela em seu tablet. A imagem no holograma ampliou-se para mostrar todo o campo de batalha: somente duas sentinelas continuavam de pé. As outras jaziam entre suas vítimas, as vísceras metálicas espalhadas sobre o pavimento. A ponta cônica seccionada de uma espaçonave antiga estilo foguete prendia um dos robôs ao chão.

– Isso não muda nada – Thanos retrucou. – A invasão... o povo ainda vai querer. E mesmo que você concorde em atacar Hemithea...

– SE E QUANDO EU CONCORDAR, ELES OBEDECERÃO.

A voz soou como um jorro de eletricidade. Thanos lutou para manter a expressão tranquila.

– ELES AVANÇARÃO PARA O CONFRONTO – continuou a Inteligência. – E DEPOIS HAVERÁ OUTRA BATALHA. E OUTRA.

Phae-Dor olhou para ele com um sorriso de desprezo.

– Acha que você foi o primeiro tolo a tentar tomar o poder com um golpe?

– OS KREES NUNCA DESISTEM. NUNCA PARAM, NUNCA SE RENDEM. DISSO EU SEI.

Com um rangido, a parede de pedra começou a fechar-se. Lentamente, o painel deslizou para o lugar onde estava, encobrindo a luz solar.

– POIS EU *SOU* OS KREES.

É verdade, Thanos concluiu. Dera um passo maior do que a perna. Os soldados krees estavam tão irritados com seus superiores, tão prontos para uma revolução. As sentinelas lhe pareceram a faísca perfeita para puxar o gatilho da guerra civil.

Em vez disso, acabaram unindo os krees ainda mais.

– Você sabia – ele sussurrou, voltando-se para a Inteligência. – Você planejou tudo.

Dentro do tanque, os líquidos se agitaram.

– Você me *enganou*. – Thanos estava inconformado. – Ela também. Gamora.

Tornando a olhar para o holograma, viu uma única sentinela ainda de pé, disparando rajadas óticas para todo lado. Estava obviamente danificada, balançando e cambaleando na via. Os krees a cercaram, tanto em solo quanto no ar.

Thanos endireitou-se em toda a sua estatura, olhou rapidamente de relance para um esnobe Phae-Dor, e pôs-se a caminho da saída.

– Vão se arrepender disto – disse. – Um dia, os krees cairão.

– ASSIM É A NATUREZA DO PODER.

A caminhada até a saída pareceu interminável. Parte dele receava que o controle remoto em sua mão falhasse ao abrir a porta. A outra parte receava que uma rajada de prótons partisse sua cabeça ao meio.

Thanos chegou à saída. A porta abriu-se. Apertando um pouquinho o passo, ele passou por ela. A última coisa que ouviu foi a voz da Inteligência Suprema.

– ESTABELEÇA CONTATO COM O ESPAÇOPORTO. QUERO FALAR COM O MEU POVO.

A porta chiou e fechou-se atrás dele. Havia uma dupla de guardas de pele azul no corredor estreito. Ficaram encarando Thanos quando ele passou pelo meio e enfiou-se num elevador ali parado.

Felizmente, estava vazio. Boa parte das forças krees estava ocupada no espaçoporto. Ele meteu o dedo no botão de descer, e o elevador começou a baixar.

Com pensamentos em caótico rodopio, Thanos largou-se na parede. Os krees já se viravam contra ele; Fal-Tar devia estar morto. Até mesmo a Ordem, ele sabia, o abandonaria. *Calculei mal*, pensou ele. *Tentei alcançar muita coisa, rápido demais. Agora está tudo acabado.*

Sentiu uma pontada no peito. Agarrou o uniforme, amarrotando o tecido decorado com a insígnia do planeta envolto pelo anel. Assustado, lembrou-se: *Agora eu sou mortal. E os mortais têm... do que eles chamam mesmo? Infarto?*

O elevador foi parando. Suas portas se abriram, e um deficiente de uniforme verde-escuro dos veteranos entrou mancando.

Thanos mal reparou. Apertava bem os olhos, forçando a dor a ceder. *Eu sou Thanos*, pensou ele. *Ainda sou Thanos. Detenho o controle sobre minha mente e meu corpo. Não serei derrubado deste jeito!*

Lentamente, a dor passou. Massageando o peito, sentiu o nó começar a amaciar. Não tinha sido um infarto, no fim das contas. Apenas um espasmo muscular. Nervos.

As ideias começaram a clarear – instintos de sobrevivência entrando em ação. *O negócio*, pensou ele, é sair vivo deste planeta. A Inteligência Suprema não quisera impedi-lo de sair, mas ainda poderia enviar um assassino para dar cabo dele bem discretamente. Não podia contar com a Ordem – e não importava o que acontecesse, era preciso evitar Gamora.

Entretanto, pensou ele, *eu vou conseguir. Só preciso de uma nave. Uma nave e um novo começo.*

Subitamente, o veterano avançou. Thanos olhou feio para ele. As pernas do homem não prestavam; ele caminhava sobre muletas dobráveis fixadas nos antebraços. Cabos como os usados pelos mecânicos quânticos brotavam do pescoço dele. Um vocalizador artificial fora implantado na garganta.

– Sai daqui – disse Thanos. – Não tenho moedas.

O homem avançou, apoiando todo o peso numa das muletas. Com a outra mão, agarrou Thanos pelo pescoço e o virou. A outra muleta deu uma volta e dobrou no meio, enrolando-se com força na garganta dele.

A voz mecânica do homem sussurrou no ouvido dele.

– Teren-Sas.

Thanos lutava, mas não conseguia libertar-se. Os cabos cibernéticos do homem faziam um contato gelado contra sua nuca. Ele gorgolejou algo incompreensível.

– Não me reconhece? *Char-Nak*. – Após uma pausa, o homem completou: – Já fui mais bonito.

– Eu... – Thanos exclamou. – Não...

Então se lembrou. Char-Nak. O soldado, o oficial de contato que Teren-Sas – o *verdadeiro* Teren-Sas – tentara matar durante uma missão extramundo.

– Você construiu uma bela reputação – rosnou Char-Nak.

– Não... não Teren-Sas.

– Não. *Claro* que não.

– Você... serviu com ele. – Thanos tentou virar o rosto para encarar o atacante. – Não está vendo?

A muleta envolta no pescoço de Thanos aliviou um pouco a pressão. Quando se virou e viu o rosto de Char-Nak, seu coração foi parar na barriga. Os olhos de Char-Nak eram bolas brancas sem foco, afundadas numa mancha de tecido avermelhado de cicatriz que cobria boa parte do rosto dele.

O homem estava completamente cego.

Thanos sentiu um objeto frio fincar-lhe o estômago. Olhou para baixo e viu uma arma de prótons presa com firmeza num dos cabos que pendiam do pescoço do atacante. Char-Nak falou numa voz mecânica fria e calma.

– Veja qual é a sensação da radiação incendiando as suas vísceras.

Thanos foi tomado pelo pânico. Ele se debateu, agitou, lutou. Mas não adiantava. Char-Nak planejara tudo muito bem.

– Isto é por Sere-Nah.

O mundo explodiu em dor. Thanos registrou um lampejo brilhante, a sensação de cair e aquele horrível rosto cicatrizado. Depois, nada.

Nada.

· · · ·

– *Thanos, eu sou o seu fim. Eu te rastreei até aqui, Thanos. Além das estrelas, pelas profundezas inimagináveis...*

– Cara! – exclamou Rocket Racoon. – Com quem você tá falando?

Drax, o Destruidor, calou-se, envergonhado. Viu a lâmpada no poste acima, piscando para a escuridão da noite. Depois olhou para seu diminuto colega de equipe.

– *Só praticando* – disse.

– Você terá a sua chance – disse Gamora. – Logo.

Estavam em frente a uma grande porta de madeira – a entrada lateral do Ministério da Guerra. Os elevadores que levavam à câmara da Inteligência Suprema a haviam depositado ali. Agora, tudo que precisava fazer era esperar.

A escuridão começava a encobrir a cidade de pedra e metal. Mais abaixo, na rua, o Guardião chamado Groot estava agachado junto de um veterano morador de rua, gesticulando expressivamente com seus membros de madeira. Pareciam engajados em intensa conversação, mas, dado o vocabulário limitado de Groot, Gamora não podia imaginar do que poderia se tratar.

— Bem quieto por aqui – disse Peter Quill. Estava sentado no asfalto, perto da porta do Ministério, fuçando num equipamento mecânico de aparência primitiva pousado no colo. Estava quase indiscretamente humano em sua jaqueta vermelha. – Pelo visto todos os krees estão ocupados no grande show.

— Acho bom – disse Rocket, empunhando um rifle maior do que seu corpo mutante. – Gam, tem *certeza* de que é o Thanos lá em cima?

— Tenho. Eu o reconheceria em qualquer lugar. – Após um instante, ela olhou para baixo. – Quill, o que está *fazendo*?

— Tentando sintonizar o espaçoporto – disse.

Quill desdobrou um par de hastes de metal do topo do aparelho e os arranjou em formato de V, apontando para o alto.

Gamora olhou mais uma vez para a porta, depois agachou para espiar por cima do ombro de Quill. Conforme ele mexia as hastes de metal de cá para lá no ar, uma imagem borrada em 2D se formou numa pequena tela preta e branca. Um bando de soldados fazia pose em cima da última sentinela. Uma mulher ostentava triunfante a manopla arrancada do robô.

Gamora acenou para a máquina.

— Outro aparelho de comunicação da Terra?

— Usava para assistir ao *Doctor Who* no meu quarto.

Ele ajustou as hastes – antenas, Gamora entendeu –, e a imagem melhorou. Os soldados se viraram quando um holograma da Inteligência Suprema apareceu sobre o asfalto, no espaçoporto.

— GUERREIROS KREES. – A voz da Inteligência estava sendo filtrada duplamente, pelo holograma e pelo primitivo receptor de vídeo de Quill, mas era inconfundível. – ESTAMOS REUNIDOS NESTE DIA DE ORGULHO...

Quill baixou o volume.

— Parece que os krees resolveram a rebelião – disse.

Rocket correu para juntar-se a eles, carregando a arma.

— Eu ainda acho que a gente devia ter ido lá meter bronca.

— Não viemos aqui para nos envolver com problemas locais – disse Gamora. – Viemos atrás de Thanos. Só isso.

— Então vamos entrar logo – Rocket retrucou. – Pegar ele de surpresa.

– E disparar um monte de alarmes? – Gamora sacudiu a cabeça. – Não quero que Thanos escape no meio da confusão. Ele não sabe que eu já saquei a dele... logo ele vai sair.

Groot estava curvado, agora, muito concentrado em alguma coisa. O morador de rua o observava com um olhar meio perdido.

O Destruidor se aproximou, estudando a porta do Ministério. Parecia estranhamente encucado. Gamora levantou-se.

– Drax? – chamou.

– *Eu o rastreei até este mundo* – Drax começou.

– Claro – disse Quill. – Foi por isso que demos um jeito de a Gamora arranjar aquele trabalho com o Face of Boe.

Todos olharam para ele, confusos.

– *Doctor Who!* – Sacudindo a cabeça, ele pôs o aparelho no chão e se levantou. – Será que eu sou o único fã nesta equipe?

– *Eu o rastreei* – Drax repetiu, ainda de olho na porta. – *No entanto...*

– Que foi? – perguntou Gamora.

– *Não sinto mais Thanos.*

Gamora não entendeu.

– Ele está lá *dentro* – disse, apontando para a porta. – Lá em cima. Eu vi.

– *A assinatura energética dele se foi.*

Gamora continuou atônita. Ficou olhando para a porta, esperando. Mas nada se mexeu.

– ESCUTEM-ME – dizia a Inteligência Suprema em tons baixinhos que emanavam da máquina largada no chão. – É COM PRAZER QUE ORDENO A INVASÃO IMEDIATA DO ODIADO PLANETA HEMITHEA. POR TEMPO DEMAIS SUAS LUXUOSAS CIDADES FLUTUANTES DESAFIARAM O NOSSO IMPÉRIO...

Enquanto os krees se acabavam de comemorar, Quill pescou o aparelho e desligou.

– Ei – disse Rocket –, o que o Groot tá fazendo?

O rosto de casca dura de Groot estava contraído em intensa concentração. Quando Gamora e os outros se aproximaram, uma bela fruta vermelha brotou na mão dele. Groot a puxou e deu ao morador de rua.

O veterano aceitou o presente. Ficou olhando por um instante, depois deu uma bela mordida.

Rocket deu um tapinha nas costas do homem-árvore.

– Missão cumprida.

– Eu sou o Groot – ele respondeu.

– Algumas coisas não mudam jamais.

Os dois começaram a descer a rua vazia. Quill foi alcançá-los, seguido por Drax. O Destruidor parecia já ter se esquecido de Thanos.

O morador de rua sorria, com sucos pingando do queixo.

Gamora demorou-se um pouco. Ficou olhando para o Ministério de Guerra Kree, cujas paredes de pedra erguiam-se muito alto no céu crepuscular.

– Era ele – sussurrou. – Tenho certeza.

Gamora sacudiu a cabeça, virou-se, deu uma última olhada para trás, mas se apressou em descer a rua para juntar-se à sua equipe.

INTERLÚDIO TRÊS – A LUZ

Havia um buraco na barriga dele. Vazava sangue do ferimento, grudento e úmido sobre os dedos. Apertando com força, ele tentou cobrir o buraco, impedir que a vida sangrasse para fora. Mas não adiantava.

Uma luz forte começou a brilhar de dentro da ferida, vazando por entre os dedos, envolvendo-os. Luz, pura e branca, espalhando-se para todo lado. Elevando-se para circundá-lo, enrolando-o num abraço. Uma luz quente e radiante, como o interior de uma estrela. Ela o lembrou de algo, mas ele não soube dizer o quê.

Está dentro de mim, pensou ele. *Está dentro de mim, e agora está vazando para fora.* De algum modo, em meio à névoa de uma quase lógica, ele soube do que se tratava.

Thanos, o Titã Louco, estava finalmente morrendo.

Ele ergueu o rosto e viu a silhueta de uma sombra contra o brilho ofuscante. Cabelos negros, corpo esguio. Sentiu uma empolgação cálida por dentro. Seria ela? A Morte viera encontrá-lo finalmente?

Esforçando-se para se levantar, estendeu os braços. Por que não pensara nisso antes? Um jeito certeiro de pertencer à Morte seria simplesmente... morrer.

– Então – disse a sombra. – Voltou rastejando para a mamãe?

O coração dele parou. A visão foi se ajustando, e a sombra definiu-se num pequeno humanoide com olhos grandes e acusadores. A réplica de sua mãe.

– Mais um fracasso – disse ela.

Ele desviou o olhar. Não suportava olhar para aquele rosto.

– Achou que ela fosse aceitá-lo – provocou a sombra.

– Ela vai. – Ele mostrou as mãos, cálidas e úmidas de sangue. – Estou morrendo. Logo estarei junto da Morte.

– Não como amante. Será apenas um servo, nada mais. – A sombra apontou para a própria forma vaga. – Um espectro como eu, rastejando pela lama dos domínios dela.

– Eu a servi – ele retrucou, cerrando os punhos. – Em Sacrossanto, e em Hala também. Causei estrago, gerei caos. Trouxe-lhe almas!

– Um punhado. Menos que um vibrar da foice cósmica.

– Eu teria feito mais. Teria feito o Império Kree ficar de joelhos.

– Você não fez nada. Não *aprendeu* nada. Seguiu os mesmos caminhos tortuosos, os mesmos padrões gastos. Cometeu os mesmos erros, tudo de novo.

– Fui derrubado antes do tempo – ele protestou. – O homem que... meu assassino... estava tentando matar outro homem!

– Um homem cujos pecados *você* assumiu – retrucou a sombra. – Já não tinha pecados suficientes?

Ele se afastou, retraindo-se com a dor na barriga. *Está zombando de mim*, pensou. *Aqui estou eu, largado, sem poder me levantar, meu sangue vazando. Aqui, no meu pior momento, ela vem me humilhar.*

– Mãe – ele rosnou –, eu só queria que fosse você mesmo aqui na minha frente. Eu arrancaria o seu coração de novo e o devoraria.

Um sorriso terrível abriu-se lentamente no rosto da sombra.

– Obrigada – ela disse.

– Por quê?

– Por justificar o meu julgamento.

Ela começou a sumir, ficando imaterial. A luz a atravessou, apagando-a de vez.

Ele foi tomado pelo pânico, uma dor aguda.

– Espere – protestou.

A luz ficou mais brilhante, borrando tudo ao redor. Quase não se via mais a sombra, apenas um contorno a lápis sobre um mundo de branco.

– Não! – ele gritou. – Não, espere. Eu não quero.

– O quê? – A voz pareceu vir de muito longe. – O que você não quer?

– *Eu não quero morrer!*

Ele teve uma sensação estranha de interrupção, de desconexão – como um interruptor acionado, uma agulha de fonograma puxada de repente. A luz afunilou-se, juntando-se num círculo apertado focado em seu corpo ferido e incapaz.

A sombra estava bem à frente, clara e vívida, com uma expressão acusadora e insolente estampada no rosto. Atrás dela, avultava-se o vulto do Armário de Infinito, com suas portas de mogno bem abertas.

— Você quer dizer — disse ela —, você não quer morrer *sozinho*.

Ele hesitou. Dentro das profundezas rodopiantes do armário, passavam seres de um lado a outro. Humanos, krees, shi'ars. Alguns pareciam familiares, como se fossem vidas que ele vivera e das quais se esquecera, muito tempo antes.

— Eu vou conseguir — disse ele. — Vou reconstruir. Eu *vou* provar o meu valor.

A sombra deu-lhe as costas para contemplar o interior do Armário. Passavam corpos muito rapidamente, derretendo num borrão de olhos, troncos, pernas. Eram formas demais, rápido demais para discernir. Vidas demais.

— Me dê mais uma chance — ele implorou. — Uma última chance.

As imagens foram passando mais devagar. Finalmente, o mostruário congelou num único ser: um humanoide de pele morena e altura mediana. Tinha olhos castanhos, cabelo cortado bem baixinho. Nada nele chamava muito a atenção.

— Sim — disse Thanos. — Sim, eu aceito.

A sombra virou-se mais uma vez para ele. Seu corpo parecia ondular, quase se dissipando em neblina.

— Tão pouco... — disse ela, sacudindo a cabeça. — Você se conhece tão pouco.

— Me diga — ele respondeu. — Me ajude. Por favor.

Ela o rejeitou com um gesto vago. Thanos viu-se voando além dela, *através* dela — para dentro do Armário. O novo corpo enrolou-se em torno dele, transformando sua essência. O ferimento da barriga pareceu enrugar-se, curando-se num piscar de olhos.

Enquanto ele se esticava e transformava, veio a voz fraca da sombra.

— Você não tem medo da Morte — disse. — Nunca teve.

Mais uma vez, o passado retrocedeu ao longe. O futuro o chamava. Ele teve uma sensação esquisita, familiar, de esperança.

— O quê, então? — perguntou. — Do que eu tenho medo?

Mas não houve resposta. Não restou traço algum da sombra. E, antes que Thanos pudesse repetir a pergunta, ele também se foi.

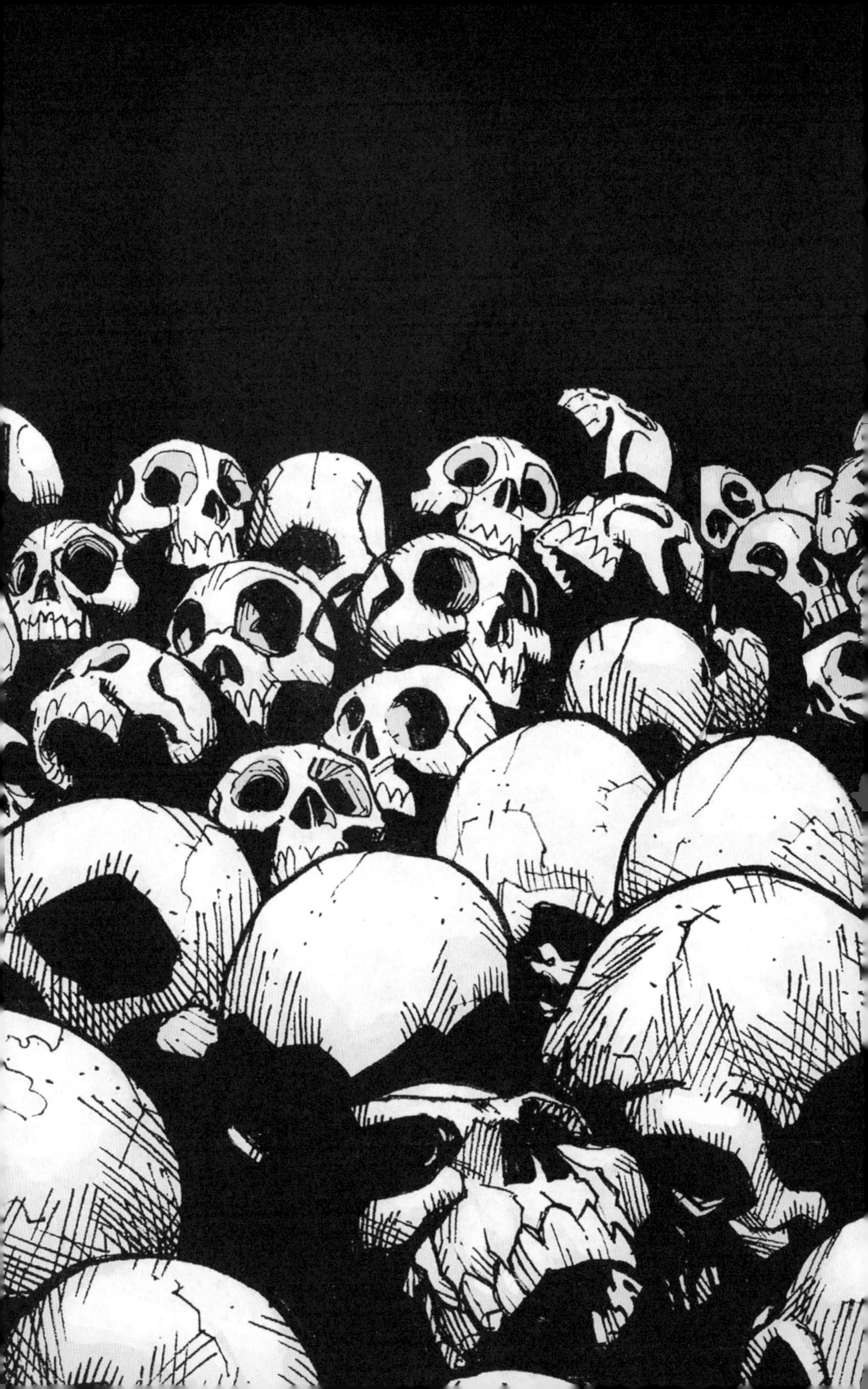

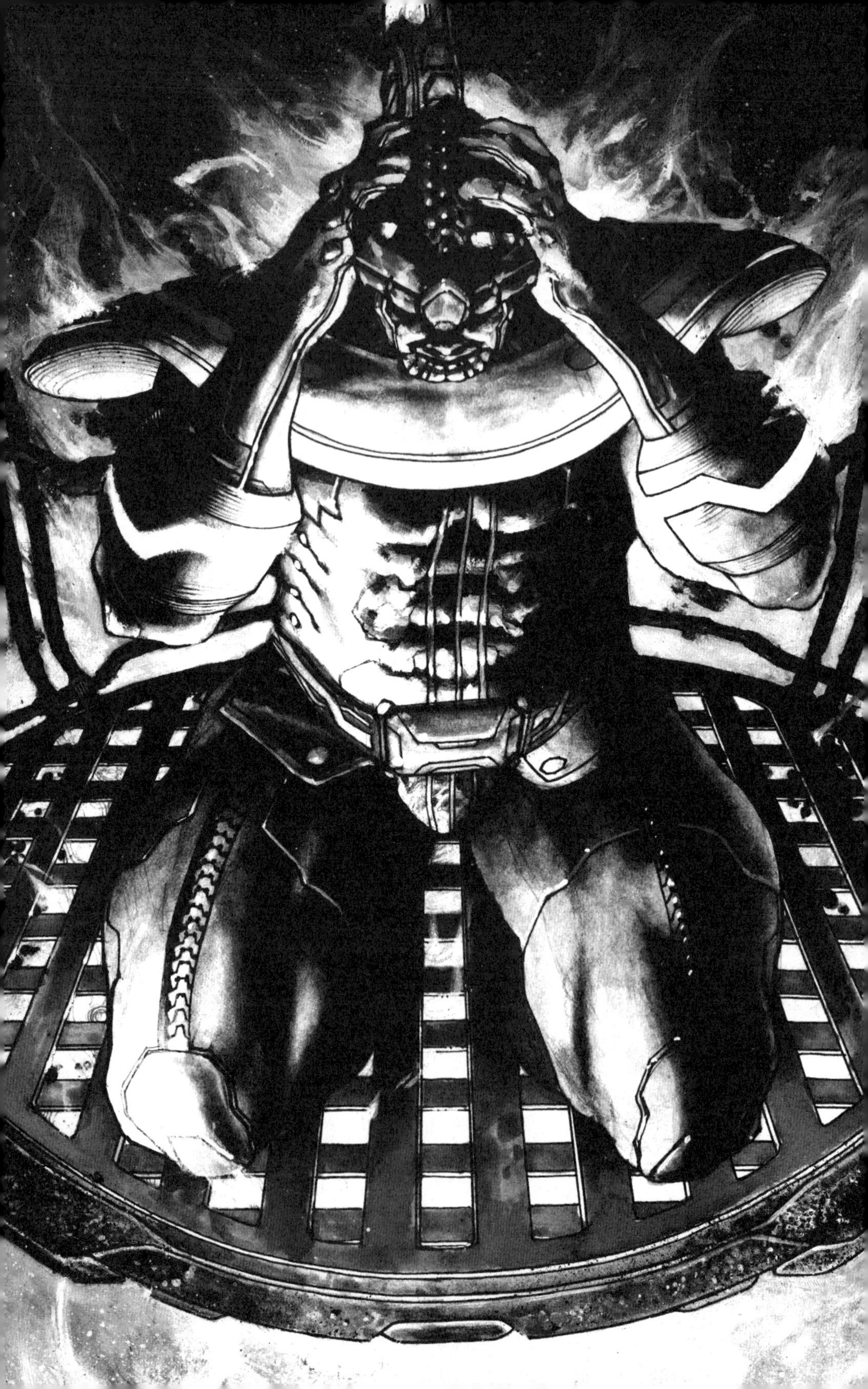

LIVRO 4
ACRO

DIZEM QUE, *quando o Titã Louco chegou a Acro, pela primeira vez na vida ele se sentiu em paz.*

— AUTOR DESCONHECIDO

21

UMA CORREDORA, uma mulher de shorts e camiseta, pernas bombando sobre uma pista de piso emborrachado. Um vírus, um enxame de células pequenas demais para se ver. A corredora, ofegante e suada, agarrada à pele das bochechas. A corredora gritando, desabando, a pele derretendo do rosto.

Pessoas, uma sucessão delas, suspensas pela garganta à distância do braço. Exclamações, súplicas, os olhos esbugalhados brilhando. Estalos. Não havia mais pessoas.

Um avião – cinza metálico, sem marcas. Uma bomba, um tubo com aletas, solta por um buraco no avião. Uma cidade. Um rugido, um lampejo, uma coluna de fumaça. A cidade se foi.

Um homem com um buraco no peito. Um coração bombeando, tenso, veias e artérias estalando e estourando. Um coração numa mão, vasos sanguíneos jorrando e morrendo. Um homem tombando para a frente. Um homem sem coração.

Naves: motores imensos de destruição alimentados por fusão e antimatéria. Rasgos no espaço, no hiperespaço, daqui para lá nas faixas – buracos e rasgos deixados pelas naves. Havia mundos nas pontas dos rasgos: globos azuis com nuvens brancas. E pessoas nesses mundos. Bombas soltas pelas naves. Vírus. Colunas de fumaça. Pele derretendo do rosto. Pessoas suspensas pela garganta. Pessoas com buracos no peito, na barriga, na cabeça e no pescoço. Mundos queimados, esfumaçados. Corações nas mãos. Pessoas. Não havia mais pessoas.

– Está se mexendo, moço.

Thanos abriu os olhos e viu a menina. Humana da Terra, uns dez anos de idade, sardenta, olhos azuis. Corpinho magro, roupas esfarrapadas. Ela sorriu, mostrando vários buracos entre os dentes.

– Pai! – disse a garotinha, virando-se para a porta. – Ele acordou!

Thanos esforçou-se para se levantar, banindo as imagens oníricas de homens morrendo, mundo morrendo. Estava deitado numa cama pequena, uma estrutura simples de metal com colchão fino, sem cabeceira. O quarto tinha paredes de metal e teto baixo. Ele recostou a cabeça num travesseirinho apoiado na parede.

A menina olhou para ele com uma cara muito séria.

– Vida e água pra você, moço.

– Que lugar é este? – ele perguntou.

Ela franziu o cenho.

– Você tem que dizer "pra você também".

Thanos ficou olhando. A menina tinha aquela solenidade – a determinação de seguir regras – típica das crianças.

– Pra você também – ele respondeu.

– Pai! – ela chamou.

Thanos sentou-se, e a estrutura da cama rangeu sob seu peso. Ele examinou as mãos, de um moreno claro, e as pernas rijas. Usava um robe que já tinha sido branco.

– Quem é você? – perguntou.

A menina sorriu.

– Meu nome é Lorak.

– Não... – Thanos olhou para a porta. O pai da menina ainda não aparecera. – Quero dizer, quem... quem são vocês todos?

– Nós somos o Povo.

– Que povo?

– O Povo, só isso – disse a menina, contrariada, como se lidasse com um imbecil.

– E este lugar?

– No Acro, claro. – Ela se virou de novo. – PAI!

Thanos ficou de pé num salto e flexionou os braços. Os músculos doíam – presumivelmente por ele ter passado certo tempo preso à cama. E essa nova forma era mais leve, menos musculosa que o corpo do kree. Mas tudo parecia estar funcionando.

A menina observava cada movimento dele. Parecia interessada, não receosa.

– Quer ir procurar meu pai? – ela perguntou, apontando para a porta.

Thanos fez que sim. E seguiu a menina por um corredor estreito, com as mesmas paredes de metal do quarto. Uma espécie de logo – um triângulo invertido – fora impresso na parede. Ele tentou tracejá-lo com os dedos, mas estava apagado demais para ver direito.

– Vem – disse Lorak.

Foram passando por uma variedade de equipamento agrícola: pás, tesouras com lâminas carcomidas, uma enxada enferrujada – tudo apoiado nas paredes. No fim do corredor, uma porta dava para a luz do sol. Ele passou e se retraiu sob a luz brilhante.

Os olhos se ajustaram rapidamente. Um pequeno assentamento expandia-se à frente, composto de barracas de grama entrelaçada e montada em telhados. Algumas eram moradias para apenas uma pessoa; outras tinham o tamanho de pequenas casas. Fogueiras pontuavam o gramado, que crescia grosso e uniforme e amarelado ao redor.

Algumas pessoas olharam para ele. Usavam túnicas e mantos, e eram todas muito magras. Um casal sorriu.

– Isto é o Acro? – Thanos perguntou.

– Uma parte. – Lorak sorriu. – A parte boa!

Thanos olhou para cima. O sol brilhava mais claro do que de costume. Parecia dominar o céu – como se estivesse mais baixo, mais perto do que deveria estar uma estrela. Nuvens reuniam-se ao redor do astro, junto de estranhos retângulos pretos.

– Não sabíamos muito bem o que fazer com você – Lorak continuou –, então te colocamos no galpão de máquinas.

Ele olhou para trás e viu o prédio: um armazém quadrado de metal com teto baixo arqueado. Era a única estrutura permanente no assentamento.

Em seguida, estudou o acampamento. Bem perto dele, um grupo de homens e mulheres estava agachado na grama, arrancando as folhas e juntando-as num cesto de vime. Perante uma barraca grande, duas mulheres fritavam um pouco da grama sobre uma fogueira. O cheiro lembrava vagamente o do pinhão.

Também havia um odor ligeiramente metálico no ar. Mas nada de carne, Thanos reparou. Eles eram vegetarianos.

– PA-AI!

Um loiro magro apareceu de detrás das abas de uma barraca, e sorriu quando avistou Thanos e a menina.

– Estrangeiro! Meu nome é Morak. – Ele estendeu a mão para cumprimentar. – Vida e água pra você.

Antes de aceitar a mão de Morak, antes mesmo de retornar o cumprimento, Thanos soube que, se tivesse de passar o mínimo de tempo que fosse entre esse tal Povo, acabaria assassinando cada um deles e esfolando-os até os ossos.

• • • •

O Povo era, de fato, vegetariano. Pior, era pacifista. Cultivava uma variedade pequena de plantas – milho, trigo, um pouco de painço – num pedaço de terra natural logo ao lado do assentamento. Quando Thanos o viu, ficou atônito. Folhas amareladas de trigo cresciam em fileiras diagonais que se misturavam e interferiam na direção das hastes mais altas dos milhos. A coisa toda lembrava um projeto agrícola do ensino fundamental que dera errado.

Outra tribo, os apagas, vivia um pouco mais longe dali. Sua tecnologia, Thanos concluíra, era um pouco mais avançada. Boa parte das vestimentas do Povo fora obtida dos outros em raras expedições de escambo.

– Já pensaram em atacá-los? – Thanos perguntou certa noite. – Conquistá-los, tomar suas moradas, torná-los seus escravos.

A garotinha, Lorak, ficou horrorizada e foi para perto do pai. Uma expressão de pânico passou pelo rosto de Morak. Ele se aproximou da fogueira na qual sua esposa, Azak, estava agachada, cuidando de uma panela.

– Talvez você queira um talo crocante – disse o homem, estendendo uma monstruosidade envolta numa espécie de fubá.

Thanos aceitou a iguaria em silêncio. Tinha gosto de grama tostada.

Ele olhou para o céu. O dia escurecia, o sol se escondera atrás de uma das placas pretas. Elas pareciam se mover para a frente e para trás no firmamento, criando um ciclo artificial de dia e noite. Mas o sol não tinha se posto; sua luz continuava a vazar por detrás da placa, lançando um brilho fraco sobre o onipresente gramado amarelo.

– Este mundo tem rotação sincronizada – murmurou ele. – Uma das faces fica de frente para o sol o tempo todo. Esta face.

Morak pareceu incomodado. Já a pequena Lorak observava Thanos, esperando pelo que viria em seguida.

– Alguém deve ter engendrado essas telas orbitais – ele comentou, apontando para as placas escuras. – Para tornar a superfície habitável. Do contrário, este gramado teria queimado eras atrás, e toda a vida junto com ele.

Azak correu para perto da filha, preocupada. Mas a menina parecia fascinada.

– Já tentaram sair deste planeta? – Thanos perguntou.

Morak e Azak trocaram olhares desconfiados.

– Planeta? – Azak perguntou.

– Acro. Do Acro. – Exasperado, Thanos apontou para o céu. – Lá para cima!

Os três ficaram olhando para ele por um momento. Então Lorak caiu na gargalhada.

– Ele é engraçado! – disse.

Thanos virou-se e deu mais uma mordida no talo crocante. E fez careta.

– Os apagas comem carne – disse Lorak.

Ele conteve a mordida seguinte e ergueu uma sobrancelha.

· · · ·

Thanos resolveu partir no dia seguinte. O Povo não tinha veículos, então a jornada teria de ser feita a pé. Pior, eles tinham pouca noção de distância ou geografia. Tentaram desenhar mapas na terra, curvas e arcos estranhos que não davam em lugar nenhum. Os resultados ficaram incompreensíveis.

Não souberam dizer nem quão longe ficava o assentamento dos apagas.

– Dois dias de caminhada – disse Morak.

– Talvez três – acrescentou Lurman, o oleiro local.

A tribo, todos os cerca de cem membros, juntou-se e entregou a Thanos uma sacola cheia de iguarias sem gosto à base de vegetais. Ele estava inquieto, ávido por partir.

Após certo debate, Morak desapareceu no interior do galpão de máquinas e emergiu com uma garrafa grande de água.

– Só temos quatro destas sobrando – disse. – Espero que você retorne algum dia.

– Obrigado. – Thanos aceitou a garrafa e enfiou na mochila. Apontou para uma foice enferrujada largada na grama. – Posso levar aquilo ali também?

– Ah – disse Hubak, um fazendeiro alto. – Eu andava pensando em afiar e transformar num malhador de mão.

Thanos ficou imóvel, o rosto estoico.

– Mas claro que pode levar – disse Morak.

Thanos permitiu-se um sorriso discreto quando pegou a lâmina. Não tinha certeza se o Povo estava mais incomodado por ele usufruir seus míseros recursos ou com a possibilidade de a lâmina acabar sendo usada para propósitos violentos. De qualquer maneira, sentiu que eles ficariam tão aliviados quanto ele quando ele seguisse seu caminho.

– É melhor evitar a Cidade de Rânio – disse Lurman. – Entrar lá significa o fim.

– E o Cânion das Sombras. – Azak estava com uma das mãos no ombro da filha, protegendo-a. – Lá moram fantasmas.

Tenho certeza *disso*, pensou Thanos. Mas parte dele ficou na dúvida. Aquele era um mundo novo, afinal. Uma vida nova.

– E, não importa o que fizer, não chegue perto das cavernas das quimeras. Elas ficam... – Morak acenou para longe com a mão – ... pra lá.

– Posso desenhar um mapa no chão – disse Lurman.

Antes que Thanos pudesse protestar, Morak tocou Lurman no ombro e fez que não.

Thanos jogou a sacola por cima do ombro e pôs-se a andar, pisando firme na grama.

– Vida e água pra você, estrangeiro – disse Morak.

Thanos virou-se e respondeu com um murmúrio. A tribo ficou onde estava, em frente a suas patéticas barracas, com o mesmo sorriso bobo aberto no rosto de cada um.

Todos, exceto a pequena Lorak.

– Tchau, moço! – berrou ela, aos pulos. – Tomara que encontre um monte de carne para comer e escravos para conquistar.

22

NÃO HAVIA ESTRADA NEM TRILHA PARA SEGUIR. A grama amarela ficou esverdeada, depois amarela de novo, depois marrom. Todo o gramado, independentemente da cor, alcançava cerca de quarenta centímetros de altura. Muito esquisito.

Ele passou por um bosque de pinheiros, depois encontrou um caminho por entre um conjunto de palmeiras. As duas variedades, ele lembrava, eram nativas da Terra. Lá, porém, raramente apareciam na mesma área.

Outro mistério.

O sol brilhava sem fraquejar, fazendo juntar suor na testa dele. Acro parecia ter poucas nuvens; nesse dia, nada passava entre o gramado e a orbe no céu, exceto aquelas estranhas placas retangulares. Elas pareciam rodar em sincronia com o sol, criando uma noite artificial que caía de uma vez, sem transição.

A mochila pesava bastante nos ombros. Mas a gravidade era um pouco mais fraca do que ele estava acostumado. E assim ele prosseguiu.

Passadas algumas horas, ele avistou uma encosta rochosa erguida à direita. Se compreendera os avisos atrapalhados do Povo, era essa a rota mais rápida para o lar da tribo apaga. Mas alguma espécie de predador que morava em cavernas chamado quimera – uma mistura de urso, leão e tigre – vivia lá. Thanos suspeitava que o Povo exagerava quanto à ferocidade da quimera, mas estava muito pouco armado e desacostumado às capacidades desse novo corpo. Ele preferiu evitar as cavernas.

Então, pegou a esquerda. Os morros suavizaram, deixando apenas grama marrom. Não havia distrações, nem entidades cósmicas ou vegetarianos irritantes tagarelando nos ouvidos dele. Pela primeira vez em muito tempo, Thanos ficou sozinho com seus pensamentos.

Sentiu-se vazio, oco. Restavam somente os mais vagos objetivos em sua mente: encontrar a tribo apaga; escapar daquele planeta. Toda vez que ele tentava se focar num objetivo, era como se sua mente deitasse e os pensamentos vazassem para o gramado.

Curiosamente, a sensação não era ruim. Thanos sentia-se como um pedacinho de massa assando sob o sol. Tornando-se algo novo.

Um coelho passou em disparada, ziguezagueando no gramado. Vira um monte deles, junto com esquilos e uns poucos guaxinins. Seria o planeta uma colônia da Terra? Ou algum tipo de zoológico, reserva, a propriedade de algum ser cósmico? O Colecionador, talvez?

Ao longe ele avistou um lampejo metálico. A Cidade de Rânio, o primeiro ponto mencionado pelo Povo. Apertando os olhos, estimou que ficava entre cinco e seis quilômetros distante. O estranho era que o local parecia refletir os raios solares diretamente para ele, como se fosse elevado. Talvez ficasse em cima de um planalto ou monte.

Ele olhou para trás. No alto, a placa escura mais próxima começava sua passagem em frente ao sol. Uma sombra cobriu o solo, rastejando por sobre um bosque de carvalhos. A zona escura foi seguindo o caminho dele, avançando sem parar.

Tinha coberto uns quase cinquenta quilômetros desde que deixara o assentamento do Povo. *Quanto mais levaria*, pensou ele, *até o lar dos apagas? Mais cinquenta quilômetros? Quinhentos? Mil?*

Qual seria o tamanho desse mundo?

• • • •

Rânio não era uma cidade, mas a reunião de meia dúzia de edifícios baixos de metal. Eles lembravam o "galpão das máquinas" do assentamento do Povo – a não ser pelo fato de que cada uma dessas estruturas estava queimada, gasta e abandonada. Os tetos tinham implodido ou estourado para fora, espalhando entulho pelo gramado.

Thanos passou por dois desses prédios. O gramado tinha falhas, espaços vazios que revelavam áreas de solo nu seco. O odor metálico que ele notara no assentamento do Povo estava mais forte ali; tinha cheiro de solda misturada com solventes industriais.

Ele espiou dentro de um dos prédios. O interior era uma massa de paredes desabadas e maquinário arruinado. Uma sombra acinzentada no piso devia ser o rastro deixado por um ser humano decomposto muito tempo antes.

Um coelho escapuliu pela porta e sumiu atrás do prédio.

Ele se lembrou do aviso do Povo: *entrar lá significa o fim*. Algum tipo de acidente ocorrera ali, provavelmente inundando a área com radioatividade. Mas, pela aparência do local, isso ocorrera muito tempo antes. Séculos – talvez milênios. Certamente a radiação já cedera.

Além do mais, o coelho parecia para lá de saudável.

A parede interna do edifício ostentava um símbolo ali gravado – o mesmo que ele vira dentro do galpão de máquinas. Ali dava para vê-lo com mais clareza: um V estilizado. Um dos lados da letra fora desenhado com várias pinceladas metálicas.

V de Acro?

Thanos saiu do prédio. A porta enferrujada da entrada balançava sobre uma única dobradiça. Nela havia um símbolo radioativo, um triângulo dentro de um círculo, e diversos avisos: NÃO ENTRE. PERIGO: RADIAÇÃO. USO OBRIGATÓRIO DE MÁSCARA E CRACHÁ. Tudo em inglês.

Ele parou e protegeu os olhos para ver o sol. *Se eu ficar olhando bastante*, pensou ele, *será que verei o olho do Colecionador? Você está aí em cima, meu velho inimigo? Admirando um pobre e humilde Titã, rindo de sua situação decadente?*

Nada olhou de volta. Nem respondeu.

Não havia deus algum no céu.

Sem aviso, veio a escuridão. A placa deslizava ao alto, mascarando o sol no firmamento. A noite desceu sobre a Cidade de Rânio, deixando Thanos sozinho num campo de vidro quebrado e estilhaços de aço.

Sozinho, pensou ele, *e muito cansado.*

Ele localizou um edifício com o teto parcialmente intacto. Mal conseguiu abrir o saco de dormir e enrolar-se num canto antes de pegar no sono.

• • • •

Na manhã seguinte, os mistérios de Acro não pareceram menos intrigantes. Se algo mudou, foi que o mundo pareceu ainda mais esquisito, com seus paradoxos bem definidos em melhor rendição.

Um por um, ele foi explorando os prédios. Um deles tinha um amplo deque de carga com uma varanda em cima. Outro estava lotado de computadores quebrados e esmagados. Um terceiro era um labirinto de salinhas, ocupadas por mesinhas que cheiravam a madeira podre.

Um quarto edifício estava intacto, mas vazio, totalmente desprovido de paredes e mobília: somente umas poucas vigas de sustentação ocupavam o espaço. Um barulho estranho, uma espécie de zumbido atonal, parecia vir do piso. Quando ele agachou e aproximou o ouvido da tábua, o som pareceu reverberar pelos ossos dele.

Não havia naves estelares na Cidade de Rânio. Nenhum transportador, cruzador ou caça individual. Nem mesmo um foguete de alcance orbital. Se em algum tempo os arquitetos de Acro tinham possuído tecnologia interestelar, havia apenas duas possibilidades: ou essa tecnologia se dissipara em poeira muito antes, ou fora levada por quem dali partira.

Tudo era escrito em inglês – portas, mesas, placas apagadas. SOMENTE PESSOAL AUTORIZADO. ACESSO DE CADEIRANTES PELA RAMPA. COMISSÁRIO. ALA MÉDICA. SALA DE ESPERA – FAVOR REPORTAR-SE À MESA.

Aquilo *tinha* de ser algum tipo de reserva. Ou então uma espécie de colônia. Mas as pessoas da Terra tinham mal começado a aventurar-se fora do próprio planeta – estavam pelo menos a um século de poder colonizar outros mundos. A não ser que mais tempo tivesse passado enquanto ele jazia moribundo em Hala. Talvez o Armário o tivesse transportado para o futuro.

E se aquilo era um assentamento da Terra, o que significaria a palavra Acro? Sozinha, não dizia nada. Podia ser uma variação de *sacro*, que remete a sagrado. Ou *agro*, relativo à agricultura.

Uma coisa era certa: *alguém* engendrara aquele lugar e o semeara com vida animal e vegetal da Terra. Alguma raça avançada, humana ou outra, construíra a tecnologia que o circundava. E algum acidente explodira a cidade aos pedaços, relegando os sobreviventes de Acro a um estado primitivo de ignorância.

O Povo esquecera completamente a história de seu mundo. Talvez os apagas soubessem mais.

Ele juntou as coisas, deu um gole em seu precioso suprimento de água. Depois parou para olhar para a Cidade de Rânio.

Confuso, ficou contemplando o conjunto de edifícios. Nenhum deles era mais alto do que três vezes a altura dele. Como, então, pareceram elevados antes, quando ele vira a cidade mais ao longe?

Thanos virou-se para o gramado, que emanava um brilho amarelo sob o sol novamente exposto. Apertando bem os olhos, esforçou-se para enxergar o mais longe que pôde. O horizonte parecia derreter para dentro do céu, parcialmente obscurecido por nuvens distantes. Notara essa distorção muito sutilmente, mas não prestara atenção até o momento. Seria um efeito de difusão de calor, uma ilusão da atmosfera? Ou outra coisa?

Tantos mistérios. Thanos pôs a mochila nas costas e seguiu adiante.

Por volta do meio-dia, tinha acabado com o carregamento de lanchinhos vegetarianos. Foi com apetite que olhou para os coelhos; eles o provocavam, disparando daqui para lá no gramado. Ele sacou a foice e golpeou o ar um par de vezes. Depois ficou totalmente parado, os olhos fixos no horizonte. Quando passou um coelho, ele brandiu a lâmina para baixo e fincou a criatura bem no coração.

Lições de Sacrossanto. Thanos tirou a pele do animal e o devorou cru, com as próprias mãos.

Quando alcançou o Cânion das Sombras, já não tinha mais água. O sol parecia ainda mais quente do que antes. Umedecendo seus lábios secos, pensou: *não chove nunca neste planeta*?

Pela primeira vez o solo inclinou-se para baixo. A grama foi sumindo, e o solo macio foi dando lugar a pedras duras e irregulares. Estruturas rochosas dos mais estranhos formatos erguiam-se ao redor. Mais altas que um homem, lançavam sombras sinistras no solo nu.

O ar parecia vibrar de tanto calor. Thanos forçou-se a prosseguir.

O cheiro metálico o acertou em cheio, mais forte do que antes. Ele olhou para baixo e avistou algo preso na pedra: uma grade de aço com vários compartimentos finos acoplados. Ele caiu de joelhos e afastou um pouco de terra solta, revelando um simples duto de ventilação.

Quando se aproximou, o cheiro ficou quase insuportável. No canto do duto viu o conhecido V estilizado.

Uma sombra deitou-se em cima dele: esguia e curvilínea. Uma mulher? Ele sentiu uma onda de fúria, raiva e medo. Num giro, brandiu a foice.

Não era uma mulher. Era apenas uma das formações rochosas, uma enorme estátua de cobre.

Thanos ficou um tempão ali ajoelhado, no vale mais fundo do Cânion das Sombras. Ofegando, tossindo, sentiu a raiva e o medo verterem de seu corpo para a rocha, afundando na terra seca para ser absorvido por motores escondidos. Espíritos antigos, fantasmas dos misteriosos arquitetos de Acro, pareciam observá-lo do alto, julgando seu progresso.

Veio a noite, curta e grossa como uma cortina caindo no palco. Depois veio o dia. Talvez mais outra noite.

Havia mais fantasmas. Fantasmas que pareciam invadi-lo pelos poros, sondando e cutucando seus segredos mais profundos. Eles partiam tão rapidamente quanto chegavam, levando pedaços dele consigo para desaparecer dentro das paredes de rocha avermelhada.

Quando emergiu do cânion, Thanos não tinha certeza de quem era. Seu passado, suas jornadas, até seu nome lhe pareceu elusivo, como um molho de chaves esquecido numa sala anterior. Não pertencia a esse lugar, ainda não. Mas também não era mais quem havia sido.

E um tipo diferente de sabedoria a ele chegara, um autoconhecimento que ele jamais tivera. A confusão não era novidade. A falta de identidade, ironicamente, sempre fora uma parte única da identidade dele.

Eu nunca soube quem eu sou, ele concluiu.

・・・・

Inicialmente, achou que o lago fosse uma ilusão – uma miragem, uma alucinação gerada pela sede. Suas pernas mal podiam sustentá-lo; os olhos estavam foscos e secos. Melhor, talvez, do que se largar no chão e morrer sobre a grama quente.

Ele correu para a água. Ajoelhou-se e mergulhou uma mão – era uma água fresca, maravilhosa. Jogou água no rosto, no peito. Jogou longe a mochila e entrou no lago, agitando os braços feito um caranguejo que não sabia mais como se anda na terra.

Mais tarde, notaria que o lago tinha formato perfeitamente oval. Regular demais para ter sido formado naturalmente.

Revigorado, ele retomou a marcha. Logo começou a notar sinais de habitação. O gramado terminou abruptamente, dando lugar para fazendas com bordas retas perfeitas. Caules de milho cresciam em altas fileiras alinhadas. A plantação seguinte era um mar de plantas menores, florezinhas vermelhas que brotavam de caules baixos. Sorgo? Não teve certeza.

Além da plantação, havia uma cabana baixa improvisada. Ao longe, via-se um conjunto de casinhas. Adiante, mais plantações. Mais além, quase perdida junto do horizonte estranhamente curvado, insinuava-se um segundo vilarejo. Tudo bem organizado como numa grade – um contraste agudo com as aparentemente aleatórias fazendas do Povo.

Havia vacas. Olhavam para ele atrás de um cercado de madeira feito à mão. Ele foi até a beirada da cerca, onde estava o animal mais próximo – e viu aquele rosto pacato, o mugido baixinho. Pensou em abrir um rasgo nas costas dela e comer a carne sangrenta crua mesmo.

A quase um quilômetro dali, viu o anjo.

Estava em frente a um pedregulho enorme, bem ao lado de uma das plantações cercadas. Era escuridão e luz ao mesmo tempo, uma figura cintilante com asas longas e reluzentes. Forte, poderosa, com sua auréola de estrelas e olhos muito brilhantes. Curvada para a frente, segurava com braços musculosos uma espada comprida fincada no solo.

Era a coisa mais linda que ele já tinha visto.

O anjo virou-se e fixou os olhos nos dele. Depois voltou para a espada e soltou um suspiro demorado de enfado. Ele teve a estranha sensação de que ela se despedia de algo, de alguma agonia interior.

Mais uma vez, ele teve medo.

Quando ela se virou para ele uma segunda vez, era humana. Pele escura, traços marcantes e olhos penetrantes. As asas tinham sumido; a espada que tinha em mãos era agora uma enxada de jardinagem comum.

– Você é linda – disse ele. – Mesmo assim.

Uma expressão de curiosidade surgiu no rosto dela. Depois outra coisa: não medo, mas algo como um pesar dos riscos. Ela largou a enxada e sacou um pequeno objeto: uma faca cega feita de madeira.

Ao ver a faca, ele ficou maravilhado. Incapacitado, tocado por algo maior e mais poderoso do que ele. Vira a mesma faca antes, numa visão ou num sonho. Porém, como tantas outras partes de seu passado, os detalhes se perderam.

Ela sorriu. Jogou a faca para o alto e a pegou pelo punho.

Thanos apontou para as casas a menos de um quilômetro dali.

– Sua casa fica ali?

A jovem virou-se e saiu andando. Jogando a faca para o alto, acenou para que ele a seguisse. Um contorno de asas pareceu ondular no ar, como se estivessem ainda presas às costas dela. Invisíveis, fora de alcance, mas sempre junto dela.

– Vamos descobrir – ela disse.

23

SEU NOME ERA MASIKA. Ela disse que significava "nascida numa tempestade". Isso indicou que havia tempestades em Acro.

Ao chegarem perto da vila, encontraram mais pessoas trabalhando nas plantações. Ele viu trigo dourado e plantas de folhas verdes – batata, provavelmente. Quando passaram pela cabana que ele vira, um chiado agudo preencheu o ar.

– Abatedouro – Masika explicou.

Quando ela perguntou o nome dele, ele hesitou, depois confessou que não se lembrava. Ele esperava um esporro, ou pelo menos uma expressão desconfiada em resposta, mas ela apenas fez biquinho, olhou para baixo e assentiu.

– Às vezes também não tenho certeza do meu – disse.

Masika o guiou pelas passagens estreitas que entremeavam sua vila. Os lares dos apagas eram cabanas de estrutura de madeira e telhado de palha – muito mais permanentes que as frágeis barracas que o Povo habitava. Os apagas pareciam mais saudáveis, também, e usavam roupas bem ajustadas.

Passou por eles uma mulher usando um chapéu de pele.

– Aquilo é feito de coelho? – Thanos perguntou.

– Gostamos de usar todas as partes do animal – Masika respondeu. – A não ser que o animal o irrite. Nesse caso, jogamos metade fora.

Ele parou, surpreso, e caiu no riso.

A vila, ela explicou, era uma das muitas que compunham o assentamento dos apagas. Cada pequena vila tinha uma rede de plantações ao redor. Era um projeto flexível; fazendas pertencentes a uma vila em geral encostavam na propriedade de outra.

– Nós trocamos os produtos – ela explicou. – Se um grupo tem um ano ruim, os outros ajudam.

– Chegam a disputar?

– Na verdade, não. A terra... é praticamente a mesma. – Ela parou em frente a uma cabana maior. – Até mesmo a grama cresce sempre da mesma altura.

– Isso eu reparei. Como é possível?

– O quê?

– Como acontece isso? Com a grama.

Ela olhou para ele, franzindo o cenho.

– É assim e pronto.

Ele a acompanhou para dentro. A primeira sala era ampla, mobiliada com móveis meio irregulares, feitos à mão. Retratos em carvão adornavam as paredes de madeira mal acabadas. Thanos parou para estudar um esboço de Masika, um desenho do rosto.

– Representa bem o seu olhar – disse.

– Meu pai que fez.

– Ele te conhece muito bem.

– Conhecia.

Thanos a acompanhou por uma série de cômodos menores: uma sala de estar, um quarto, uma despensa. Uma sala era ocupada por um enorme tear de mais de dois metros. Um tapete por terminar pendurava-se em sua estrutura de madeira.

– O projeto mais recente da minha mãe – disse ela. – Não tive coragem de tirar daí.

Thanos não entendeu.

– Ela faleceu?

– Meu pai também. E os pais dele. Todos nos últimos dois anos.

Ele procurou algo na memória.

– Sinto muito? – ofereceu. – É assim que se diz?

Ela sorriu um pouco, espiando-o pelo canto dos olhos.

– Pode ser.

Seguiu-se um silêncio incômodo. Masika levou-o para a primeira sala e largou-se numa cadeira de vime. Ele tirou a mochila das costas, contente por livrar-se do fardo.

– A casa ficou meio vazia. E tenho que tomar conta de toda a plantação. – Masika espreguiçou-se, fazendo um gracejo. – Nem todas as mulheres dão conta sozinhas. Eu não ligo, não.

Ele estudou os braços dela.

– Tem feito bem pra você.

Ela assentiu, sem dar bola para o elogio.

– Você veio do assentamento do Povo, certo?

Ele fez que sim.

– Passei um tempo com eles – disse. – Quando era adolescente.

– Ah é?

– Eu tive um... podemos chamar de uma "fase rebelde". Meus pais acharam que uma dose de filosofia pacifista poderia me acalmar. – Ela sorriu. – O efeito foi meio que o oposto.

Ele sorriu de volta.

– O Povo é muito, hã...

– ... entediante. "Pasmante" seria a palavra certa.

Ela riu um riso baixinho, mas caloroso. Ele o sorveu, ávido e faminto. Sentia-se como um recém-nascido, absorvendo cada pedacinho de informação que podia.

– Fiquei com um casal bom – ela continuou. – Mas não sei como aquela tribo sobrevive em Acro. Não durariam dois minutos numa caçada a uma quimera.

Thanos a encarou.

– Seu povo caça as quimeras?

– Uma vez a cada dezessete anos. É um ritual... bom pra moral, mas sempre cobra um preço. – Ela pareceu curiosa. – Você caça?

Uma lembrança vaga de sangue veio à mente dele.

– Já persegui presas.

– Bom, vai ter uma caçada daqui duas semanas. – Ela sorriu. – Talvez possa mostrar o que sabe fazer.

Thanos ficou calado, estudando a moça. Tinha um olhar duro; traços sombrios e largos; e o cabelo curto liso, muito negro. Os braços e as pernas eram fortes, músculos bem desenvolvidos pelo trabalho nas plantações. Era mais baixa que Thanos, mas mais alta que boa parte de seu povo. Podia ter tanto vinte e poucos anos quanto quarenta – ele não sabia dizer.

Nada de asas, no entanto. Talvez essa parte ele tivesse imaginado. Talvez imaginasse um monte de coisas.

– Ah! Olá.

Thanos virou para a porta. A voz era de um homem musculoso na faixa dos trinta; ele portava uma daquelas facas de madeira no punho. Ficou olhando para Thanos, depois lançou um olhar inquisidor para Masika.

– Quem é esse? – perguntou.

Thanos ficou tenso. As palavras do homem não soaram hostis, nem a faca cega representava ameaça. Mas algo na atmosfera mudara.

– Não lhe deram um nome – Masika disse casualmente. – Ou ele preferiu esquecer. – Apontando para o recém-chegado, ela disse: – Estrangeiro, esse é Basi.

Basi foi até Thanos e estendeu a mão. Seus lábios pareceram tremer, um sinal de hesitação. Mas então um amplo sorriso abriu-se em seu rosto.

– Bem-vindo – disse.

Surpreso, Thanos o cumprimentou. Basi apertou a mão dele com vigor, olhando de relance para Masika.

Ele gosta dela, Thanos percebeu. Talvez até a ame – e sente que posso ser uma ameaça para ele. No entanto, não sinto falsidade no desejo de boas-vindas; nenhuma intenção dissimulada.

Basi o largou e voltou-se para Masika.

– O clã vai praticar daqui uns minutos – disse, equilibrando a faca na ponta do dedo. – Quer praticar uns movimentos?

Ela fez careta.

– Tenho que trazer as malditas das galinhas para dentro antes que escureça. Mas quem sabe nosso novo amigo possa se interessar.

Basi hesitou apenas por um momento. Depois jogou a faca para cima; na gravidade fraca, ela girou devagarinho por um segundo. Ele deu a volta nela com a outra mão e a pegou em pleno ar.

Masika sorriu. Seu olhar sombrio passou de um para o outro.

– Claro – disse Basi. – Por que não?

. . . .

A placa noturna ainda estava bem distante do sol, mas os fazendeiros apagas pareciam seguir com suas atividades. Marchavam para a cidade, vindo do campo, os ombros largados. Entretanto, pareciam contentes, e paravam para brincar com cães e sorrir para os vizinhos.

Tagarelando nervoso, Basi foi guiando Thanos pelo labirinto de cabanas.

– Você não é daqui – dizia o rapaz. – De que parte de Acro você veio?

Ele não respondeu.

– Você é da Terra?

Thanos sobressaltou-se.

– O que você sabe da Terra?

– Meu avô diz que já vivemos lá. Mas nem sei direito o que é a Terra.

Lembranças esparsas passaram pela mente de Thanos: um globo azul com todo um armamento orbital, um homem de metal vermelho e dourado com um círculo luminoso no peito.

– Não está perdendo muita coisa – disse.

Um homem com um cortador de grama sorriu para Thanos. Ele olhou desconfiado. O homem deu de ombros e seguiu adiante.

– Então vocês vieram para cá – Thanos continuou – há algumas gerações. Restou alguma coisa dessa tecnologia entre o seu povo?

Por um momento, ele imaginou uma pequena nave hiperespacial esquecida num celeiro, em algum lugar.

– Creio que não. – Basi sorriu, quase como que se desculpando. – Toda essa ciência, esse poder... nunca levou a nada de bom.

– Então não sobrou nada?

– Alguns registros de tempos antigos. Mas não costumamos consultar.

Acro era, sem dúvida, uma colônia da Terra – o que Basi dizia confirmava isso. Mas as palavras dele grudaram na mente de Thanos: *tempos antigos*. Mais uma vez ele se perguntou: será que viajei para o futuro?

– Quem tem esses registros?

– Acho que Poto está com eles em casa. Mas desejo boa sorte se for falar com *ela*.

Um coelho passou correndo. Thanos tropeçou para não pisar nele.

Subitamente, Basi ficou radiante.

– Olha, chegamos.

As casas terminavam numa ampla praça, sombreada por uma variedade de olmos e carvalhos. Novamente, o efeito foi instigante. Na Terra, cabanas de palha e carvalhos raramente coexistiam.

Uma pequena plateia de homens e mulheres, e umas poucas crianças, assistiam a um homem e uma mulher que lutavam debaixo do sol quente. O casal dançava em círculo, golpeando e driblando com aquelas facas de madeira.

– Aquele é Pagan – disse Basi, apontando para o homem na praça. – A família dele é muito respeitada. A mulher se chama Rina.

O rapaz, Pagan, avançou, num golpe direto contra a oponente. Ela saltou para trás, jogando a faca para o ar. O combate parou por um momento enquanto a faca estancou no ar brevemente sob a fraca gravidade. Pagan e Rina acompanharam a arma, que desceu devagarinho até pousar na mão dela.

Um murmúrio de aprovação percorreu a plateia.

Thanos franziu o cenho.

– Isso é um combate?

– Não pensamos desse jeito – Basi respondeu. – É mais uma meditação.

Thanos ficou assistindo ao exercício sem entender absolutamente nada. Alternadamente, Pagan e Rina golpeavam e jogavam suas facas, que exibiam um comportamento esquisito ao voar. A gravidade era parte do motivo, mas ele percebeu que havia algum componente aerodinâmico estranho no formato. Toda vez que os combatentes ou suas armas chegavam perto de se tocar, um lutador saía do caminho como numa dança. Isso parecia fazer parte do exercício.

Rina girou o punho e arremessou a faca além de Pagan. A arma executou um arco completo no ar, girou pela cabeça dele e voltou para a dona. Ele respondeu, jogando a própria arma num determinado ângulo. As duas armas se cruzaram em pleno ar, evitando o contato por pouco mais que um centímetro. Os combatentes recuperaram as facas no ar e viraram para a plateia, fazendo uma reverência.

Sob os aplausos da plateia, Pagan foi até Thanos e Basi. Com a mão suada, deu um tapinha nas costas do amigo.

– Bom trabalho – disse Basi.

– Está tudo no punho. – Pagan virou-se, então, para Thanos. – Quem é esse?

– Amigo de Masika. Não tem nome.

Pagan olhou para Thanos com uma expressão desafiadora. *Esse aí, pensou Thanos, é um alfa. De todas as pessoas da vila, ele é o perigoso.*

Thanos sentiu uma chama acender dentro de si. Um fogo antigo, um desafio que não podia ignorar.

– Você é bom com essa coisa – disse, apontando para a faca do rapaz.

Pagan sorriu. Jogou a faca para o alto, girou e a pegou nas costas.

– Mas não é bem uma arma – Thanos prosseguiu, deixando que uma pontinha de ameaça aparecesse no tom de voz.

Pagan estreitou os olhos. Basi não tirava os olhos do amigo.

– Ah é? – perguntou Pagan.

– Prefiro algo mais afiado.

– E por que prefere assim, estrangeiro?

– Pagan – Basi alertou.

– Caso precise esfolar alguma coisa.

Thanos olhava Pagan nos olhos. As pessoas foram se juntando, de olho no confronto. O sol não dava trégua.

Pagan aproximou-se. Thanos ficou tenso. Pagan apoiou-se num joelho, girando a faca na mão, e golpeou. Brandindo para baixo, fincou a faca no chão, ao lado das pernas de Thanos.

Um coelho caiu e ficou quieto no chão. Começou a vazar sangue de um ferimento em sua cabeça.

Thanos ficou atônito. Nem tinha visto o coelho chegar perto.

Pagan abaixou-se e pegou o animal pelas orelhas, para mostrá-lo a Thanos. Sob o olhar da multidão, o coelho sacolejou, soltou um uivo alto, e aquietou-se.

– Esfole isto aqui – disse Pagan.

A plateia sorriu e murmurou, satisfeita. Basi riu e cochichou algo no ouvido do amigo. Pagan apenas riu de volta e jogou longe o coelho.

Thanos deu meia-volta e foi embora. Não tinha certeza de onde era o seu lugar; ainda não sabia se havia um modo de sair desse mundo. De uma coisa tinha certeza: se resolvesse ficar com os apagas, cedo ou tarde ele teria de lidar com Pagan.

. . . .

Thanos estava sozinho, apoiado na cerca de madeira. Atrás dele, a fazenda pertencente à família de Masika se estendia por quase dois quilômetros antes de ser ocupada pelo vilarejo. Adiante, o gramado amarelo seguia até o horizonte, permeado por umas poucas fazendas que davam para outros assentamentos.

Apertando bem os olhos, ele apenas divisou os morros acinzentados das cavernas das quimeras, a quase cem quilômetros de distância. Achou estranho. Um mundo com esse nível de gravidade e atmosfera deveria ter um horizonte mais curto.

Mais uma vez, ocorreu-lhe: qual será o tamanho deste mundo?

E haveria lugar para ele?

– Meu pai costumava ficar aqui por horas – disse Masika.

Ele nem se mexeu. Masika aproximou-se.

– Tinha todo tipo de equipamento de medição improvisado – ela continuou. – Ainda está lá em casa, atulhando tudo. Ele ficava de olho na umidade, nível de chuva, produção dos campos...

– ... no gramado?

Ela fez que sim.

– Você tem razão. Nós não cortamos a grama... nem mesmo nas plantações. Ela simplesmente não cresce lá.

– Mas em todo lugar tem o mesmo tamanho. – Thanos sorriu. – Intervenção divina?

– Eu acredito em poderes ocultos. – Masika apoiou-se na cerca. – Mas não acredito em deuses.

Ficaram em silêncio por um bom tempo. No alto, a placa noturna de Acro chegava perto do sol.

– É esse horizonte que me deixa encucado – disse ele. – Está vendo como o gramado parece se fundir ao céu?

Ela fez que não.

– E como deveria ser?

Thanos estudou a moça. Ela tinha uma fisicalidade atraente, um jeito de dominar o espaço que ocupava. Ele estava gostando de como o corpo dela ficava balançando para a frente e para trás contra a cerca.

– Quem é Poto? – ele perguntou.

– Uma velha maluca – Masika riu. – Basi comentou sobre ela? Ele morre de medo dela.

– Sim. – Thanos franziu o cenho. – Ele gosta de você, sabia?

Masika não respondeu. Apenas se largou mais sobre a cerca, admirando a extensão de grama.

– Seus pais eram felizes? – ela perguntou.

A pergunta o abalou.

– Um com o outro? Sim.

– Eu acho que os meus também eram. Mas é difícil... – Ela sacudiu a cabeça. – Se tivessem tido mais tempo, quem sabe.

Ele compreendeu.

– Nem todos os relacionamentos duram para sempre.

– Acho que não quero me casar – ela disse, olhando para ele de soslaio. – Deve ser chato. Pior até do que morar com o Povo.

Ele caiu no riso.

– Você quer se casar? – ela perguntou, sem olhar para ele. – Algum dia?

– Eu não... – Thanos não concluiu. – Eu tive alguém. Não uma pessoa para casar. Acho que... acho que essa história acabou de vez para mim.

O sol deslizou para detrás da placa. Caiu a escuridão; um ar fresco desceu do alto.

– Você tem medo de alguma coisa – disse ela num sussurro sob o escurecer. – Do que é?

Thanos aproximou-se de Masika. Estendeu a mão e, com um gesto amplo, mostrou todo o campo sob o crepúsculo.

– De que tamanho é este mundo?

Ela o olhou nos olhos por apenas um segundo, mas não disse nada. Então se aproximou e encaixou a cabeça no ombro dele.

Os dois ficaram assim juntos por um bom tempo, contemplando o gramado assombreado. O corpo dela era quentinho, e uma brisa fresca soprava da plantação. Apenas por uma noite, todas as dúvidas pareceram um pouco menores, um pouco menos importantes do que antes.

24

— **VAMOS TENTAR DE OUTRO JEITO** – disse Thanos. – Ouvi algumas pessoas mencionando a palavra Terra. Sabe alguma coisa disso?

A velha senhora virou o rosto repuxado, quase emaciado, para ele. Depois recuou um passo e tocou o pequeno aparelho de metal que tinha no ouvido. Seus olhos miravam ligeiros de um canto a outro, como se ela recebesse algum tipo de transmissão alienígena.

– O estudo de máquinas que pensam nos ensina mais sobre o cérebro do que podemos aprender por meio de métodos de introspecção – disse ela.

Thanos sacudiu a cabeça, inconformado. Recostando-se numa cadeira muito fofa, levou a mão à testa.

Estava muito abafado na casa de Poto. Um monte de tralha atulhava a cabana: móveis, placas soltas, ossos de animais, pilhas de roupas. Num canto, um papagaio saltitava irritado dentro da gaiola. O bicho parecia não ter voz.

Thanos notara pedaços de tecnologia antiga espalhados pela casa: um cabo USB que segurava uma foto antiga na parede, um vaso que devia ter sido um osciloscópio e agora abrigava uma pequena árvore. Tudo velho demais para fornecer pistas acerca do passado dos apagas. E tudo primitivo demais, antiquado demais, para ter sido recuperado de uma nave estelar.

Exceto, talvez, pelo aparelho de ouvido. Poto o tocava, movendo os lábios sem dizer nada. Era menor do que um besouro e coberto de pequenos interruptores. Não dava para ter certeza se ela estava mesmo recebendo algo através dele.

– A habilidade de solucionar mistérios está fortemente correlacionada à análise de nossos problemas diários – dizia ela.

Poto usava um manto comprido e largo. O único item colorido era uma gargantilha grossa feita de contas brilhantes que adornava seu pescoço enrugado. Mais uma lembrança, possivelmente, do passado dos apagas na Terra.

Thanos estava escutando o que dizia a velha fazia uma hora – uma hora de evasivas, conclusões sem sentido e pausas esquisitas. A cabeça dele estava uma bagunça só, mas algo o impedia de ir embora dali.

O resmungar de Poto revelava uma estranha lógica interna, e era permeado por referências à Terra: mistérios, esquizofrenia. Ou ela estava conectada em tempo real a alguém de fora de Acro, ou estava ouvindo arquivos gravados de um tempo anterior à chegada de seu povo.

Ou talvez fosse apenas uma velha maluca.

Thanos sabia que não podia desistir. Desenvolvera uma desconfiança terrível com relação a esse mundo e sentia que as respostas estavam ali.

– Andei estudando o horizonte – disse ele. – O seu povo não notou nada de esquisito sobre a atmosfera, os padrões de difração? Existe algum registro em algum lugar, digo do pouso?

Poto tocou o pequeno aparelho mais uma vez.

– Antigamente, antes de a comunicação ser sujeitada a rígida análise científica, existia uma variedade de sistemas aleatórios. – Ela sacudiu a cabeça. – Muito crus, muito pouco científicos.

– Certo, calma aí. – Thanos apontou para o ouvido dela. – Está repetindo algo que está ouvindo agora? Algum tipo de transmissão?

Ela recuou, tapando o ouvido.

– O crânio deles é maior, em proporção, do que o de um golfinho. – Ela o encarava e falava num sussurrar baixinho. – Eles podem atravessar um tórax humano sem parar para respirar.

Thanos ergueu as mãos como quem diz que se rende.

– Só estou fazendo perguntas.

– Os pardais estão pesando vinte quilos, com bicos retos como espadas. – Poto pareceu fixar os olhos no vazio. – De vez em quando algum enlouquecia e atacava as pessoas.

– Tá bem. Eu desisto. – Thanos levantou-se. – Só mais uma coisa.

– Ainda acontece de eu ficar chocada – disse ela, desviando o olhar. – Mas mais por admiração que por medo.

– O rapaz, Basi. Ele disse que talvez você tenha registros de tempos antigos.

Ela olhou para Thanos e pareceu de fato enxergá-lo pela primeira vez.

– Suponho que os computadores pararam de funcionar faz muito tempo – ele prosseguiu. – Tem algum tipo de aparelho de armazenamento? Disco rígido, cristal líquido? Núcleos orgânicos de memória?

Poto tocou a gargantilha e sacudiu a cabeça num movimento rápido, como faria um passarinho. Depois foi até a gaiola do papagaio. A ave virou-se em resposta à aproximação da dona, mas mesmo assim não fez barulho nenhum.

Thanos ficou intrigado. O que ela estava fazendo?

A idosa tocou a cabeça do pássaro – um gesto rápido e suave. Em seguida, levou os dedos para o fundo da gaiola. Ali ela juntou um punhado de papel rasgado e trouxe para Thanos.

Ele pegou, mas fez careta quando um naco de fezes do papagaio caiu no chão. O papel estava envelhecido e amarronzado, tão frágil que quase se desfez nas mãos dele, e fora rasgado em tiras finas. Mas dava para ver números individuais e uma ou outra palavra. LOG, COMANDO, VETOR. CONTROLE.

Thanos olhou para a senhora.

– Os registros?

– É um relâmpago de sete tentáculos entrelaçados – ela entoou, sorrindo para ele. – São bolas de fogo, são folhas, são braços!

– Sua velha tola. Me dá isso aí!

Thanos avançou para a velha, em busca do aparelho de ouvido. Ela gritou e brandiu uma mão com unhas muito afiadas, arranhando-o no rosto. Ele soltou um grito e a agarrou pela garganta, apertando a gargantilha no pescoço dela.

Os dois ficaram engalfinhados por um instante. Poto ficou de olhos esbugalhados, mas não de medo – era puro ódio. Uma lembrança ocorreu a Thanos. Já tinha segurado uma mulher pela garganta, e quebrara o pescoço dela com um girar do punho. Sua mãe?

Thanos arrancou o aparelho do ouvido dela. Poto libertou-se dele e cambaleou para uma pequena cadeira. Após soltá-la, ele ergueu o aparelho para ouvir.

Estática – fraca, mas constante. Nenhuma palavra.

Agora havia medo no olhar da velha. Ela passava os dedos pela garganta, reordenando as contas que circundavam seu pescoço.

Contrariado, Thanos jogou longe o aparelho. Poto acompanhou com os olhos a trajetória do objeto ao rolar pelo chão. Quando chegou perto o bastante, ela se jogou para pegá-lo.

– Você não sabe de nada – ele ralhou. – Jogou tudo fora.

Poto levou o aparelho ao ouvido. Sacudiu uma vez, no ar. Depois pareceu ficar distante de novo, escutando.

– Houve os suicídios de cavalheiros na Terra – disse.

Thanos sentiu algo úmido no rosto. Levou a mão à bochecha, ela voltou cheia de sangue. Poto o marcara mais do que ele pensara.

– Havia moças que se apaixonavam por homens como esses – Poto murmurou. – Mesmo sendo tão rígidos e temerosos os destinos deles.

Ele olhou feio para ela uma última vez. Sentia-se furioso, consumido pela raiva. Sabia que era uma sensação irracional, entretanto, em outro nível, parecia totalmente normal. Como se tivesse retornado a seu estado natural.

– O céu foi desnudado – disse ela. – Estou fraca demais para escrever bastante. Mas continuo ouvindo-os andando pelas árvores...

Thanos saiu pela porta, ouvindo a voz de Poto ficar cada vez mais distante.

· · · ·

Quando chegou à casa de Masika, a raiva ainda não tinha passado. Ele parou no poço e tirou água suficiente apenas para lavar o rosto, que ardia. Depois entrou.

Felizmente, ela não estava em casa. Thanos passou pela primeira sala, maior, depois pelo pequeno quarto ao lado, onde ele dormia, e foi até o dela. A cama estava bem arrumada, intacta; havia um pequeno guarda-roupa encostado na parede. Uma lembrança ocorreu-lhe quase com relutância: o Armário do Infinito.

Thanos abriu as portas do armário. Havia ali um conjunto de ferramentas antigas penduradas, arranjadas em fileiras ordenadas. Algumas ele conhecia: um contador de partículas de mão, uma ferramenta de amostragem de solo com furador afiado. Thanos tinha certeza de que tudo viera da Terra.

Após guardar na mochila o máximo de insumos que podia carregar, ele voltou lá para fora. Uns aldeões sorriram para ele e tentaram puxar assunto. Thanos passou sem responder, apenas resmungando, a mochila pesando nas costas.

Quando chegou ao gramado aberto, desempacotou as ferramentas e arrumou-as numa pilha alta. Agachou e pegou uma tesoura de jardim comum, depois juntou uma única folha de grama.

– Quarenta e cinco centímetros – resmungou.

Rasgou metade da folha e jogou longe. Olhando bem de perto, ficou esperando que algo acontecesse.

O sol ardia. Uma brisa leve soprou, afagando o gramado.

Resmungando, afastou-se. Pegou um telêmetro a laser e mirou o horizonte. A tela continuou escura; a bateria estava esgotada. Thanos fincou a ferramenta de medição no solo, mas também estava descarregada.

Pegou um pequeno telescópio, mirou no sol e soltou um palavrão quando a luz lhe queimou os olhos. Quando a visão clareou, ele virou o telescópio para uma das placas noturnas, agora muito distante. Deu para ver a beirada pela lente, formando uma linha reta perfeita contra o céu.

Quando olhou para baixo, a folha de grama cortada tinha sumido. Thanos fuçou, passou as mãos pelas folhas circundantes. Tinha sumido? Ou tinha crescido ao máximo e se misturado às outras nos minutos em que ele se distraíra?

– Não pode ser – ele murmurou. – Não é possível.

Com as mãos trêmulas, ele mirou o telescópio no horizonte. O gramado cobria o solo, um carpete de tons de amarelo e marrom deitado até onde os olhos alcançavam. E então, no limite da visão, curvava para cima.

Thanos foi tomado pelo pânico, misturado com raiva. Ele meteu o telescópio no joelho, partindo-o ao meio, e jogou longe as duas metades. Fragmentos de lente se espalharam pela grama.

Cerrando os punhos, fechou os olhos bem apertados. Vagamente, lembrou-se: Eu já tive consciência cósmica. Podia saltar de mundo a mundo num piscar de olhos; já pude até existir em diversos planetas de uma vez. Agora...

... agora estou preso.

– Eu tinha quatro anos, sabe?

Ele abriu os olhos. Masika estava em frente a ele, muito séria. Tinha uma das metades do telescópio na mão.

– Quando meu pai me mostrou isto aqui. – Ela chacoalhou o telescópio para ele, soltando o que restava de lascas de vidro. – Ele apontou para a caverna da quimera. Eu vi alguma coisa se mexer, e fui correndo me esconder no meu quarto. Só fui olhar de novo pelo telescópio depois de dois anos.

Thanos ficou encarando. Sabia que devia ceder, explicar-se. Mas a raiva ainda o dominava. Sentia-se como uma fera machucada arranhando desesperada as barras da jaula.

Ele apontou para a metade do telescópio.

– Talvez seja a hora de deixar de lado essas coisas da infância.

– Talvez não seja decisão sua.

Masika deu um passo para trás e olhou para o chão.

– O que está fazendo com tudo isso? – perguntou, vendo a ferramenta de amostragem, o telêmetro inútil, o contador de partículas. – O que quer descobrir?

– Este mundo. É tão... pequeno. – Ele falava quase suplicando. – Você não quer mais? Não deseja algo melhor?

– Eu achei que tinha encontrado.

Antes que ele pudesse interpretar o que ela dissera, um farfalhar percorreu a grama. Thanos virou-se e viu Basi e Pagan se aproximando, junto de outros jovens aldeões.

– Estou falando deste planeta. – Subitamente, ele achou que tinha que fazê-la enxergar. – Acho que agora entendi. Entendi tudo.

Thanos pôs as mãos nos ombros de Masika. Ela apenas franziu o cenho, nem se mexeu.

– Este mundo – disse ele. – Não é um mundo. Não exatamente.

– Masika? – Basi chamou.

Masika dispensou o rapaz com um gesto. E olhou bem nos olhos de Thanos.

– Continue.

– O horizonte. Curva para cima, não para baixo.

Ela deu de ombros, indiferente.

Mais aldeões começaram a juntar-se ali, atraídos pela conturbação. Pagan e Basi tomavam a dianteira, acenando para os demais que ficassem para trás.

– Você não entende? – disse Thanos, encarando-a. – Não estamos num planeta. Isso aqui não é o solo, o exterior de um mundo. – Ele a largou e apontou desesperadamente para o céu. – É o interior!

Assim que disse as palavras em voz alta, o feitiço pareceu quebrar-se. Olhando para os apagas ali reunidos... trinta, talvez quarenta deles. Eram todos ratos de laboratório, animais de estudo. Prisioneiros numa jaula invisível.

Masika libertou-se e recuou um passo. Basi quis chegar perto, mas ela pediu mais uma vez que não viesse.

– Me perdoe – disse Thanos, erguendo as mãos. – Não quis te assustar.

– Não estou assustada – disse ela.

Não sabia dizer o que sentia.

– É só que... você não entende? – O pânico começou a tomá-lo mais uma vez. – Acro é uma farsa, um artifício. É controlado por máquinas... elas controlam o clima, os dias e as noites. A grama. – Ele hesitou. – É uma armadilha!

Masika deu de ombros, inconsolável.

– Acro é apenas Acro.

– Tudo isso... – disse ele, num gesto amplo. – Tudo isso está dentro de uma esfera. O sol... não está no alto, no céu. Ele fica preso no centro dessa esfera vazia. Sei lá como.

Todos olhavam para Thanos como se ele fosse um maluco.

– E tem... tem tantas coisas no universo. – Recuando para perto da cerca, dirigindo-se ao grupo, ele prosseguiu: – Vocês não querem ver? Não querem saber o que tem lá fora?

Basi olhou ao redor.

– Lá fora onde?

– Isso é possível. Juntos, nós podemos. Primeiro conquistaremos o Povo. Com seu conhecimento tecnológico maior...

– Conquistar o Povo? – perguntou Pagan.

— Isso. — Thanos aproximou-se do rapaz. — Você me entende. Eu te conheço... sei que tipo de líder você é. Você poderia liderar o ataque, forçá-los a submeter-se.

Pagan viu Thanos aproximar-se, uma expressão séria no rosto. Depois estendeu os braços e sacudiu a cabeça.

— O Povo não nos fez nada de mal — disse. — Por que querer atacá-los?

Toda a multidão murmurou, concordando. Masika aproximou-se de Thanos e foi tocá-lo no ombro, mas ele se afastou, irritado.

— Vocês não são nem um pouco humanos — sibilou. — São ovelhas. Ovelhas num curral.

O riso cacarejante de Poto encheu o ar. A multidão abriu caminho, e a velha aproximou-se, a mão tocando o aparelho de ouvido que ela jamais tirava.

— As criaturas de fora olhavam do porco para o homem — disse ela —, e do homem para o porco, de novo do porco para o homem. Mas já era impossível dizer qual era qual.

Todos caíram no riso. Até Masika sorriu. Thanos continuava imóvel, de punhos cerrados.

— Estrangeiro. — Basi foi até ele, mostrando uma das facas cegas. — Que tal uma rodada de meditação?

Thanos olhou de Basi para Masika, que observava ambos com um sorriso bobo de simpatia. Pagan estava perto do restante das pessoas, assistindo a tudo com desgosto.

Thanos voltou-se para Basi. Um sorriso desdenhoso curvava ligeiramente os lábios do jovem apaga.

Thanos meteu-lhe um soco no estômago, um poderoso golpe de direita. Basi gemeu e se curvou; a faca voou longe. Os aldeões recuaram, aturdidos.

— Não! — Masika berrou.

Apenas um olhar de Thanos fez a moça congelar onde estava. Basi começou a levantar-se. Thanos agarrou-o pelo colete e o forçou para cima.

— Você acha que é um homem? — grunhiu ele. — Acha que pode satisfazê-la?

Basi tentou falar alguma coisa. Thanos bateu no rosto dele com as costas da mão.

– Você é um moleque. Uma ovelha. Um nada.

O rapaz ergueu as duas mãos, assumindo uma pose de ritual de combate. Thanos meteu as palmas das mãos nas de Basi e o forçou ao chão.

– Vocês vão morrer aqui. Todos vocês. – A sede de sangue submergira Thanos por completo. – Vocês merecem morrer. São umas minhocas choronas, presas numa armadilha. Não conseguem nem imaginar como sair!

Thanos meteu outro soco, apesar do protestar da vítima. Com seus punhos morenos, bem apertados, nós dos dedos rígidos, a pele esticada. De um lado a outro na cabeça de Basi, no peito, na barriga. O punho moreno, daqui para lá. O punho moreno.

O punho acinzentado e rochoso.

Thanos perdeu a conta de quantos socos dava, do tempo passando, da luz do sol forte na nuca. A multidão sumiu; o gramado recuou. Tudo que ele sabia, tudo que podia ver e sentir, eram a carne e o osso rachando, cedendo, quebrando sob aquele ataque implacável.

Uma mão no ombro. Ele virou de punho erguido. Era Pagan de frente para ele, com uma cara de espanto.

Thanos sorriu e ficou de pé. Finalmente, um inimigo de valor. O primeiro que encontrara nesse mundo...

– Pare – disse Masika. – Você tem que parar.

Ela estava logo atrás de Pagan, com uma expressão muito séria. Naqueles olhos, Thanos viu uma expressão de urgência.

– Você vai matá-lo – disse ela, apontando para Basi.

Thanos olhou para a mão, ainda erguida para atacar. Viu uma pele morena clara, as juntas salpicadas de sangue. Os nós dos dedos doíam.

Basi soltou um gemido. Levou as mãos às costelas e rolou um pouco pelo chão. Thanos viu o rosto batido e ensanguentado do rapaz.

– E aí? – Masika perguntou.

Falara com gentileza. Apesar de tudo que Thanos acabara de fazer, o lado negro que acabara de revelar, ela pareceu entender.

Ele olhou para os apagas ali reunidos – eram mais de cem, agora, num semicírculo. Talvez duzentos. Assistiam a tudo fazendo seu julgamento sem palavras, os rostos sérios condenando.

Ratos, pensou ele. *Ratos numa gaiola.*

– Não – disse ele. – Não, não, não.

Thanos desatou para longe de Masika, ignorando a mão que ela lhe estendia. Agarrado com a mochila, pulou por cima da cerca e saiu correndo pelo gramado.

– Deixe que vá – disse Pagan.

De que tamanho era aquele mundo? Agora ele sabia.

– Pequeno demais – murmurava. – Sempre pequeno demais.

Saiu correndo sem olhar para trás. Não queria ver os rostos abobados dos aldeões, as fazendas e cabanas que iam ficando para trás. Acima de tudo, não queria ver Masika – a bela e sábia Masika – segurando a mão machucada e ensanguentada de Basi.

25

HAVIA APENAS UMA MANEIRA DE TER CERTEZA.

Erguiam-se para o céu, troncos retorcidos em forma de hélice, da casca dura brotando folhas verdes finas sob o sol. Castanheiras, ele reconheceu. Quatro delas, curvas e reclinadas, mas mesmo assim altas e orgulhosas. Eram como deuses antigos contemplando ermos domínios.

Olhando para trás, Thanos quase não enxergava mais a vila dos apagas sobre um mar interminável de grama. As árvores compunham uma distinta imagem, a única composição notável por quilômetros. Elas seriam suficientes.

O tronco da mais antiga formava uma espécie de côncavo grande o bastante para caber um homem. Thanos sentou-se e abriu a mochila. Achou umas tiras de carne seca que Masika lhe dera, um pedaço de pano do assentamento do Povo. Uns poucos itens velhos da coleção que pertencera ao pai de Masika: um sextante, uma chave inglesa, uma lente monocular projetada para caber exatamente perante apenas um olho. Thanos não se lembrara de devolver.

Tirou tudo lá de dentro e recolocou apenas os itens de que precisaria. Finalmente, levantou-se e avaliou o mundo que era sua prisão.

Havia apenas um jeito de ter certeza.

Ele começou a andar. Escolheu um caminho na direção oposta à vila apaga, pois não queria mais vê-los. Dirigiu-se à esquerda das cavernas das quimeras, abrindo considerável distância delas. Acima de tudo, queria manter seu trajeto o mais retilíneo possível.

Conforme a placa noturna se aproximava do sol lá no alto, ele ouviu um tagarelar de vozes ao longe. O Povo, concluiu. Podia ver a beirada do assentamento deles, além do labirinto de campos que usavam para plantar.

Quando escureceu, Thanos deitou-se debaixo de um abeto e logo pegou no sono.

Durante o resto da viagem, não viu ninguém, nenhum assentamento, nenhuma cidade em ruínas, nenhum cânion das sombras. Apenas gramado, num variar de tons de verde, amarelo e marrom. Caminhou por dias – três, talvez quatro. Difícil dizer. A noite pareceu chegar em intervalos cada vez menos regulares.

Ele percebeu que caminhava traçando um ângulo em relação às placas noturnas. Moviam-se em seu ritmo próprio, não sincronizadas com o dele. Da perspectiva dele, de um objeto em movimento, um dia podia durar seis horas, às vezes menos, e cair muito de repente numa longa noite. O dia seguinte podia ter catorze ou quinze horas no total.

E, ao redor, nada além de grama.

Thanos chegou a pensar que se perdera. Era imperativo que continuasse a andar em linha reta, corrigindo rapidamente qualquer desvio desnecessário. Sempre tivera uma noção inata de direção; esperava poder confiar nisso agora.

Matava coelhos, bebia de um riacho ocasional. No final do quinto dia – ou seria o sexto? –, estava sedento, exausto, fedido.

Foi quando viu as árvores. As castanheiras, belas e elegantes, imponentes em meio ao gramado verdejante.

– É verdade – disse, cambaleando para a velha árvore, até desabar em sua abertura. – É verdade.

O mundo era redondo.

A sensação de triunfo durou pouco. Se fosse mesmo verdade – se, como ele viera a crer, Acro era um pequeno mundo artificial, totalmente fechado –, ele estava mais longe ainda de conseguir escapar. Não vira tecnologia nova durante a viagem, nenhuma pista acerca do destino das pessoas que haviam construído essa prisão.

Mais uma vez. Teria de fazê-lo mais uma vez.

Thanos partiu na direção oposta às cavernas das quimeras, dessa vez, ganhando território desconhecido. Por dois dias não viu nada: nem pessoas, nem assentamentos. Até mesmo o horizonte parecia mais achatado, mais indistinto que de costume. O gramado parecia mais amarronzado; o ar, mais grosso de umidade.

No terceiro dia, chegou a uma área na qual a grama fora pisada. A trilha parecia fresca, e se estendia em certo ângulo para os dois lados. A compreensão foi para ele um choque: aquilo era sua própria trilha, da viagem anterior. A grama continuava com seu tamanho uniforme, de quase meio metro, mas ainda não tinha brotado onde ele pisara.

No quarto dia, Thanos passou por outros trechos nos quais a grama fora pisada. Apertando os olhos, avistou o assentamento apaga, bem ao longe. Ainda não estava pronto para enfrentá-los. Virando para a esquerda, foi se afastando da rede de plantações.

Mais uma vez, inevitavelmente, retornou para as castanheiras.

Aninhado sob a sombra do tronco retorcido, seus pensamentos eram pura fúria. Na segunda viagem, acostumara-se um pouco mais ao ritmo dos dias, então conseguira manter mais conta do tempo. Cinco dias, quase catorze horas de caminhada por dia, cerca de cinco quilômetros por hora... que se somaram em pouco mais de trezentos quilômetros.

Trezentos quilômetros. A circunferência de Acro. A distância de qualquer ponto até voltar a si mesmo numa trajetória retilínea.

Apertando os olhos, por entre folhas manchadas ele viu o céu bem claro. O que haveria além do sol, atrás do mecanismo que o fixava no céu, atrás das nuvens que o circundavam? Agora ele sabia: o outro lado do mundo. Talvez o exato ponto em que ele cruzara o próprio trajeto, encontrara a própria trilha na grama pisoteada.

Qual seria a distância, através do centro, até esse ponto do outro lado do mundo? Pouco mais de cem quilômetros, talvez. O sol, em si, devia estar a uns cinquenta do solo.

Mas nem era um sol de verdade. Nem um mundo de verdade.

Tinha de existir um jeito de sair. Em algum lugar, de algum jeito. A alternativa era impensável: viver junto ao rebanho de ovelhas humanas de Masika – ou entre os membros ainda mais tolos e pacíficos do Povo.

Thanos partiu mais uma vez, escolhendo um novo caminho. E seguiu adiante, marchando por Acro, sozinho em sua busca. O sol parecia ainda mais quente; o ar estava espesso e úmido. *Será que nunca chove aqui?*

Passou um dia. Dois. Mais uma vez ele passou por cima das próprias trilhas – de qual viagem? Já não tinha mais certeza. A grama começou a rarear, o solo foi dando lugar à pedra vermelha. Adiante, à esquerda, dava para ver formações rochosas muito altas.

O Cânion das Sombras.

Thanos sentiu um calafrio e pegou a direita. Não estava pronto para revisitar aquele lugar. Além do mais, era morto, árido. Cheio de fantasmas – almas aprisionadas que não tinham para onde ir.

Sem saída.

O gramado passou do amarelo para o marrom. A garganta seca; não via água fazia muito tempo. O horizonte parecia curvar ainda mais para cima, agora; a grama seca erguendo-se para alcançar o outro lado do mundo.

Um cheiro metálico forte trouxe Thanos de volta à realidade. Ele sacudiu a cabeça, desorientado. Estava diante de um armazém baixo com um V estilizado gravado na porta.

Rânio. Estava de volta à cidade de Rânio.

Passou a noite explorando os laboratórios e altos deques da cidade. No maior dos edifícios abertos, o que visitara anteriormente, aquele zumbido estranho parecia mais alto que antes. Thanos demorou-se um pouco por ali, assimilando o ruído, depois saiu correndo.

Em outro prédio, abriu uma escotilha e desceu para uma passagem subterrânea bem apertada, onde mal dava para passar. Todo um maquinário ocupava as paredes do duto, telas e botões, tudo apagado, nada respondia ao toque. Entretanto, algo zumbia dentro das paredes. A mesma energia teimosa escondida nas profundezas de Acro.

Estou debaixo da grama, pensou ele. Por algum motivo, isso pareceu significativo.

Começou a tossir, engasgar-se. O cheiro de metal estava forte ali, no ar estagnado. Thanos rastejou de volta e retornou à superfície.

Pela manhã, retomou a viagem. Adiante, na expansão que dava no lar da quimera, ouviu gritos. Escondeu-se atrás de uma palmeira e ficou de tocaia.

O barulho foi ficando mais alto, definindo-se em vozes humanas. Surgiu uma dúzia de homens e mulheres. Eles brandiam os punhos no ar, entoando um canto ritmado. Thanos não entendeu o que diziam, mas reconheceu as roupas toscamente cortadas dos que se aproximavam. Apaga.

Mais deles apareceram: vinte, trinta. Cem. Marchavam em direção às cavernas, cantando e gritando.

A caça à quimera, lembrou-se Thanos. A cada dezessete anos, os apagas enfrentavam as criaturas selvagens numa feroz batalha cerimonial.

O bando chegou mais perto, até que passou por onde ele se escondia. Pagan marchava à frente do grupo, liderando o ataque. Quando ele fincava a faca no ar, os outros imitavam as investidas. As facas tinham recebido adendos de metal afiado fixados por cima das lâminas cegas de madeira.

Apagas jovens e maduros marchavam juntos, homens e mulheres. Ele avistou Basi, estoico em expressão, de mãos dadas com Masika. Ela parecia mais forte do que nunca, segurando com firmeza a faca afiada na outra mão.

Thanos sentiu uma onda súbita de arrependimento. Lembrou-se do que dissera Masika: *Talvez possa mostrar o que sabe fazer.*

O grupo desapareceu dentro das cavernas rochosas. Thanos saiu de onde se escondia e pegou a direita, evitando as cavernas. Começava a entender a geografia tridimensional de Acro: esse desvio o levaria para perto do assentamento do Povo. Mas era melhor do que dar de cara com a quimera.

Ou com Masika.

Caíra a noite quando ele retornara às castanheiras. Deitado, ele não parava de pensar. Três circuitos por Acro; três caminhos diferentes, todos levando de volta ao mesmo ponto. Não havia mais dúvidas. Nenhuma dúvida.

Thanos fechou os olhos. Tentou imaginar o mundo, Acro, como devia ser visto de fora. Seria algum tipo de nave estelar? Uma nave geracional, equipada apenas com motores subluz, a rastejar-se de estrela em estrela? Levando séculos, até milênios, para alcançar algum destino esquecido?

Ou seria um satélite? Um globo de neve opaca fixo numa órbita remota, com seu rígido exterior metálico iluminado até uma irradiação estonteante pelo fogo de uma estrela desconhecida?

Num acesso de loucura, Thanos fez a quarta viagem. Três dias sem dormir. Subiu e desceu os morros dos Cânions das Sombras, marchou em linha reta por entre os fantasmas. Quase passou pelas cavernas. Ouviu o urrar da quimera, demorado e choroso ao galgar os ventos.

Quando começou a quinta viagem, estava desidratado, sofrendo de insolação. A garganta ressecada, a pele vermelha de queimado. Thanos cambaleava pelo gramado, carregando-se feito um animal ferido. Sons, fragmentos de palavras, desprendiam-se da boca. Sentia-se como um espectro, um fantasma, condenado a caminhar por este meio mundo por toda a eternidade.

Mais uma vez avistou as castanheiras adiante; mais uma vez o céu escureceu. Thanos quase não registrou que este era um tipo diferente de escuridão. Nuvens juntavam-se e encorpavam, mascarando os raios incansáveis do sol artificial.

Quando deu a primeira trovejada, ele correu para se abrigar. Aninhou-se na maior das árvores, apertando bem o corpo contra seu casco antigo. Sentiu-se como parte da árvore – um galho, mais um anel naquele tronco envelhecido. *Estou em casa, agora*, pensou ele. *Só tenho este lar.*

Choveu torrencialmente. Mesmo encaracolado sob as árvores, não foi possível escapar. Logo ele estava ensopado; suas roupas simples de apaga, grudentas e fedidas. Com dificuldade, tirou-as e jogou fora.

Foi quando olhou para baixo. Na base da árvore, a água tinha limpado uma porção do solo. Ele se ajoelhou, esfregando as pernas nuas no lodo, e empurrou uma pilha molhada de lama.

Era um duto de ventilação. De barras finas, retangular, como o que vira na primeira visita à cidade de Rânio. O mesmo V estilizado no canto.

Uma porção de grama crescia junto do duto. Ele se abaixou, evitando cuidadosamente a grade do duto, e pescou mais um punhado de lama. Depois outro, e mais outro. As folhas de grama alcançavam muitos centímetros abaixo do solo.

Thanos baixou o rosto na lama. A chuva molhava suas mãos. Foi preciso limpar um pouco de água dos olhos.

Agora dava para ver a base da grama. Cada folha, cada galho finíssimo, crescia de uma pequena base metálica. Como um milhão de plantas domésticas distintas, cada uma num vaso tão diminuto que era quase microscópico.

No alto, desceu mais um relâmpago. O urro da quimera ecoou o trovejar, como se nascido naquele vento maldito.

Thanos juntou um punhado de grama e puxou. Uma dúzia de folhas se soltou; ele as jogou para longe. Lá em baixo ele viu que de cada pequena base brotava uma folha nova de grama.

Ele soltou um urro. Apertou bem forte os punhos e socou a grama, o mais forte que pôde. A dor foi como a de socar pontas de facas, mas ele mal notou. Socou o solo mais uma vez, amassando e espalhando os vasinhos de planta, até que os empurrou para longe.

Grunhindo, rosnando, cavou a terra. Solo despedaçado, maquinário deslocado, minhocas esmagadas sob os nós dos dedos, que sangravam. A chuva não lhe dava trégua, mas não era percebida. Thanos tinha apenas um objetivo, um instinto guiando suas ações: escapar.

Se não podia sair desse mundo voando, talvez pudesse abrir nele um túnel.

Seus dedos roçaram alguma coisa rígida e ampla. Ele olhou para baixo, enxergando com dificuldade por causa da chuva e da febre. E foi tirando lama dali, jogando para a superfície aos punhados.

Era uma escotilha. Redonda e larga, ornada com uma versão em alto relevo, mais embaçada, no logo em V.

Thanos meteu socos na escotilha. Passou as mãos por cima e nas laterais, na luta para encontrar um modo de abri-la. Desesperado, desceu no buraco e começou a chutar a escotilha com os dois pés, gritando e chorando, urrando para o vento.

Ela o encontrou largado ali, resmungando, nu e semiconsciente. Desceu para o buraco e ergueu o rosto dele pelo queixo, para olhar nos olhos dele. Estava com os cabelos desalinhados, as roupas ensopadas.

Mesmo assim, continuava sendo a coisa mais linda que ele já tinha visto.

– Masika.

O olhar dela transmitia mais idade do que antes. Ela o afagou o rosto, depois desviou o olhar.

– Que foi? – Thanos ficou de joelhos e segurou Masika pelos ombros. – Que aconteceu?

– Basi – disse ela. – Ele não... a quimera o pegou.

– Oh.

De uma vez só, as ideias dele clarearam. Continuava a chover; os dedos continuavam a sangrar. Acro ainda era uma armadilha, um labirinto sem saída.

Mas agora Masika estava sofrendo.

– Sinto muito – disse ele, estendendo os braços num gesto desajeitado, mas sincero.

– Você não entendeu. – Ela recuou, protegendo-se com uma das mãos. – Quando ele morreu, não senti nada. Quer dizer, não é bem isso. Eu cresci com ele, amava-o como um irmão. Sofro por ele.

Thanos assentiu.

– Mas eu entendi – ela continuou. – Nesse momento, quando o corpo machucado dele caiu perto de mim nas pedras. Olhei pra ele, e soube...

Caiu um relâmpago brilhante como o fogo.

– ... eu não tenho medo da chuva.

Thanos olhou-a nos olhos. Sentiu-se capturado, aprisionado. Mas não como antes.

– Eu tenho – disse. – Tenho medo.

– Da chuva? – Ela riu. – Da morte?

– Não.

Ele soltou um berro, assustando-a. Ela tropeçou para trás, para um dos cantos da vala improvisada. Foi quando viu de relance, e com surpresa, o metal trabalhado da escotilha sob seus pés.

Thanos tentou acalmar-se, controlar o fluir das lágrimas. Mas foi impossível. Todo o medo, toda a emoção reprimida de uma vida inteira pareceu vazar para fora dele num longo grito primitivo.

Masika aproximou-se. Ele foi para ela, soluçando, e caiu nos braços dela. Agarrou-a, abraçou-a com força. Um homem nu, um homem que se afogava e perdia o ar. Ela era o ar, o oxigênio, a vida. Era o amor.

Era sua última chance.

– Tenho medo – ele repetiu.

As lágrimas misturavam-se à chuva, encharcando o ombro dela. Ela o acariciava suavemente, não soltava por nada. Jamais o abandonaria. Ele falou tão baixinho que ela teve que chegar mais perto.

– Tenho medo da vida.

26

DIZEM QUE, QUANDO O TITÃ LOUCO foi para Acro, pela primeira vez na vida ele se sentiu em paz.

No começo, ele hesitou em morar na vila apaga. Masika fez um acordo. Montou residência numa cabana abandonada na periferia das plantações, e Thanos aprendeu a arte de preparar a terra no terreno da família. Com o tempo, tinham um lar.

Exceto por algumas perdas, a caça à quimera fora um sucesso. Pagan levara os apagas à vitória, derrubando não apenas uma, mas duas das temíveis e gigantescas criaturas. A vila comeu carne por semanas – não o coelho cheio de fibras ou uma rara carne de vaca, mas um monte de bifes grossos e suculentos temperados com ervas picantes. Thanos comia com avidez e apetite.

Uma das cabeças – como a de um leão com presas curvas – fora montada num espeto na praça da cidade. Pagan fora nomeado Kyros, o Mestre da Caça. A vila, que não possuía um líder político oficial, o reverenciava.

No entanto, o rapaz parecia incomodado. Começou a passar pela cabana de Thanos e Masika, no começo uma vez por semana, depois com mais frequência. Insistia em falar com ela sozinho; parecia indiferente, até hostil para com Thanos.

Thanos teve ciúme, inicialmente. Dada a nova elevada estatura de Pagan dentro da tribo, era compreensível que ele quisesse ter Masika para si. Juntando coragem, Thanos resolveu pedir uma explicação a ela. Manteve a fala suave, os nervos sob controle.

Ela o olhava nos olhos. Dava para ver que entendia o esforço que ele fazia para tanto.

– Pagan não me deseja – disse ela. – Acho que isso seria uma violação de honra para ele.

Thanos ficou confuso.

– Ele está sendo consumido pela culpa – ela explicou. – Culpa a si mesmo pela morte de Basi. Os dois foram amigos desde a infância.

– A caça é perigosa – disse Thanos. – Você mesma me disse... a quimera sempre cobra um preço.

– Pagan acha que devia ter treinado melhor o amigo.

Thanos compreendeu. Pensou nisso por um dia e uma noite. Quando Pagan os visitou no dia seguinte, Thanos parou-o na porta e mostrou uma faca cega de madeira.

– Me ensine – pediu.

Pagan ficou olhando para a faca, depois encarou Thanos. E fez que sim.

Então Pagan ensinou a Thanos a arte da faca. Era um tipo suave de combate, um estilo de luta mais ritualístico do que qualquer coisa que Thanos já vira. Com o tempo, ele começou a apreciar os movimentos lânguidos, as investidas e golpes graciosos.

E a partir desse dia Pagan foi seu amigo.

Thanos e Masika ficaram mais próximos. Exploravam um ao outro, sondando e circulando as tristezas secretas um do outro. Ela tinha um lado negro, uma perspicácia que podia cutucar sem aviso. Como ela dissera, ela não tinha medo da chuva.

O sexo com ela era extraordinariamente vigoroso. Seu corpo era rápido; a mente, curiosa. Ela o levava ao limite repetidas vezes, e o deixava cansado e feliz. Ele nunca prestara muita atenção ao prazer de uma mulher antes, mas logo aprendera a devolver as atenções de Masika. O sorriso no rosto dela depois dava a ele o tipo de satisfação que ele desconhecia.

Sempre que ele ficava sério demais, ela o cortava com uma piada ácida. Para surpresa dele, isso o fazia amá-la ainda mais.

Passou um ano. Masika pediu-lhe que ajudasse a renovar a casa da família. Terminada a colheita nas plantações, Thanos dedicou-se a essa tarefa. Reforçou uma viga frouxa. Carregou pedras ao jardim frontal e as arranjou, compondo uma varanda agradável. Conheceu os vizinhos: o corpulento casal de fazendeiros da frente, o velho Mako com seu cão agressivo, a família Yaza estendida.

Thanos achava o trabalho braçal um bálsamo, e os exercícios com a faca acalmavam sua mente. Foi ficando mais e mais habilidoso no plantar, aprendeu a maximizar a produção de cada porção de terra. Os apagas cultivavam aveia e cevada, criavam ovelhas e porcos. Ele aprendeu o jeito menos doloroso de abater um animal, e como tirar a pele e limpar as vísceras no abatedouro. Mas não gostava de passar tempo demais lá. Ficava incomodado.

Continuou a estudar Acro. Fosse lá o que fosse o lugar, pelo visto tinha sido esquecido, abandonado por quem o projetara. Em suas vidas anteriores, Thanos construíra máquinas e as usara para muitos propósitos. Sabia que, deixadas ao relento, acabavam falhando.

Certa noite, após um dia longo no campo, estava sentado com Masika na entrada da casa da família. O corpo dela tocava o dele, para a frente e para trás no balanço que ele pendurara num carvalho. Uma brisa fresca afagava os cabelos dela.

– Que gostoso – disse ela, fechando os olhos.

– Está quieto – ele concordou.

O cachorro do Mako soltou um voleio de latidos. O velho apareceu e pegou a coleira, e acenou como se pedindo desculpas.

Masika olhou para Thanos com um sorriso de ironia no rosto.

– Quieto demais?

Ele ergueu uma sobrancelha. Ao longo das semanas anteriores, partes de seu passado lhe tinham retornado, traços de memória que emergiam para a superfície. Ele as partilhara com Masika cuidadosamente, contara algumas anedotas mais brandas sobre as Joias do Infinito e seu tempo em Hala e em Sacrossanto. Mas sempre guardara os piores detalhes para si. Não queria afugentá-la.

– Tanto poder – disse ela. – Deve ter sido maravilhoso.

– Era vazio – ele respondeu.

Para sua surpresa, ele percebeu que fora sincero.

Ela enfiou o rosto no ombro dele e resmungou.

– Quer entrar?

Ao entrarem, Thanos reparou que tinham se mudado de volta para a casa da família dela. Ele nem notara. Masika sabia ser muito astuta.

No terceiro ano, uma seca assolou o vilarejo. As chuvas foram ficando mais curtas e menos frequentes. As plantações foram secando; a água tinha de ser racionada. O lago secou para um riacho estreito. Algumas vacas morreram de desidratação.

Thanos prometeu ajudar o povo que o adotara. Ele já tinha concluído que as regras normais de plantação não valiam ali: devia haver drenos escondidos sob a superfície para absorver o excesso de umidade, e canos para alimentar os poços. Agora estes também estavam secando. Algum componente do sistema tinha quebrado.

Ele consultou Pagan, e juntos fizeram uma expedição à cidade de Rânio. Mais uma vez procuraram centros de controle, pistas para a rede escondida que mantinha Acro viva. Pagan e Masika pareciam não acreditar, quase viam graça em todo aquele papo de *sistemas integrados* e *redes de irrigação global*.

Novamente não acharam nada. O zumbido no grande edifício vazio parecia mais alto ainda que antes, como se algo nas profundezas do mundo começasse a sobrecarregar.

Thanos não se deteve. Sob sua direção, os apagas exploraram os prédios abandonados em busca de toda sorte de canos e bombas e motores em desuso. Masika estava ajudando a levar o equipamento de volta aos campos quando o viu e para ele sorriu.

– Mais máquinas? – perguntou. – Como as que você diz que fazem a grama crescer?

Ele olhou para ela.

– Você ainda duvida?

– Não.

Juntos eles confeccionaram uma rede de dutos de irrigação nos campos. Construíram bacias para coletar a esparsa água da chuva, renovaram uma bomba para forçar a água pelo sistema. Houve certo debate, até discussão, sobre quais plantações deviam ser tratadas primeiro. Numa assembleia, os aldeões concordaram quanto às prioridades. Como sempre, os apagas agiam de modo cooperativo.

Thanos estava ao lado de Masika quando o primeiro jorro de água molhou as plantações. Ela e os outros comemoraram.

Thanos sorria, animado. Mas sabia que aquilo era apenas paliativo.

No sexto ano, ele abriu o contato com o Povo. Seu plano inicial era alistá-los como escravos num ambicioso combinado de fazendas partilhadas. Masika acabou com a ideia antes que ele pudesse levá-la a qualquer um dos grupos. Acabaram começando um projeto piloto para criar vegetais para ambas as tribos, num terreno interessante perto da vila do Povo.

Ele até fez amizade com Poto. Ficava sentado na modesta cozinha da velha por horas, tomando hidromel e ouvindo-a tagarelar. Boa parte do que dizia era pura viagem, mas vez por outra ele pensava ter captado algo de significado por trás das palavras.

– Existe uma certeza apenas sobre a mente humana – disse ela, apertando bem o pequeno aparelho no ouvido. – E é que ela age, se mexe, trabalha sem cessar enquanto está viva.

– É um ecossistema planejado – disse ele. – As fazendas não têm os pequenos vasos de grama; a terra retorna à fertilidade muito mais rápido do que o faria numa situação natural. Tudo isso foi criado propositalmente, há muito tempo.

Ele pegou a caneca de hidromel e serviu mais um copo. *Estou meio bêbado*, pensou.

– Eu cruzei montanhas inteiras – disse Poto, ainda grudada no aparelho. – Seguindo o sol, até que encontramos o mais quente dos vales quentes do lado do sol.

– Mas vai quebrar tudo – ele continuou. – Em um ano, dois, talvez um século. Então não haverá mais ar, água... nem pessoas.

– Numa dessas noites eu sonhei que o capitão estava caindo de novo. Está caindo pela cápsula, para o centro do sol.

– É assim que as coisas funcionam.

Thanos deu de ombros e virou a caneca toda. Quando terminou o gole, Poto olhava fixamente para ele.

– O que ele precisava – ela sussurrou – era de um relógio interno. Um mecanismo psíquico operado inconscientemente e regulado, digamos, pelo ritmo da pulsação ou da respiração.

– Está... está falando de Acro? De como consertar este mundo, esta nave, esta armadilha da morte em que estamos todos presos?

Ela ficou muda e deu-lhe as costas. Olhou para o teto, aparentemente ouvindo palavras pelo aparelho. Passou um bom tempo movendo os lábios sem fazer som.

– Ele tinha tentado treinar essa noção do tempo... – Após uma pausa, ela tornou a olhar para ele. – ... fazendo uma série elaborada de testes para estimar o erro interno, e este era, infelizmente, grande demais.

– Então não tem como consertar? – Thanos sentiu-se subitamente ínfimo, incapaz. – Não tem como salvar os apagas, preservar todas essas vidas?

– As chances de condicionar um reflexo correto parecem ser muito poucas.

Ele se recostou na cadeira de vime. E sacudiu no ar o copo vazio.

– Não posso salvá-los. – Pensou em Masika, em seu corpo forte cálido junto do dele no balanço da varanda. – Não posso salvá-la.

Estou muito *bêbado*, pensou ele.

Poto o pegou pelo braço. Ele deu um pulo – ela nunca o tocara, nunca mesmo. Não desde aquele dia, anos antes, em que os dois se engalfinharam.

Ela arrancou o aparelho do ouvido e mostrou para ele.

– Para ter força – disse, a voz urgente –, milhões sentiram o poder de nosso oráculo.

Poto tombou para a frente, com os olhos girando para dentro. O aparelho de ouvido se soltou dos dedos dela e caiu tilintando no chão.

Thanos ficou imóvel na cadeira, olhando para uma porção sem cabelo na cabeça da velha. Teve uma sensação esquisita de perda, como se confrontado pelo passar do tempo. Como se partes dele fossem aos poucos retiradas, tão lentamente que ele nem reparava.

Fazia mais de um ano que nem pensava mais na Morte.

Mais tarde, enquanto carregavam o corpo dali, ele avistou o pequeno aparelho descartado no ladrilho. Agachou, pegou-o e levou ao ouvido. Sacudiu uma, duas vezes.

Nada. Nem mesmo estática. Estava totalmente descarregado.

••••

No oitavo ano, Masika ficou carrancuda. Sempre dava um jeito de não caminhar com ele, recusava os avanços dele. Rearranjara a hora de dormir para que não sincronizasse com a dele. Até seu humor parecia mais afiado, mais hostil.

Estou perdendo Masika, pensou ele. Estava destinado a acontecer. Como poderia um monstro querer ter para si um anjo?

Um dia ele chegou em casa e a encontrou sentada num pequeno quarto. Ela pediu que ele se sentasse num banco duro.

– Tenho uma coisa para te falar.

Ele se sentou. Foi como se suas vísceras fossem arrancadas lentamente, órgãos sendo expostos ao frio do espaço. *Ela vai embora*, pensou ele. Estas seriam as palavras que diria em seguida: *Vou embora*.

– Estou grávida.

– Oh – disse ele, olhando para ela. – Oh!

Thanos ajoelhou-se para ela e pegou suas mãos nas dele. E forçou-se a sorrir.

– Estou tão aliviado. Quero dizer, contente.

Ela sorriu de volta com um olhar esperançoso. Mas ele sabia que ela podia ver. Parte dele estava contente, sim. A maior parte, no entanto, estava aterrorizada.

Nas semanas seguintes, Thanos continuou com seu trabalho de marcenaria, o treinamento com a faca, o lavoro nos campos. Mas as lembranças, as vidas antigas, ameaçavam sublevar-se e destruí-lo. Ele já tivera filhos antes, mais vezes do que poderia algum dia admitir para Masika. E toda vez... cada um de seus filhos...

Thanos começou a ter sonhos. Sonhos vívidos, terríveis, visões de coisinhas chorosas se debatendo e esperneando nos braços dele. Havia saliva e vômito e fezes, e havia sangue. Sempre havia sangue.

Numa das vezes viu uma mulher verde com escamas, com amáveis olhos amarelos e uma barbatana na cabeça que se enrolava para trás feito uma calda. Ela estendia os braços e lhe entregava uma criaturinha que esperneava. Ele a pegou nas mãos. Em suas mãos acinzentadas e rochosas. Suas mãos poderosas.

Apenas uma torção. Uma única torção.

Certa noite, teve uma discussão com Pagan. Mais tarde, não conseguia se lembrar por quê. Mas houve muita bebedeira, e houve uma bela briga. Quando Thanos chegou cambaleando em casa, Masika o pegou pelo braço. Num giro, prensou-o na parede.

– Só me diga quando você vai me abandonar – rosnou ela.

Aturdido, ele procurou clarear as ideias das brumas do álcool. Encarou aqueles olhos vermelhos, marcados pelo receio, depois olhou para a barriga cada vez maior.

– Eu já te disse – sussurrou. – Eu tenho medo da vida.

Boquiaberta, atônita, ela disse:

– *E quem não tem?*

Masika, então, o soltou. Ele ficou ali na parede, ergueu a mão e tirou o cabelo da frente dos olhos.

– Vamos conseguir. – Ela juntou as mãos dele. – Mas tem que ser junto. Preciso de você junto comigo.

Ele assentiu.

– Tudo bem pra você?

– Sim – disse ele. – Tudo bem.

– Que bom. – Ela suspirou demoradamente e deu meia-volta. – Faz um bife de coelho pra mim? Bastante pimenta.

Mas os dias se alongavam, e os pesadelos não cessavam. Uma vez sonhou que estava na cidade de Rânio, batendo e arranhando uma escotilha como aquela de debaixo das castanheiras. Encontrou uma nave estelar aberta para reparos, com o hiperpropulsor brilhando, exposto. Exposto. Exposto. Explodido.

Quando chegou o dia, ele estava junto de Masika, deitada na cama. A curandeira, uma mulher de meia-idade chamada Hara, checava um aparelho de mão com leituras de pressão arterial e pulsação. O próprio Thanos arranjara o pequeno gerador elétrico que alimentava o equipamento da curandeira.

Hara despejou água numa tigela de barro e lavou as mãos. Olhou brevemente para uma bandeja de instrumentos antigos, meticulosamente preservados. Depois se ajoelhou entre as pernas de Masika.

Masika resmungava e gemia. Ela encontrou o olhar de Thanos e o chamou para perto. Quando ele estendeu a mão, ela a apertou com a força de um Ancião do Universo.

– Está vindo – disse Hara.

Thanos entrou em pânico. Mas não havia nada a fazer exceto aguentar – aguentar e assistir. Masika estava linda, um anjo em asas gritando e gemendo pela vida.

O bebê era escurinho, pequeno e pingava líquido. Hara cortou o cordão com tesouras que deviam ter séculos de idade. Ela limpou o bebê e passou-o para Masika.

Masika chacoalhou a criança. O menino abriu os olhos e berrou. Masika abriu um sorriso de cansaço e acenou para que Thanos se aproximasse.

Ele se ajoelhou e estudou o filho. Para seu imenso alívio, sentiu apenas amor.

– Não é nenhum monstro – Masika murmurou, acariciando o filho no queixo. – Não é nenhum monstrinho, não.

• • • •

Batizaram o bebê de A'Lars. Thanos sabia que tinha algum significado, mas não se lembrava de qual era. Após um floreio de sonhos, seu passado pareceu esvanecer rapidamente ao longe, como a recordação de um casamento infeliz. Uma fonte vaga de vergonha, banida e esquecida.

Ele estudava os planetas no céu. Fazia tabelas, tirava medidas com instrumentos deixados pelo pai de Masika. O período rotacional de Acro era de precisamente 22 horas e 40 minutos – um pouco menos que o dia da Terra, um pouco mais demorado que o ciclo de Titã, onde ele nascera.

Alguns anos depois, ele resolveu liderar mais uma incursão à cidade de Rânio. Em prol da unidade, insistiu em levar representantes dos apagas e do Povo.

Morak, do Povo, agora grisalho e molenga, teve receio.

– Botar os pés na cidade é o fim – disse ele.

Thanos sorriu.

– Meu filho está com sete anos e insiste em participar. Acha que eu colocaria a vida dele em risco?

Morak sorriu de volta.

Dessa vez, Thanos estava determinado a não deixar nada útil para trás. Se os segredos de Acro estavam escondidos em algum lugar daqueles seis edifícios, ele os encontraria. Por cinco dias, a equipe passou pente fino nas ruínas, cobrindo cada centímetro do local do desastre. Arrancaram dos prédios cobre e fios, cobertores e cortinas. Extraíram as poucas baterias que ainda tinham um resto de carga.

Pagan descobriu um cofre criogênico contendo muitas centenas de latas de comida, rotuladas em inglês, com gravuras retratando pessoas sorridentes comendo sopa. Quando o pequeno A'Lars abriu a primeira lata, deu um berro de alegria.

– Pai – disse ele, mergulhando o dedo na lata. – A gente devia comer isto aqui para sempre!

Thanos olhou para a pilha de latas. Muitas delas indicavam VEGETAIS ou VEGETAIS E ARROZ.

– Vamos dividir com o Povo – disse, sorrindo.

Mais tarde, estava sentado com Masika no balanço em frente de casa. Ele rangia um pouco mais agora quando balançava; a corrente tinha ficado enferrujada. Mas continuava firme.

– Então. – Ela pegou um pouco do atum de uma das latas recém-encontradas. – Suponho que você tenha descoberto todos os mistérios de Acro. De onde viemos, quem construiu a cidade, que tipo de seres divinos eles acabaram se tornando.

Ele sorriu.

– Juntamos suprimentos, matéria-prima que pode ser usada para expandir a rede elétrica. Acho que posso manter o sistema de irrigação funcionando por mais uns anos. Mas a maioria das escotilhas resiste aos nossos esforços. As poucas que conseguimos abrir levavam apenas para circuitos mortos, luzes que pararam de piscar de uma vez só.

Ela riu.

– Você fala delas como se tivessem vida.

– Tudo tem um fim. Seja vivo ou mecânico.

Masika ergueu a mão e parou o balanço. Depois se virou para Thanos e pôs a mão na perna dele.

– Você fala coisas parecidas – disse. – Mas sua voz mudou.

Ele franziu o cenho.

– Como assim?

– Parece mais... brando. Mais relaxado.

Ele ficou de pé e saiu andando pela varanda. Do outro lado, a nova moradora na fazenda que antes fora de Mako o cumprimentou.

– Tudo tem o seu tempo – ele repetiu. – Algumas criaturas, tanto orgânicas quanto mecânicas, vivem e morrem num único lugar. Algumas jaulas foram seladas; de algumas armadilhas, não há como escapar.

Uma batucada ritmada veio lá de dentro. Era o pequeno A'Lars, praticando em sua percussão improvisada.

Masika estendeu a mão para ele.

– Talvez isso seja o certo.

Ele a aceitou.

– Sim. Talvez seja.

. . . .

No 17º ano, ele aceitou liderar a caça à quimera. A'Lars pediu para participar, e, quando lhe disseram que era novo demais, o garoto fez todo tipo de birra. Masika não soube como lidar.

A ideia de ver seu filho enfrentando os predadores gigantes de Acro aterrorizava Thanos. Os sonhos recomeçaram: criancinhas, filhos e filhas de todas as raças e espécies, arrancadas de suas mães e mutiladas.

Ao cair da noite, ele levou o menino para fora e apontou para a casa.

– Preciso de você aqui – disse, firme. – Cuidando da sua mãe.

A'Lars fechou a cara.

– Mas...

– Ela está com a sua irmãzinha na barriga.

O menino escancarou os olhos. Olhou para a casa, para além dela, para toda a expansão de Acro. Estreitou os olhos para o céu, viu a placa noturna pairando bem acima deles.

Depois retornou para o pai e assentiu.

Quando Thanos contou a Masika, ela riu na cara dele.

– *Ele* tem que cuidar de *mim*?

– Não diga o contrário – Thanos implorou.

A caçada foi gloriosa. Pagan e Thanos pensaram numa estratégia de antemão, e teceram redes com o tecido forte que encontraram em Rânio. Atraíram as quimeras com gravações de áudio de cantos de acasalamento e fizeram uma emboscada perfeita. Somente um apaga foi ferido, nenhum morto.

No final, aprisionaram *quatro* das feras – um recorde. O próprio Thanos matou a última delas, saltando de um parapeito com as duas facas ao alto.

Mais tarde, na praça da cidade, foi com olhos marejados que Pagan proclamou Thanos o novo Mestre de Caça.

– Nenhum homem, nenhuma mulher jamais mereceu tanto esse título – disse.

Thanos curvou a cabeça em gesto de humildade. O ovacionar de seu povo foi a coisa mais satisfatória que já ouvira.

Anos se passaram. Vendo os filhos crescerem, brotava um medo, vez por outra, em seu coração. *Tão ferozes*, pensava ele, *tão lindos*. Se algo lhes acontecesse... Mas não aconteceu nada. A'Lars tornou-se um belo rapaz e assumiu boa parte dos afazeres do campo. A menina, Hether, lembrava muito a mãe. Tinha humor ácido e mão firme na olaria.

Certa vez, quando as costas fraquejavam e o cabelo rareava, Thanos fez uma visita ao Cânion das Sombras. Passou um dia e uma noite lá. Mas jamais falou do que vira ali, e Masika não o pressionou.

As sombras de seu passado continuavam a se acalmar. Ele acabou se recordando de certas pessoas, certas batalhas, e se esqueceu de outras. Acreditava que enxergava um propósito em tudo – uma espécie de poder superior que o instigara, o tempo todo, para esse lugar. Seu destino.

Estavam ele e Masika sentados na varanda. Ela apoiava a cabeça grisalha suavemente no ombro dele. O balanço tinha enferrujado tanto que se fixara no lugar – não se mexia mais. Mas as correntes ainda o prendiam à árvore acima.

– Acho que foi o sofrimento – ele sussurrou.

Masika apenas murmurou algo que ele não entendeu.

– Tanto sofrimento – Ele fechou os olhos, recordando. – Em Sacrossanto, em Hala. Gente passando fome, morrendo. Vendendo a própria honra, o corpo, a dignidade... tudo por algumas moedas. Desperdiçando a vida por governantes que riam desse sacrifício.

Ela abriu os olhos e se endireitou no balanço.

– Eu não suportava – ele prosseguiu. – Não podia conviver, não podia aceitar que existisse tanto horror no mundo. Então me tornei *ele* de novo. O monstro.

Ela pôs a mão na dele. Estava morna, mas ele sentiu frio.

– É verdade – disse ele. – Ela tinha razão. Eu caí nos mesmos padrões tão rapidamente, tão facilmente. Não aprendi nada.

Masika virou-se para ele. Havia determinação naqueles olhos envoltos por rugas, e um amor profundo que ele quase chegara a não mais valorizar. Mas havia algo a mais. Algo que ele não interpretava.

– Isso acabou – disse ela. – Sua vida, agora, é aqui.

Ele fez que sim, uma lágrima despontando num dos olhos.

– Sim.

– Você é Kyros, o Mestre da Caça. Foi você quem trouxe água e vida, que uniu as tribos. Tem dois filhos lindos, e é o amor da minha vida. Uma vida que é muito maior, mais profunda e mais feliz que mil estrelas brilhando numa manopla de joias.

Ele sorriu.

– Sim – sussurrou, e foi beijá-la.

– Porém – disse ela, erguendo a mão. – Tem uma coisa que eu preciso te falar.

· · · ·

Dizem que, quando o Titã Louco chegou a Acro, pela primeira vez na vida ele se sentiu em paz.

Mas tudo tem que ter um fim.

27

— ESTÁ NOS PULMÕES — disse Shara, a jovem curandeira. — No estômago, também. Nossa, e na coluna.

Ela segurava um pequeno aparelho, uma tela plana com abas compridas de cada lado. Thanos estudava a imagem: uma radiografia de um tronco e um peito com pequenos pontos brilhantes por todo canto dos pulmões. A tela piscou, exibindo estática.

— Desculpe. A bateria não dura muito.

A moça foi até um gerador robusto, todo remendado, e plugou o aparelho.

Thanos cerrou os punhos. A sala da curandeira tinha mudado muito pouco ao longo dos anos: as mesmas fileiras de tigelas e jarras de unguento, a conhecida bandeja de instrumentos.

— Não tem nada que você possa fazer? — ele sussurrou.

— Os antigos tinham... bem, não a cura. Tratamentos... radiação, químicos. Mas todo esse conhecimento foi perdido. — Shara apontou para a estação de carga. — Só pude fazer o diagnóstico porque *você* descobriu como recarregar a máquina de enxergar.

Thanos olhou feio para Shara. Parte dele, a parte racional, sabia que a doença de Masika não era culpa dela. Mas Shara era a curandeira da tribo. E lá estava ela, dando de ombros, sem saber o que dizer.

— Pelo menos, você sabe — disse ela.

Thanos foi para cima da moça com um olhar tenebroso. Shara ficou imóvel, atônita.

— Você é curandeira faz muito pouco tempo — ele rosnou. — Talvez ainda não tenha aptidão para a função.

A menina não recuou perante o desafio. Mas logo desviou o rosto e chamou a mãe.

A velha Hara apareceu no corredor. Andava lentamente, as pernas duras por causa da artrite. Mas os olhos continuavam aguçados, tão sábios quanto no dia em que trouxera ao mundo o filho de Thanos.

Shara explicou o problema. Hara zanzou pela sala até parar em frente à bandeja de instrumentos. Passou os dedos pelo velho escalpo, o fórceps, as seringas menores e as maiores. Olhou para a máquina de raios X, cuja tela acendia e apagava sobre o carregador. Depois se voltou para Thanos e acenou para todos os suprimentos médicos ali organizados.

– *Isso é tudo que temos* – disse.

••••

Conforme Masika foi ficando mais fraca, a tribo juntou-se para dar apoio. Os vizinhos ficavam de olho nela quando Thanos e as crianças estavam fora. Pagan, agora aposentado do trabalho em campo, trazia comida e remédios.

A'Lars tornara-se um rapaz alto, de queixo largo. Um dia estava esperando em frente à casa quando Thanos retornou. Parecia que andara chorando.

– Pai – disse ele –, o que podemos fazer?

Thanos olhou o filho nos olhos. Reparou, pela primeira vez: ele está mais alto que eu.

– Cuidar da plantação – disse Thanos.

E passou pelo filho para entrar em casa. Masika estava deitada, meio sonolenta, na sala principal, murmurando alguma coisa. Ele parou ali e ajeitou o travesseiro sob a cabeça dela.

Ela lhe afagou a mão.

– Desliga esse barulho chato? – pediu, sorrindo, como quem faz uma piada interna.

Na sala dos fundos, ele juntou o máximo dos implementos do pai dela que pôde fazer caber na mochila. Passou de fininho por ela e saiu para o campo, indo até os limites da fazenda da família. Os vizinhos ainda não tinham começado as atividades agrícolas; até mesmo o abatedouro estava quieto. Ninguém poderia vê-lo ali.

Quando largou os instrumentos no chão, reparou que as costas doíam. *Este corpo*, pensou ele, passando a mão pelos cabelos ralos. *Está envelhecendo. É humano.*

Humano demais.

Thanos passou os olhos pelas ferramentas reunidas. Sextantes, compassos, telescópios. Tubos de amostra, um contador de pH. Um pequeno testador de ar que lembrava um relógio digital.

Vou conseguir, pensou ele. *Vou conseguir solucionar o mistério.*

Ficou ali sentado por um dia e uma noite, fazendo todo tipo de testes. A'Lars veio até ali uma vez, mas deixou o pai quieto. Na segunda manhã, Pagan lhe trouxe um prato de comida, que largou no chão, sem dizer nada. Thanos ignorou-o, concentrado numa amostra de terra.

No final, não descobriu nada. Uns poucos detalhes sobre o movimento das placas noturnas; pistas acerca dos trâmites de DNA executados nos animais locais. Mas Acro continuava misterioso, um quebra-cabeça com metade das peças faltando. Uma sala trancada sem porta.

Quando voltou para casa, Masika estava sentada no balanço da varanda.

– Fracassei – disse ele, largando a mochila.

Ela sorriu para ele. Havia linhas novas no rosto dela, mas o sorriso foi tão brincalhão como o de sempre.

– Não tem como sair – disse ele.

– Eu não... – Ela se retraiu de dor. – Eu não quero sair.

Ele se sentou junto dela. O coração apertado. Queria ser forte por ela, mas estava exausto. As palavras não vinham.

– Ah, se anima – disse ela. – Faz um bife de coe...

Masika teve um acesso de tosse. Ele acariciou suas costas até que parasse.

– Melhor chá – disse ela.

• • • •

– Chama-se câncer – disse Thanos. – É certo dizer que não se sabe nada disso entre o seu povo?

Lorak olhava intrigada para ele. Não era mais uma garotinha; devia ter mais de quarenta anos. Ainda tinha um ou outro dente faltando, mas o cabelo começava a acinzentar.

– Entre *o* Povo, digo – disse ele.

Estavam numa casa na periferia da vila dos apagas. As paredes eram vazadas; havia algumas das canecas primitivas do Povo sobre a mesa. Lorak viera até ali como parte de um intercâmbio cultural, junto de um pequeno grupo de seu assentamento. Thanos se aproximara dela, sabendo do fascínio que tinha a mulher pelos apagas.

– Eu... Eu nunca *ouvi falar* de câncer. Isso é fato.

– Eu estava pensando que o seu povo... eles ainda mantêm uma dieta estrita de folhas e legumes, certo?

Ela fez que sim.

A porta abriu-se. Thanos virou-se e viu a filha, Hether.

– Oh – disse ela. – Pai.

A menina olhou ao redor, como se quisesse fugir dali. Thanos franziu o cenho. Desde o início da doença de Masika, Hether se retraíra. Raramente via a mãe, e recusava-se a falar com o pai.

– Hether tem passado um tempo aqui – Lorak explicou. – A gente anda conversando.

Hether hesitava, olhando fixamente para o chão. Estava na adolescência – idade complicada. Meio criança, meio adulta. Tinha os traços amplos e o corpo esguio da mãe.

– Lorak é uma amiga antiga – Thanos explicou, embora Hether já soubesse disso. – Foi a primeira pessoa que conheci quando vim para Acro.

Lorak sorriu.

– Ele queria *mesmo* conquistar pessoas naquela época.

– O Povo é... – Ele se calou e se aproximou da filha. – A dieta deles é muito diferente da nossa. Achei que talvez... isso os proteja de certas doenças.

Hether assentiu, num gesto curto. Não olhou para ele. Mas não saiu, também.

Ele se dirigiu a Lorak.

– Talvez seu pai saiba mais? Não vi o nome dele na lista do intercâmbio.

– Ele faleceu ano passado.

– Ah. Sinto muito.

Thanos lembrou-se do loiro esbelto que o cumprimentara no vilarejo do Povo, tantos anos antes. Quão tolo Morak lhe parecera, quão ingênuo. Thanos sentiu uma pontada de arrependimento: devia tê-lo conhecido melhor.

– Ele teve a podridão – Lorak explicou. – Consumiu tudo por dentro.

– Ah... Hm.

Thanos murmurou um adeus apressado. Assim que saiu, para sua surpresa, ouviu a porta abrir-se novamente. Hether o acompanhou ao longo da borda da plantação, observando a aproximação da placa noturna, que lançava uma sombra ampla sobre o gramado.

Em certo ponto, ela passou o braço no do pai.

– Valeu a tentativa.

••••

Masika ficou ainda mais fraca. Os braços musculosos ficaram magros e ressecados. Ela dormia por muitas horas e chorava à noite. A comida simplesmente não parava dentro, nem mesmo o chá.

Ela tentava usar o tear da mãe para se distrair. Até isso estava além do que ela suportava.

Thanos redobrou seus esforços. Retornou sozinho a Rânio e pesquisou cada centímetro das ruínas. Num cofre chamuscado, enterrado sob escombros, encontrou uma britadeira. Era tão pesada que quase não dava para levantar, mas ele a ergueu no ar e apertou o botão de ativação. Para sua surpresa, a britadeira zumbiu, chacoalhou e projetou a lâmina no ar.

Ele levou a britadeira até as castanheiras, o ponto de partida que marcara suas jornadas ao redor de Acro, tantos anos antes. Jamais contara a ninguém, exceto Masika, sobre essas árvores. Seus troncos retorcidos estavam muito mais altos do que antes, com suas folhas organizadas em hélice firmes sob o sol artificial. Ao vê-las, ele sentiu uma mistura nostálgica e esquisita de esperança e desespero.

O buraco, a vala que ele abrira com as próprias mãos, fora encoberta ao longo das décadas pelo vento e pela erosão. Quando ele terminou de cavá-la de novo, a placa noturna tinha se colocado em frente ao sol.

Finalmente ele a viu. A escotilha redonda, com o V gravado no metal duro.

Desviando o rosto, Thanos mirou a britadeira na escotilha e apertou o botão de ligar.

O metal esperneou e soltou faísca. A lâmina da britadeira escorregou pela placa da escotilha. Ele se inclinou e forçou, pressionando a britadeira para baixo. Aquele espernear ruidoso preencheu o ar, anulando as dores nos braços e nas costas dele, banindo todo e qualquer pensamento racional.

Quando o metal foi atravessado, Thanos quase caiu. Ele se endireitou, desligou a britadeira e a jogou longe. Depois se curvou e, com grande esforço, tirou dali a escotilha furada.

– Não. Ah, não.

Thanos levou as duas mãos ali, mas não adiantava. A passagem abria caminho pelo solo, presumivelmente descendo para as entranhas de Acro. Era larga o bastante para passar um homem.

Mas estava completamente cheia – até o topo – de terra. Mais uma rua sem saída; mais uma rota de fuga selada pelo tempo, pela decomposição.

De cabeça baixa, Thanos fechou com tudo a escotilha e saiu da vala.

• • • •

Os sonhos retornaram. Pessoas morrendo, sozinhas e aos milhares. Bombas caindo, vetores de germes flutuando no ar. Facas fatiando a pele, seccionando veias. Gargantas sendo quebradas. Crianças forçadas debaixo da água até que paravam de se debater.

Ele passou a ter medo de ver Masika. A dor dela o lembrava de sua incapacidade. Essa incapacidade tornava os sonhos mais fortes, mais cruéis e reais.

Você não tem medo da Morte. Tem medo da vida.

Uma noite, estava deitado ao lado dela, os olhos escancarados. A mente, um turbilhão. Acro parecia girar como uma bola, perdido num abismo de estrelas. Ele via todos os seus caminhos – cada jornada que fizera ao redor daqueles 314 quilômetros – como os anéis de uma grande árvore retorcida.

– Eu sei – ela sussurrou.

Ele olhou para ela surpreso. Estava deitada de lado, mirando nele um olhar penetrante.

– Procure não falar – disse ele.

– Eu sei quem você é. – Ela abriu um sorriso cálido e amável. – Meu lindo homem de pedra.

Ele abriu a boca, mas não saíram palavras. Ela segurou a mão dele com uma força surpreendente.

– Suas mãos – disse. – Essas mãos ásperas e pálidas...

Ele virou de lado e limpou lágrimas dos olhos. Ela soltou a mão dele. Quando ele olhou para trás, ela tinha pegado no sono e dormia profunda e tranquilamente.

• • • •

Num dia, num dia terrível, ela o chamou para perto. Com uma voz baixinha e sofrida, pediu que fosse levada para o gramado.

Ele foi até a curandeira e pegou emprestada uma maca. Foi carregando uma ponta, e recrutou A'Lars para levar a outra. Masika parecia tão leve quanto o ar, como a brisa que soprava sobre a grama.

Como um anjo.

Deitaram-na na beirada de uma plantação, pouco depois da cerca. O dia estava claro e límpido. O milho crescia alto atrás deles; o gramado adiante estava amarronzado e cheio de falhas, rareado pelos anos de seca.

Uma pedra maior chamou a atenção de Thanos. A mesma pedra, ele se recordou, na qual vira seu anjo tantos anos antes.

Dentro dele, uma chama ganhou vida.

Um por um, os vizinhos foram se despedindo. A família Yaza, todos os catorze membros. Lorak, com seu sorriso falho; Rina, da faca ligeira. A mulher que agora vivia na casa do velho Mako – ele nunca lembrava o nome dela. As duas curandeiras, a velha Hara e a jovem Shara.

– Oh – disse Masika. – Ah, eu não mereço isso.

Ele não soube dizer se ela se referia à dor ou à atenção.

Quando Pagan aproximou-se, Masika abriu bem os braços. Ele agachou e a abraçou com braços trêmulos.

– Obrigada – ela lhe disse. – Obrigada por tudo.

Thanos assistia a tudo se sentindo hipnotizado, paralisado. Feito de pedra. Hether ficou agachada junto da mãe por um bom tempo. Conversaram baixinho, intensamente, com intimidade.

– Está tudo bem – Masika disse, finalmente. – Pode ir.

Hether hesitou.

Masika forçou-se a sorrir.

– Vá e cometa um monte de erros.

Hether sorriu para a mãe e saiu correndo.

Thanos sentiu que lhe tocavam o ombro. Era a curandeira mais moça, Shara. Seu olhar parecia envelhecido, mais velho até que o da mãe.

– Não vai demorar – disse.

A'Lars conversava com Masika.

– Pode deixar – Thanos ouviu-o dizer. – Eu prometo.

Thanos olhou para cima. O sol brilhava forte como sempre. Fixado no mesmo exato ponto no ar, marcando um quarto do céu de Acro. Como estivera por séculos.

– Meu marido – Masika chamou.

Ele baixou o rosto. A'Lars afastava-se com as duas curandeiras, sem antes lançar um último olhar tristonho para a mãe. Masika estava deitada na maca, chamando Thanos. Sem dizer nada, ele se deitou ao lado dela, amassando a grama.

Ficaram somente os dois. Ele segurou a mão dela e sentiu o calor, e a imaginou se mexendo ferozmente debaixo dele. Toda uma vida de dor, de alegria, pareceu arder entre o casal.

Ela fez um gracejo, um gemido. Ele chegou mais perto para ouvi-la.

– Foi... Foi suficiente.

Ela apertou bem a mão dele, tanto que doeu. A dor pareceu saltar da mão para o coração dele, alimentando a chama interior.

– Não – disse ele. – Não foi.

Ele apertou de volta. Ela se retraiu perante a força dele, e lhe dirigiu um olhar ávido.

– Não é justo. Eu fiz tudo. – Thanos fechou os olhos bem apertados. – Eu fiz tudo *certo*.

Ela abriu a boca, querendo muito responder. Mas seu corpo enrijeceu. A mão amoleceu; os olhos viraram para dentro. Ela se largou na maca e não se mexeu mais.

Então Thanos ficou sozinho. Sozinho nessa vila, nessa jaula. Sua prisão humana. Sozinho com a raiva.

A chama faiscou e virou uma labareda, o medo e a raiva a alimentavam como o oxigênio. O corpo dele começou a mudar – os membros cresceram, endureceram, fortificaram. Reações bioquímicas o percorreram, transformando seu corpo inteiro.

Ele olhou ao redor, viu todo o Acro, o gramado e as cabanas e as plantações toscamente cultivadas. Forças fervilharam dentro dele, juntando-se e vazando pelos olhos, pelas pontas dos dedos. Poder psiônico, energia plásmica. Seu direito de nascença enquanto Titã, a herança à qual ele renunciara havia tanto tempo. Tanto tempo, tão distante, por uma promessa que subitamente lhe pareceu absolutamente vazia.

Morte, pensou ele, *sua meretriz volúvel. Você roubou de mim minha única chance, minha última chance de ser feliz.*

Eu fiz tudo certo.

Thanos, o Conquistador, o Titã Louco, caiu de joelhos, olhando para a grama, e gritou.

O primeiro disparo de plasma atravessou a camada exterior de terra. A onda de choque sacudiu a vila, espalhando reverberações por boa parte de Acro. Os apagas interromperam suas atividades diárias e olharam com medo no rosto.

O segundo fluxo abriu um buraco no aço de nanotubos. Os pequenos vasos de grama foram estilhaçados com um estrépito, revelando túneis fundos forrados com circuitaria em funcionamento.

Thanos não viu nada disso. Seus olhos ardiam; os punhos brilhavam. Seus pensamentos agora nem eram humanos, consumidos por pura emoção primitiva.

Com o terceiro grito, o buraco ficou mais largo e profundo. A beirada do mundo ficou visível, centenas de metros abaixo – uma fina camada exterior de permavidro que fazia divisa com uma vastidão desconhecida. Subiam borbulhas do outro lado da camada transparente, pouco visíveis da superfície.

Os aldeões tinham desatado a correr. Alguns correram para Thanos, chamando-o. Outros fugiram. Pagan chamou A'Lars e o levou para a plantação.

Thanos levantou-se com dificuldade. No gesto, a perna prendeu em alguma coisa: a maca de Masika. O corpo dela tombou dali e caiu no abismo.

O grito seguinte foi o mais alto. Energia cósmica pura acertou o permavidro – estilhaçando-o num segundo. Dentro de Thanos, uma parte inconsciente pensou: *Finalmente. Leve-me, Morte. Limpe este mundo decrépito no vácuo frio do espaço...*

Um jorro de água o acertou como um martelo. Ele perdeu o equilíbrio e caiu de costas no chão, que sacudia como num terremoto. A água tinha cheiro de sal. Quebrara um dente; tinha sangue na boca.

A'Lars e Pagan estavam ali perto, gritando e apontando, atônitos. Thanos virou-se para o buraco.

Jorrava água dali como num gêiser. Abrindo-se num leque, cobriu a fazenda, o gramado. O buraco estava se expandindo, o solo ia desmoronando por todos os lados. Não parava de jorrar água, cada vez mais rápido.

– Eu estava errado – ele sussurrou.

Ficou olhando para a coluna de água. Ela parecia subir a quilômetros, tão alta que parecia ameaçar o sol. Juntava em poças, ao redor dele, inundando toda a paisagem circundante.

– Com relação a tudo. – Ele sacudia a cabeça. – Todas as desculpas. As racionalizações.

Alguém tentou pegá-lo pelo braço, puxá-lo dali. Ele se desvencilhou com um tapa.

– Eu culpei o sofrimento, o horror. Achei que me conhecia.

O nível da água aumentava. Em torno dele, espalhando-se por Acro inteiro. A gravidade alterou-se, e ele entendeu: O maquinário está morrendo.

– Achei que eu pudesse conviver comigo.

A água enchia todo o mundo. Através de olhos vítreos, ele viu o filho tombar, resfolegante. Alguém tentou alcançar A'Lars: Hether. Sua linda filha, de olhos escancarados, as bochechas inchadas com a última porção de ar que ela sorveria.

Hether, pensou ele.

Masika.

Foi, então, encoberto pela água. Com a falha da gravidade, a corrente virou e reverteu de direção. O sol passou por seu campo de visão, borrado numa mancha vermelha de refração.

Ele caiu de cabeça no buraco, varrido inexoravelmente pela corrente. Tossiu, engasgado, quando o fluido invadiu seus pulmões. Camadas de objetos do planeta passavam a toda a velocidade: terra, maquinário, circuitos faiscantes, barreiras de nanoaço. Mais maquinário. Finalmente, à frente e abaixo, o portal de permavidro rachado que levava para o desconhecido.

A última coisa que viu foi a escotilha de metal, nadando livre num vasto mar. Girando e rodando como uma moeda, ainda marcada com aquele V gravado no metal. E então não viu mais nada.

EPÍLOGO 1

PESSOAS MORANDO EM CASAS E BARRACAS. Um sol que brilhava; placas negras no céu. Um estouro de energia; muita água. Pessoas tossindo, engasgadas.

Uma plantação coberta de água. Uma maca com uma mulher em cima. Um buraco. E a maca se foi. E a mulher se foi.

Ele gritava. Estendeu para ela os braços e mergulhou de cabeça no buraco. Então não havia mais buraco – apenas água. A corrente era forte, feroz. Soprou para trás os cabelos dele e lhe cegou os olhos.

Ele a viu, obscurecida, aos giros, solta na correnteza. Estendeu a mão, mas ela estava longe demais. Rangendo os dentes, nadou com mais vigor. Batendo as pernas, remando com os braços.

– Não é justo. – De algum modo as palavras saíram, mesmo estando ele imerso na água. – Eu fiz tudo. Eu fiz tudo *certo*.

Então ela apareceu. Masika. De olhos abertos, mirando a mente dele como raios laser. A boca formou três palavras num sussurro de bolhas:

Não, não fez.

Thanos soltou um grito e se sentou.

A primeira coisa que viu foi uma coluna de madeira alta com uma serpente gravada em torno, de baixo a alto. A coluna, uma de quatro, cercava uma cama fechada coberta de luxuosas almofadas. Cortinas escuras escondiam o interior da cama do restante do quarto.

As cortinas se abriram para revelar uma silhueta conhecida sentada na beirada da cama. Olhando para ele, julgando-o. Pele clara, grandes olhos escuros.

– Você – disse ele.

A projeção da mãe.

A raiva fervilhou dentro dele.

– Que foi que você fez? – ele perguntou. – Você tirou de mim. Tirou tudo.

– Não. Você mesmo fez isso.

Ele foi para a beirada da cama. *Estou de volta ao quarto*, concluiu ele. *O santuário interior do sacrário da Morte.*

Encostado na parede oposta, o Armário do Infinito em sua grandiosa estrutura de mogno. Thanos aproximou-se. As portas estavam fechadas; espelhos refletiam de alto a baixo, de dois ângulos, seu corpo inteiro.

Seu corpo. Seu corpo alto, largo, de pele cinza. Uma pele impenetrável, firme e imperdoável como um bloco de granito.

A sombra da mãe ficou de pé num flutuar, como se não pesasse um grama.

– Você fracassou – disse. – De novo.

Uma imagem passou pela mente dele: um belo rosto moreno olhando para ele com uma compreensão incondicional. Ele fechou os olhos, tentou agarrar-se a essa recordação. Mas ela já começava a esvanecer.

– Em Sacrossanto – continuou a sombra –, você buscou sentido. Mas a tentação do poder foi forte demais. Você não pôde resistir.

Thanos virou de costas, cerrando os punhos.

– Em Hala, abraçou a busca pelo poder. Agarrou-o com as duas mãos, como uma teta para sugar. – Ela riu. – Veja só como isso foi terminar. Finalmente, no Arco...

– No quê?

– O Arco. – Ela o encarava, achando graça. – Apenas um de diversos retiros experimentais criados por uma equipe de cientistas da Terra para preservar a raça humana no caso de uma catástrofe global. Esse Arco em específico fora enterrado no fundo do oceano Atlântico, no hemisfério sul.

Ele compreendeu, atônito. No fundo do oceano.

– Os Arcos foram projetados para encorajar e acelerar a evolução humana – ela prosseguiu. – Não deu muito certo, não? Os habitantes estagnaram. Esqueceram-se do passado, retornaram a um estágio primitivo.

– Eram pessoas – ele disse num tom baixo.

– Creio que não importa mais.

– Espere. – Ele foi até a sombra e apontou para seu peito um de seus dedos ásperos. – Acelerar a evolução humana? Que *idade* tinha esse "Arco"? Quanto tempo atrás começou o experimento?

– Aí está a genialidade da coisa. – Ela abriu um sorriso desdenhoso. – Dentro de um Arco, o tempo passa mais rápido. Por um fato de muitas centenas, geralmente.

A mente dele girava. Muitas centenas?

– Ah, isso não é nem a metade. O Arco em que você esteve sofreu um acidente... o equipamento de distorção do tempo entrou num estado de sobrecarga geométrica. Acabou que o tempo lá dentro passava três mil vezes mais rápido que o mundo de fora.

Outra lembrança vaga: o edifício vazio na cidade de Rânio. O zumbido que estava mais alto a cada vez que ele visitava.

– Então – ele começou. – Enquanto eu morei em Acro...

– Arco.

– Enquanto eu vivia décadas... construí uma vida, me casei, tive filhos...

A sombra soltou um resmungo de desgosto.

– ... quanto tempo passou *de verdade*?

– No mundo de fora? – Ela passou um segundo calculando. – Mais ou menos uma semana.

Thanos cambaleou para a cama. Sentou-se, sentiu o colchão afundar sob o peso de seu corpo.

– Uma semana – repetiu.

– Um belo feito da engenharia – disse a sombra. – Refiro-me a Arco. Somente a manipulação da gravidade... Bella Pagan e a equipe dela estavam décadas à frente da ciência normal da Terra.

Pagan. O nome atiçou alguma coisa dentro dele, sacudiu uma emoção que ele não soube nomear. Mas não havia mais nada.

– Em Arco, você buscou *paz* – continuou a sombra. – Imagine só. Uma criatura com os seus apetites.

Ele fechou os olhos. Seus pensamentos rodopiavam loucamente, perdidos num ciclone. Ele os forçou a sumir, banindo a insegurança para os cantos mais longínquos de sua mente.

– Ohh! Pobre monstrinho. – A sombra sorria, zombando dele. – Não se desespere.

O Armário do Infinito começou a se abrir. Thanos viu seres, familiares e estranhos, passando ali dentro. Homens altos e baixos, mulheres de pele azul e seres ágeis sem gênero. Pequenos insetos clicando, mamíferos que respiravam devagar num vasto oceano.

Tudo. Toda criatura imaginável, toda vida que já existira.

– Mais um monte de personas no universo – disse a sombra.

Ele ergueu o punho, sentindo o assomo de energia. O raio de plasma estilhaçou primeiro o vidro, depois a madeira escura. Estendeu o braço, perfeitamente imóvel, e aumentou o fluxo de energia. Pareceu fácil – natural.

O Armário soltou lascas, faíscas, e implodiu. Reduzido a uma pilha fumegante de vidro e madeira, acabou num pequeno monte encostado no papel de parede rasgado do quarto.

Thanos não hesitou, nem olhou para a sombra da mãe. Foi até a porta, abriu-a agressivamente e marchou para a sala do trono.

Lá estava ela, como ele sabia que estaria. Sentada em seu trono, em cima dos ossos e caveiras, os restos partidos dos mortos. Acima das armas da destruição, as facas e pistolas e sabres pendurados em fileira pela parede de pedra verde.

– Senhora – disse ele. – Chega de brincadeira.

Ela se mexeu. Cruzou pernas longas e pálidas. Dirigiu olhos escuros diretamente para ele.

– Eu retornei – continuou ele. – Retornei do meu exílio, minhas viagens. Do *teste* que você tão cruelmente armou para mim.

A sombra da mãe permanecera na entrada do quarto, de onde podia ver tudo.

Thanos não tirava os olhos da Morte.

– Em Sacrossanto – disse –, enviei-lhe dezenas de almas. Abri um rasgo na Igreja Universal da Verdade, expondo sua natureza obscura. Matei um amigo, alguém com quem me importava, tudo em nome do seu domínio sombrio. Em Hala, mais morreram. Dividi o império em dois, fiz verter sangue no espaçoporto da mais temida raça da galáxia. Muitos pereceram; muitos mais morrerão ali, nos anos que virão. E em Acro, eu lhe dei tudo.

Ele cruzou a sala, em direção à estante de armas. A sombra sacudiu a cabeça, inconformada. A Morte seguiu os passos dele lá do alto, virando o rosto quase como um inseto.

– Se aceitar o meu amor – disse ele –, eu lhe darei mais. Reivindicarei mais uma vez as Joias do Infinito, que usarei para lhe entregar almas além do imaginável. Mundos desconhecidos perecerão, sofrendo, em sangue e chamas. E eu construirei para você um lar, um santuário tão glorioso que envergonhará este humilde castelo. Um palácio de terror que será maior que o próprio inferno.

Após um instante calado, ele passou seus dedos ásperos pela fileira de pistolas e facas.

– Tudo isso e muito mais, eu prometo – continuou. – Minha lealdade será eterna, minha devoção por você não conhecerá limites. Caminharemos pelas faixas do hiperespaço, duas almas com uma vontade única; nosso amor sombrio será maior que as próprias estrelas. Espalharemos uma onda de destruição, faremos dos cordões uma sinfonia de sangue e chamas como nada que a eternidade já tenha visto. A escolha é sua. Para ter o seu amor, eu entregaria tudo que está dentro do meu poder. Mas existe uma coisa, e apenas uma coisa, que eu nunca farei.

Thanos tirou da estante um enorme sabre de energia e o reviveu. Deu um giro, avançou e enfiou a lâmina no coração da sombra de sua mãe.

Ela escancarou seus olhos escuros. Seu corpo diminuto tremeluziu de susto. Ela levou as mãos trêmulas ao sabre que brilhava.

Grunhindo, ele ergueu o sabre, içando do chão aquele corpo frágil. Filamentos de energia passaram da lâmina através da vítima, aos espasmos. Quando ela ficou mole, Thanos baixou o sabre e sacudiu para remover o corpo.

A sombra caiu no chão, vazando sangue do peito. Os olhos escancarados de terror. Morta pelas mãos dele.

Mais uma vez.

Ele se virou lentamente, limpando o sabre na perna. Depois ergueu a arma bem ao alto e fixou na Morte um olhar de aço.

– *Eu nunca vou mudar.*

A Morte piscou seus olhos sombrios. Olhou para o rosto sem vida da sombra, depois para o sabre reluzente na mão de Thanos. Acariciou, então, com a língua, lábios muito secos.

Mais uma vez, a Morte levantou-se e desceu da montanha de caveiras. Ele a observava, hipnotizado com tanta beleza. Cada movimento, gracioso; a pele clara, uma tela perfeita.

E, no entanto, ficou calmo. Toda a insegurança, todos os demônios, livrara-se de tudo isso finalmente. Quando ela ergueu o rosto para beijá-lo, ele soube: ela é minha.

Os lábios dela eram fogo e gelo, vigília e sonho. Tão quentes quanto o coração do sol, entretanto mais frios que os átomos estendidos à beira da criação. Dentro dele, a chama ardia reluzente.

Ele se afastou e ergueu a espada suja de sangue. Agarrou com força aquela cintura ossuda e abriu um sorriso sombrio de agouro.

– Que comecem os jogos.

EPÍLOGO 2

TRÊS SERES APROXIMARAM-SE do corpo largado na ressaca. Um par de mãos magras, porém muito fortes, de uma coloração verde-escura, pegou uma das pernas. Dedos compridos demais, de pelo menos vinte centímetros dos nós às unhas, envolveram a outra perna. Um terceiro par de mãos – protegidas por uma armadura vermelha e dourada, alimentadas por um arco reator – ergueu o corpo pelos ombros.

– Pronto? – disse Tony Stark. – *Agora*.

Os mecanismos de Tony clicaram e zuniram. Reed Richards esticou as pernas para firmar-se na areia, fazendo o máximo de força que podia. Lentamente, o corpo começou a se mover.

Gamora soltou um grunhido.

– Em todos aqueles anos – disse ela, ofegante –, nunca me dei conta de como ele é *pesado*.

Os três se afastaram, ofegantes. O corpo robusto de Thanos jazia imóvel na areia. O tronco era largo como um barril; os braços lembravam o tronco de uma árvore. Seus olhos escuros, esculpidos a fundo no rosto de pedra cinza, miravam o vazio, desprovidos de vida.

Tony apontou para a trincheira úmida que terminava no mar, denotando o caminho pelo qual Thanos fora trazido para a costa.

– Eu odiaria ver quem foi que escapou dessa.

Ficaram em silêncio por alguns instantes, organizando as ideias. A ilha brasileira estava mais quieta que de costume; a polícia local removera dali a maioria dos turistas. Na praia, um único píer estendia-se sobre as águas. A polícia trabalhava num perímetro na porção mais elevada da praia, perto de uma fileira de árvores.

Reed agachou perto de Thanos. Com um aparelhinho eletrônico, começou a avaliar o corpo.

– *Le Titan Fou* – disse Tony, erguendo a placa do rosto. – Parece que Drax estava certo, afinal.

– Ele vai ficar contente quando eu contar – Gamora respondeu. – Ficou meio deprimido quando perdemos o rastro da assinatura energética. De novo.

– Sem sinal de vida – disse Reed. – Logo, sem assinatura energética.

– No resort. – Gamora indicou o complexo de hotéis que dava para a praia. – Acho que ele descobriu a caipirinha.

– Bom, isso deve dar uma amortecida. Falo por experiência.

Reed desligou o aparelho.

– Fico me perguntando o que Thanos estava fazendo debaixo da água.

– Uma porção de corpos de civis foi varrida pra terra – disse Tony. – Nenhum deles foi identificado até agora, mas parecem ter emergido do fundo. A S.H.I.E.L.D. vai mandar um submersível para fazer buscas.

Gamora não tirava os olhos do corpo.

– Tem certeza de que ele já era? – perguntou. – Thanos sempre teve uma relação esquisita com a morte.

– Sem pulso, sem atividade cerebral detectável. – Reed pareceu quase ofendido profissionalmente pela pergunta. – Devo admitir, no entanto, que essa pele de pedra é tão grossa que existe, sim, uma parcela de dúvida.

– Calma aí – disse Tony. – Que é aquilo?

Ele se ajoelhou e apontou para a mão de Thanos. Os dedos grossos estavam bem fechados, mas dava para ver um lampejo metálico dentro deles.

Levaram cinco minutos para abrir a mão até metade do possível. Reed achatou sua mão, insinuou-se por entre os grossos dedos acinzentados e tirou dali um pequeno aparelho eletrônico meio esmagado. Parecia uma mistura de celular retrátil e controle remoto.

– Meu Santo Adamantium – disse Tony. – Um indutor de imagens.

– Seu? – perguntou Reed.

– Eu construí, sim. Faz anos. – Ele pegou o aparelho. – Esse foi o primeiro modelo.

– Não entendi – disse Gamora. – O que isso faz?

– Permite ao usuário disfarçar sua aparência. Sabe, camuflagem. Kurt Wagner costumava usar um... o Noturno, dos X-Men. Sempre que queria misturar-se a humanos de aparência normal.

– Está totalmente queimado – disse Reed.

– É. – Tony abriu e fechou a tampa. – Parece que ficou em uso contínuo por décadas.

– Hm. – Gamora observava o corpo imóvel do Titã. – Que mais ele faz?

– Nada – disse Reed.

– O indutor de imagens só afeta a percepção das outras pessoas – Tony explicou. – Curva a luz em padrões pré-programados. Não muda quem você *realmente* é.

Tony jogou longe o aparelho, que caiu na areia. Uma onda passou e o carregou para o mar.

– Já vi Thanos fazer um monte de coisas – disse Gamora. – Mas nunca o vi esconder sua identidade.

– Ele tende mesmo a ostentar bastante tudo que conquista. Quanto mais maluco, depravado e psicótico, melhor. – Tony fez careta quando uma série de chiados soou em seu ouvido. – Saco.

– Que foi? – perguntou Reed.

– A S.H.I.E.L.D. acabou de me mandar uma enxurrada de textos... parece que o submersível achou alguma coisa. Melhor eu ver se posso ajudar.

– Ben está a caminho com o Fantasticarro – disse Reed, acenando para o corpo de Thanos. – Nós faremos a limpeza.

– Ótimo. Vocês ficam com tudo que é mais fácil. – Gamora fez careta olhando para o hotel. – Eu tenho que arrastar um Destruidor bêbado de volta pra órbita.

– Essa história de herói – disse Tony, sorrindo. – Ninguém disse que seria fácil.

Com um comando mental, ele baixou a placa do rosto. Ativou os jatos das botas, ergueu-se da areia – e congelou no ar.

– Que foi? – perguntou Gamora. – O que aconteceu?

Com os jatos ligados, Tony pairou acima do corpo de Thanos. Reed e Gamora o seguiram. Tony agachou, abriu a placa do rosto e estudou o semblante pálido do Titã. Quando olhou para os outros, tinha uma expressão esquisita no rosto.

– Certeza que não é nada – disse Tony. – Mas achei que ele estava *sorrindo*.

Stuart Moore é escritor e editor de livros e quadrinhos, pelos quais recebeu diversos prêmios. Ele é o autor de *American Meat* e *Reality Bites* (Games Workshop) e de *John Carter: The Movie Novelization* (Disney). Suas histórias em quadrinhos recentes incluem *Namor: The First Mutant* e *Wolverine Noir* (Marvel Comics), a equipe de super-heróis multicultural *The 99* (Teshkeel Media), e os quadrinhos originais de *Shadrach Stone* (Penny-Farthing Press). Stuart atuou como editor de quadrinhos da Virgin/SciFi Channel, do selo Marvel Knights, e do aclamado selo Vertigo, da DC, pelo qual ganhou o prêmio Eisner na categoria de "Melhor Editor", em 1996. Pela Novo Século, ele publicou o best-seller Marvel *Guerra Civil* e a série *Zodíaco: O legado*, que escreveu em parceria com Stan Lee e Andie Tong.

FONTE: Chaparral Pro
IMPRESSÃO: BMF

#Novo Século nas redes sociais